THE THIRD CIRCLE
by Amanda Quick
translation by Kanako Takahashi

オーロラ・ストーンに誘われて

アマンダ・クイック

高橋佳奈子［訳］

ヴィレッジブックス

ミシェル・キャッスルに
すばらしき義理の姉妹に感謝。
次の家族旅行がたのしみ！

オーロラ・ストーンに誘われて

おもな登場人物

リオーナ・ヒューイット	水晶を操る超能力者
サディアス・ウェア	催眠術を使う超能力者
デルブリッジ卿	古代遺物の収集家
アダム・ハロウ	リオーナの知人
ベイジル・ハルシー	科学者
ランシング	超能力を持つ殺人鬼
ケイレブ・ジョーンズ	サディアスのいとこ
ゲイブリエル・ジョーンズ	アーケイン・ソサエティの新会長。サディアスとケイレブのいとこ
クリーヴズ夫人	リオーナの家政婦
ヴィクトリア	サディアスの大伯母。レディ・ミルデン
ジェレマイア・スペラー	刑事
ヴェネシア	ゲイブリエルの妻

1

ヴィクトリア女王朝後期

博物館の闇に包まれた展示室は気味の悪い奇妙な収集品にあふれていた。しかしそのどれも、冷たい大理石の床に広がった黒っぽい血の海のなかに横たわる女の死体ほどの驚きはもたらさなかった。

死体を見下ろす不気味な人影は男のものだった。壁の燭台《しょくだい》の明かりはかなり暗くされていたが、ブーツに届くほど長い外套《がいとう》に身を包んだ輪郭ははっきりとわかった。襟は高く首をとり囲み、顔を半分隠している。

リオーナ・ヒューイットは瞬時にそのおぞましい光景の意味を悟った。その光景は神話に登場する翼のある怪物をかたどった大きな石の彫像をまわりこんだところで目に飛びこんできたのだった。男の使用人の恰好《かっこう》をし、ピンでとめた髪を紳士用のかつらの下に押しこんだ彼女は、水晶のありかを見つけようと躍起になり、走らんばかりにすばやく動いていたため、はずみがついて女の死体のそばに立つ男のほうへまっすぐ駆け寄る恰好になってしまった。

男が振り向き、上着が大きな黒い翼のようにひるがえった。

彼女は必死に方向を変えようとしたが、遅すぎた。男はみずから腕に飛びこんできた恋人でもつかまえるように楽々と彼女をつかまえた。会いたくてたまらなかった恋人にようやく会えたとでもいうように。

「静かに」男は彼女にそっと耳打ちした。「動くな」

リオーナがもがくのをやめたのは命令されたからではなかった。男の声のせいだった。そのひとことひとことにこめられたエネルギーが、海の高波のように彼女の五感を呑みこんだのだ。まるでやぶ医者に全身を麻痺《まひ》させる奇妙な薬でも無理やり注射されたかのようだった。それでも、ほんの少し前に全身に走った恐怖は魔法のように消えてなくなっていた。

「私が指示するまで、口を閉じて動かずにいるんだ」

男の声には妙にぞくぞくさせる冷たい力があり、リオーナは異次元へと連れ去られるような感覚に襲われた。二階下で開かれているパーティーから聞こえてきていた酔っ払いたちの笑い声や音楽のくぐもった音は夜の闇のなかへ消え、彼女は別の場所に、男の声以外はどうでもいい世界にいた。

男の声。声のせいで奇妙な夢の世界へと引きずりこまれているのだ。こうした夢がどういうものかはわかっている。

リオーナははっと恍惚《こうこつ》からさめた。この男はある種の超能力を使ってわたしを支配しているのだ。どうして言われるがまま、じっと突っ立っていなくてはならない？　戦って自分の命を守るべきだ。戦わなければ。

リオーナは水晶にエネルギーを注ぎこむときの要領で、意志の力と五感とを研ぎ澄ませた。揺らいでまわりを覆っていた夢のガラスが割れ、無数の光のかけらと化した。突如として奇妙な呪いからは解かれたものの、男の手にはつかまったままだった。まるで岩に鎖でつながれているかのようだ。

「ちくしょう」男はつぶやいた。「きみは女か」

現実とともに、恐怖とくぐもって聞こえるパーティーの喧騒《けんそう》が驚くほど一瞬に戻ってきた。リオーナは激しくもがきはじめた。かつらがずれて片目を覆い、片目が見えなくなる。男は彼女の口を手でふさぎ、体をつかまえている腕に力を加えた。「きみがどうやって催眠状態から抜け出したのかはわからないが、今夜、命を永らえたいなら、口を閉じていたほうがいいな」

今やその声は前とはちがうものになっていた。前と同じく、有無を言わさぬ太い声ではあったが、そのことばにはもはや、瞬時にリオーナを動けなくした電気が走るようなエネルギーはなかった。男は超常的な力を使って抑えようとするのはやめたようだった。そのかわり、もっとありきたりの方法に頼っていた。自然が男という種族に与えた、生来の肉体的強靭《きょうじん》さに。

リオーナは男の向こうずねを蹴《け》ろうとしたが、靴が何かぬるぬるしたものを踏んですべった。ああ、いやだ、血だわ。向こうずねを蹴ろうとした足は、女の死体のそばにあった小さな物体にあたった。それが石の床を転がって小さな音を立てるのがわかった。

「くそっ、誰か階段を上がってくる」男は張りつめた声でリオーナに耳打ちした。「足音が聞こえなかったか？　見つかったら、われわれのどちらも生きてここからは出られないぞ」

恐ろしいほど確信に満ちたそのことばに、リオーナは急に不安になった。

「この女を殺したのは私ではない」男はリオーナの心の内を読んだかのようにとても小さな声で付け加えた。「しかし、殺した人間はまだこの邸宅内にいるはずだ。そいつが罪の証拠を隠しに戻ってくるかもしれない」

リオーナは自分が男のことばを信じているのに気がついた。それはまた恍惚状態に引き戻されたからではなかった。そう考えると背筋に冷たいものが走ったが、理にかなっていたからだ。男が殺人者なら、今ごろはわたしの喉もかっ切られているにちがいない。死んだ女のそばに倒れ、まわりに血の海を作っていたことだろう。リオーナはもがくのをやめた。

「ようやく多少は知性があることを示してくれたな」男は小声で言った。

リオーナの耳にまた足音が聞こえた。誰かが階段を昇って展示室に来るのだ。女を殺した人間でなくても、パーティーの客のひとりではあるはずだ。それが誰であれ、ひどく酔っぱらっている可能性は高かった。デルブリッジ卿は今夜、男の知人たちを大勢招待していた。彼のパーティーは悪名高かった。上等のワインやごちそうを際限なく提供するだけでなく、優雅なドレスに身を包んだ娼婦たちも必ず呼ばれていたからだ。

男はそっと彼女の口から手を離した。叫び声が発せられないとわかって、男は体も自由にしてくれた。リオーナは目を覆っていたかつらを元に戻した。男の指が手かせのように手首にまわされ、次に気づいたときには、リオーナは死体のそばから、どっしりとした台座の上に置かれた大きな石のテーブルらしきものの陰へと引っ張っていかれていた。

途中、男はさっと身をかがめ、少し前にリオーナが蹴って床を転がった小さな物体を拾い上げた。それがなんであれ、ポケットにすべりこませると、彼女をどっしりとしたテーブルと壁のあいだのすきまに押しこんだ。

テーブルの角に触れた際、不快なエネルギーのせいでリオーナの体にうずきが走った。反射的に彼女は身を少しすくませてあとずさった。ほの暗い明かりのもと、石の奇妙な彫刻が見分けられた。ふつうのテーブルではない。リオーナは身震いしながら思った。不浄な目的に使われていた古代の祭壇といったもの。このデルブリッジ卿の私有博物館では、同じようにぴりぴりする暗いエネルギーを発している収集品がいくつもあった。展示室全体に心をざわつかせるようなエネルギーが満ちていて、リオーナは鳥肌が立つ気がした。

足音はより近くなり、誰かが正面の階段のてっぺんから静まり返った展示室へとはいってこようとしていた。

「モリー？」くぐもった酔っ払い男の声。「どこだい、かわいい人？　ちょっと遅くなってしまってすまない。カードルームで時間がかかってね。でも、きみのことを忘れたわけではないんだ」

リオーナは自分の体にまわされた男の腕に力が加わるのを感じた。無意識に身を震わせてしまったのがわかったのだろう。男はぞんざいに彼女を石のテーブルの裏にしゃがませた。

そばにしゃがみこみながら、男は外套のポケットから何かをとり出した。それが拳銃であってほしいとリオーナは本気で願った。

足音はさらに近づいた。次の瞬間には、やってきた男の目にも女の死体が見えるはずだ。

「モリー？」男の声は苛立って刺々《とげとげ》しくなった。「いったい、どこにいるんだ、おばかさん？今夜はお遊びをする気分じゃないんだ」

死んだ女はあいびきのために展示室に上がってきたのだ。遅れてやってきた愛人がすぐにも彼女を見つけることになる。

足音がやんだ。

「モリー？」男の声が当惑を含んだ。「床に転がって何をしているんだ？もっと寝心地のいいベッドを見つけられるはずだぞ。ほんとうに……ああ、ちくしょう」

リオーナの耳に恐怖にはっと息を呑む音が聞こえ、それからあわてふためいた足音が聞こえてきた。あいびきの相手らしき男は正面の階段へ向かって走っていた。男が燭台の前を通りかかったときに、壁に映った揺れる影は、幻燈芝居のシルエットのように見えた。

黒い上着を着た男が突然立ち上がった。一瞬リオーナはあっけにとられた。いったいこの人は何をするつもり？リオーナは男の手を引っ張ってそばにまたしゃがませようとした。

しかし男はすでに恐ろしい祭壇の陰から音もなく出ていこうとしていた。男が逃げていく男の行く手をさえぎるつもりでいることがリオーナにもわかった。

正気じゃない。リオーナは胸の内でつぶやいた。死んだ女の愛人らしき男はきっと人殺しに行く手をさえぎられたと思うだろう。大声をあげて、デルブリッジや客たちや使用人を展示室へと呼び寄せるはずだ。リオーナは使用人用の階段から逃げる心の準備をした。やがて、遅まきながら別の考えが頭に浮かんだ。このままここにいて、みんながやってきたときにそこにまぎれこんだほうがいいかもしれない。

リオーナがどうしたら一番いいだろうかと思案をめぐらしているあいだに、黒い上着を着た男がことばを発するのが聞こえてきた。さきほど一時的にリオーナの動きを封じたあの奇妙な声色を使っている。

「止まれ」目に見えないエネルギーをこめた太くとどろくような声。「動くな」

その命令は駆け出した男に瞬時に効果をおよぼした。男はよろめきながら足を止め、身動きしなくなった。

催眠術ね。リオーナにもようやく理解できた。黒い上着の男はすぐれた催眠術師で、超常的なエネルギーを用いて自分の発する命令をさらに強力なものにしているのだ。

これまで、催眠術にはあまり関心を払ったことがなかった。ふつうはヒステリーや神経障害を自分たちの業で治せると主張するいかさま催眠術師がステージの上で見せるショーにすぎなかったからだ。催眠術はいかがわしいものとみなされることが多く、世間の人々はそれを懸念の目で見ていた。催眠術師がその謎めいた能力を邪悪な用い方で犯罪に使う可能性があるとする不吉な警告がよく新聞にも載っていた。

催眠術師の思惑がどうであれ、催眠術をかけるには静かな状況が必要で、かけられる側も物静かで協力的でなければならないとされている。動いている男をほんの数言で身動きできなくする催眠術師など、聞いたこともなかった。

「おまえは静まり返った場所にいる」催眠術師がつづけた。「眠っているのだ。時計が三時を打つまで眠ったままでいる。目が覚めたら、殺されたモリーを見つけたことを思い出すが、私や私といっしょにいた女については覚えていない。モリーの死にわれわれはかかわっていない。われわれは重要ではない。わかったか?」

「はい」

リオーナは近くのテーブルの上にある時計に目を向けた。そばの燭台の明かりでどうにか時間が読みとれた。二時半。催眠術師はここからうまく逃げるのに三十分の猶予を作ってくれたのだ。

凍りついたように身動きしない男から催眠術師は顔をそらし、彼女に目を向けた。

「おいで。これ以上ここにいてはだめだ。ほかの誰かが階段を上がってこようと思う前にここから出なければ」

無意識にリオーナは片手を祭壇の上に載せ、立ち上がろうとした。手が石に触れるやいなや、また不快な感覚がまるで電気が走るように全身を貫いた。死人が安らかにおさまっていない古い棺《ひつぎ》にでも触れたかのようだった。

リオーナははっと手を放し、立ち上がって急いで古い机の陰から歩み出た。展示室のまんなかに銅像のように身動きひとつせずに立つ紳士にじっと目をやる。

「こっちだ」催眠術師はそう言って、使用人の階段へつづく扉のほうへとすばやく向かった。

リオーナは催眠状態にある男からはっと目をそらし、催眠術師のあとを追って、奇妙な銅像や謎めいたものでいっぱいのガラスケースが並ぶ通路を急いだ。友人のキャロリンから、デルブリッジ卿のコレクションについてはあれこれ噂《うわさ》があると警告されていた。彼と同じくらい変わり者で偏執的なほかの収集家でさえも、彼の私的博物館に集められた収集品はきわめて奇妙だとみなしていると。展示室にはいるなり、リオーナにも、そうした噂にも一理あるとわかったのだった。

奇妙に思われたのは収集品の形やデザインではなかった。薄暗い明かりのなかでも、ほとんどが月並みな見かけのものであることはわかった。展示室には古代の花瓶や壺や宝石や武器や銅像がひしめき合っていた。古代の遺物を集めた場所ならどこでもお目にかかる類《たぐ》いのものばかりだ。リオーナのうなじの産毛を逆立てたのは、かすかながらあたりに渦巻く邪悪なエネルギーの毒気だった。それが古代の遺物から発せられていたのだ。

「きみも感じるんだな？」と催眠術師が訊いた。

小声で発せられたその問いにリオーナはぎくりとした。不思議に思っている声。いいえ、興味をかき立てられている声だわ。催眠術師がなんのことを言っているのかリオーナにはわかった。男の催眠術の腕前からして、感覚も自分と同じだけ鋭いとしても驚くにはあたらない。

「ええ」リオーナは答えた。「感じるわ。とてもいやな感じ」

「聞いた話だが、超常的な遺物をひとつの部屋に数多くつめこむと、われわれほど敏感でない人間にもはっきりした影響を与えるそうだ」

「ここにあるのはすべて超常的なものなの？」リオーナはぎょっとして訊いた。

「おそらく、それぞれが超能力者とかかわった長い歴史を持っていると言ったほうが正確だろうな。超能力を持つ人間に使用されて生じたエネルギーを長年吸収してきたわけだ」

「デルブリッジはここにある奇妙な遺物をどこで見つけたの？」

「収集品の全部が全部そうとは言えないが、かなりの数が盗品であるのはたしかだ。急ごう」

その命令は必要なかった。男と同じだけ、リオーナもその場から離れたくてたまらなかったからだ。水晶はまた別のときに探しに来なければならないだろう。

催眠術師の足は速く、リオーナは小走りになってついていかなければならなかった。そうできたのは、男の衣服を身につけていたからだ。ペティコートを着た上に何枚も厚手の生地を重ねた女のドレス姿だったら、これほどすばやくは動けなかっただろう。

ぴりぴりする感覚。またエネルギーを感じる。まわりにある収集品のひとつから発せられたエネルギーではあるが、その流れは今まで感じたものとは別物だった。すぐにそれがなんであるかわかった。水晶のエネルギー。

「待って」リオーナはささやき、歩みを遅くして足を止めた。「しなければならないことがあるの」

「その暇はない」催眠術師も足を止めてリオーナのほうを振り向いた。黒い上着がブーツのまわりでひるがえった。

「猶予は三十分しかないんだ。誰かが階段を上がってきたりしたらもっと短くなる」

リオーナはつかまれた手を振りほどこうとした。「だったら、わたしのことは置いていって。わたしの無事はあなたには関係ないことだから」

「正気をなくしてしまったのか？　ここから出なくてはならないんだぞ」

「わたしはある物をとり戻しにきたの。それが近くにあるのよ。あとに残してはいけないわ」

「きみは泥棒を生業《なりわい》としているのか？」

男の口振りはショックを受けたようではなかった。おそらくは彼自身が泥棒を生業としているからだろう。それがそもそもこの展示室にいたことの唯一考えられる理由だった。

「デルブリッジはもともとわたしのものだったものを持っているの」リオーナは言った。「何年か前にわが家から盗まれたものよ。今夜見つけるのは無理だとあきらめていたんだけど、今、すぐ近くにあるのがわかって、それを探さずには立ち去れないわ」

催眠術師は身動きをやめた。「探しているものがすぐそばにあるとどうしてわかった?」

リオーナは男にどこまで話していいかわからずにためらった。「説明はできないんだけど、絶対にたしかよ」

「どこにある?」

リオーナはわずかに体の向きを変え、小さなエネルギーの脈動がどこから発せられているか探った。ほんの少し離れたところに、凝った彫刻をほどこした大きな木製の戸棚があった。

「あそこよ」

そう言ってリオーナは最後にもう一度手首を引こうとした。今度は男も手首を放した。リオーナは戸棚のそばにすばやく歩み寄り、間近でよく調べた。鍵のかかった扉がふたつあった。

「思ったとおりだわ」

リオーナはポケットに手をつっこみ、アダム・ハロウからもらった鍵を開ける道具をとり出すと、作業にとりかかった。

アダムに教えられて練習したときのようにスムーズにはいかず、鍵は開かなかった。

催眠術師はしばし黙って様子を見守っていた。

リオーナの額《ひたい》に玉の汗が浮かんだ。道具の角度をわずかに変えてもう一度やってみる。

「どうやらこういったことにはあまり経験を積んでいらっしゃらないようだな」催眠術師は

なんの感情も交えずに言った。

そのへりくだった言い方にリオーナはかっとなった。

「それどころか、経験はうんと積んでいるわ」歯を食いしばるようにして言う。

「しかし、暗い場所での経験が浅いことは明らかだ。どいてくれ。私がやってみよう」

リオーナは抗《あらが》いたかったが、良識がまさった。じっさい、鍵を開ける練習は急いでためしてみるというのを二日ほどやったにすぎなかった。自分はかなりの手腕を見せるようになったと思っていたのだが、差し迫った状況で鍵を開けるのとはまったくちがうとアダムに警告されていた。

テーブルの上の時計の音が静かな展示室でひどく大きく聞こえた。時間は尽きようとしている。リオーナは凍りついたまま催眠から覚めるのを待っている人影をちらりと見やった。

それからしぶしぶ戸棚からあとずさった。黙って道具を差し出す。

「私は自分のを持っている」

そう言って催眠術師は上着のポケットから金属の細い棒をとり出し、それを鍵穴に差しこんで仕事にとりかかった。いくらもたたないうちに、リオーナの耳にかちりという小さな音が聞こえた。

「開いた」と男はささやいた。

リオーナの耳にちょうつがいのきしむ音が列車の走る音ほども大きく聞こえた。不安になって彼女は展示室の正面階段のほうを振り返ったが、展示室の端に動く人影は現れなかった。足音が展示室に響くこともなかった。

催眠術師は戸棚の奥をのぞきこんだ。「今夜われわれは同じ用事でここへ来たようだな」

新たにこれまでとはちがう寒気がリオーナの背筋を走った。「あなたはわたしの水晶を盗みに来たの？」

「石の正式な持ち主が誰かということについては別のときに議論しよう」

怒りが燃え上がり、恐怖に打ち勝った。「その水晶はわたしのものよ」

リオーナはそう言って水晶をとろうと前に進み出たが、催眠術師に行く手をはばまれた。

男は戸棚のなかに手を伸ばした。

暗闇のなかで彼の動きを見分けるのはむずかしかったが、大変なことが起こったのはすぐさまわかった。催眠術師がふいにはっと息を吐いたと思うと、低くくぐもった咳をしたのだ。同時に、嗅ぎなれない薬品のかすかなにおいがした。

「下がれ」と催眠術師は命令した。

その口調の激しさに、リオーナは考えてみることもせずにその命令に従った。

「どうしたの？」何歩か下がりながら訊く。「何があったの？」

催眠術師は戸棚から振り向いた。リオーナが驚いたことに、少しふらついている。体のバランスを保てないとでもいうように。片手には黒いヴェルヴェットの小袋をつかんでいる。

「女の死体が見つかったら、デルブリッジはきっと警察の相手をするのに忙しくなるはずだ」男は静かに言った。「運がよければ、彼がこの石を探しはじめるまで多少の猶予があるだろう。きみが逃げる暇はある」

そのことばには断固としたにべもない響きがあった。

「あなたもでしょう」と彼女は急いで言った。

「いや」と催眠術師。

恐怖が喉元までせり上がってくる。「なんの話をしているの？　何があったの？」

「時間切れだ」男は彼女の手首を再度つかむと、使用人の階段のほうへ押しやった。「これ以上ぐずぐずしてはいられない」

リオーナは少し前までは怒りに駆られていたのだが、今はパニックのせいで血が脈打っていた。心臓の鼓動が速くなる。

「何があったの？」リオーナはきっぱりと訊いた。「大丈夫？」

「ああ、しかし長くはもたない」

「お願いだから教えて、戸棚から水晶をとり出したときに何が起こったの？」

催眠術師はらせん階段につづく扉を開けた。「罠《わな》にかかったのさ」

「罠ってどんな？」リオーナは彼の両手をじっと見つめた。「けがでもしたの？　血が出たとか？」

「水晶はガラスのケースのなかにはいっていた。ケースを開けたときにいやなにおいの蒸気を顔に思いきり受け、それをかなり吸いこんでしまった。たぶん、毒を含んだ蒸気だと思う」

「なんですって。ほんとうなの？」

「まちがいない」男は明かりをつけ、古い石段をくだるよう彼女を強く押した。「すでに効果が現れはじめている」

リオーナは肩越しに後ろを見やった。揺れる明かりのもと、はじめて男の顔がはっきりと見えた。無造作に伸ばした漆黒の髪が高い額から耳の後ろにかかり、シャツの襟まで落ちている。顔立ちは見端《みば》のよさよりも力強さを求めた彫刻家によって荒削りに彫られたかのようだった。催眠術師の顔は催眠状態をもたらすその声によく合っていた。心乱すような謎めいた危険な魅力に満ちている。そのはかり知れない緑の目を長く見つめすぎた女は、逃れられない魔力に屈する危険を冒すことになる。

「あなたをお医者様に診せなくては」とリオーナは言った。

「この毒が私の考えているものだとしたら、どんな医者にも打つ手はない。解毒のしようがない毒なんだ」

「でも、やってみなくては」

「よく聞くんだ」男は言った。「きみの命は私の命令に従うかどうかにかかっている。すぐにも、おそらくは長くても十五分以内には、私は正気ではなくなってしまうだろう」

リオーナは男のことばの恐ろしい意味を理解しようと努めた。「毒のせいで？」

「ああ。この毒はおぞましい幻覚を産み出し、毒にやられた人間の頭を侵して悪魔や怪物に囲まれていると思わせるんだ。私が毒のせいで正気を失ったら、私の近くにいてはならない」

「でも――」

「私はきみだけでなく、そばに居合わせたほかの誰にとっても恐ろしい脅威となってしまうんだ。私の言う意味がわかるか？」

リオーナはごくりと唾を呑みこみ、急いで何歩か階段を降りた。「ええ」

ふたりはほぼ階段を降りきっていた。リオーナの目に、庭へと出る扉の下のすきまから月明かりが射しているのが見えた。

「どうやってここから立ち去るつもりだ？」催眠術師が訊いた。

「連れが馬車で待っているの」とリオーナは答えた。

「庭を出たら、きみはできるだけ私とこのおぞましい邸宅から離れるんだ。さあ、水晶を持っていくといい」

リオーナはすり減った石段の上で足を止め、後ろに顔を向けた。催眠術師はヴェルヴェットの小袋を差し出している。呆然《ぼうぜん》としたままリオーナはそれを受けとった。かすかなエネルギーの脈動が感じられた。男の振る舞いはことばよりも能弁に、彼がほんとうに今晩命を落とすと覚悟していることを物語っていた。

「ありがとう」リオーナはためらいつつ言った。「こんなことになるなんて――」

「これは今きみに渡すしかない。私はもはや責任を持てないから」

「その毒に手の打ちようがないというのは絶対にたしかなの？」

「われわれが知るかぎりにおいては。よく聞いてくれ。きみがその水晶を自分のものだと思っていることはわかったが、きみが正気を保っていて、自分の身を守るつもりでいるなら、真の所有者にそれを返してくれ。彼の名前と住所を教えておこう」

「お気づかいには感謝するわ。でも、わたしがデルブリッジに見つかることはないから安心して。今夜危険にさらされているのはあなたのほうよ。幻覚がどうのと言っていたでしょう。お願い、あなたがこれからどうなるのか正確に教えて」

催眠術師は袖の裏で苛々と目をぬぐい、頭のもやを払うように首を振った。「ほんとうにはそこにないものが見えるようになるんだ。今はまだ目に見えるものが幻覚にすぎないとわかっているが、そのうちに現実に思えるようになる。そうなると、きみにとっても私は危険な存在となる」

「どうしてそんなに確信を持って言えるの?」

「この毒はここ二ヵ月で二度使われている。犠牲者はどちらも老いた収集家だった。どちらの犠牲者も暴力とは無縁の人間だったが、毒の効果で他人を襲うようになった。ひとりは忠実な使用人を刺して殺し、もうひとりは甥《おい》の体に火をつけた。さあ、きみがどんな危険にさらされているかわかったかい、お嬢さん?」

「今見えはじめている幻覚についてもっと詳しく話して」

催眠術師は消えかけていた明かりを消し、階段を降りきったところにあった扉を開いた。冷たく湿った空気がふたりを出迎えた。月明かりはまだ庭を照らしていたが、雨が降りはじめていた。

「伝え聞いたところがほんとうならば――」彼は抑揚のない口調で言った。「これから私は白昼夢に苦しめられることになる。すぐに命も失われるだろう。ふたりの犠牲者も死んだそうだ」

「どのように亡くなったの？」

催眠術師は外に足を踏み出し、彼女もいっしょに引っ張り出した。「ひとりは窓から身を投げたそうだ。もうひとりは心臓発作に襲われた。もうおしゃべりは充分だ。きみをここから無事に連れ出さなければならない」

催眠術師の心ここにあらずの冷たい口振りは、不吉な予言と同じだけリオーナの心を騒がせた。この人は自分の運命を受け入れている。それなのに、わたしを救うためにあれこれ考えてくれているのだ。わくわくするような驚嘆の思いに駆られ、リオーナは息ができなくなった。この人はわたしの名前も知らないのに、わたしを逃がしてくれようと決心している。これまでこんな崇高なことをしてくれた人はひとりもいなかった。

「あなたもいっしょに来てくださいな」リオーナは言った。「悪夢のことなら多少はわかっているつもりです」

催眠術師はわざわざ答えることもせずに、即座にその申し出を拒んだ。

「黙って遅れずについてくるんだ」と彼は言った。

2

私はもうすぐ死ぬ。サディアス・ウェアは胸の内でつぶやいた。

そうとわかっていても、さして気にならないのは奇妙なことだった。おそらく、すでに毒がまわってきているのだろう。悪夢にはまだとりつかれていないつもりだったが、確信は持てなかった。さらに何分か毒の効き目に抗えるだけの力が自分にあると思いこむこと自体が幻覚かもしれなかった。

それでも、どうにか奇怪な幻覚を抑えこんでおきたいという思いから、彼はいっしょにいる女に注意を集中させ、彼女の無事を見届けなければと念じた。今やそれだけが目的となっていた。連れとなった女の無事に神経を集中させていると、意識の端に募りつつある奇怪な幻覚が少しだけ薄れる気がしたのだ。これまで催眠術の能力を制御するのに費やしてきた年月のおかげでもあるかもしれない。もともと意志の力にも恵まれている質《たち》だった。その能力が、自分とやがて自分を呑みこんでしまうであろう夢の世界を隔てる唯一の防壁となっているのも感じていた。

サディアスはデルブリッジ邸宅に忍びこむ際に通った道を通り、庭を横切った。今度は女も逆らわず、すぐ後ろをついてきた。

小道は長く高い生垣に囲まれていた。彼は手を伸ばして女をつかまえた。門のほうへ押しやろうと思ったのだったが、女の腕をつかんだ瞬間、大理石の床に落ちて砕けた磁器さながらに集中力が飛散した。前触れもなく、高揚感が全身の血管にあふれる。彼は女をつかむ手をきつくし、めくるめくような悦びに浸った。

はっと小さく息を呑む音が聞こえたが、気にもしなかった。突如としてつかんでいる腕の優美でしなやかな丸みが強烈に意識された。女の香りは理性をすべて吹き飛ばしてしまうほど魅惑的だった。

生垣の下から悪魔や怪物が這《は》い出してくる。にやにやと笑う顔また顔を月明かりが照らし、犬歯がきらりと光った。今ここでその女を奪うといい。おまえを止めるものは何もない。その女はおまえのものだ。

男の服を着た自分がどれほど色っぽいか、女も気づいているにちがいないと彼は思った。男をその気にさせるためにわざとそういう恰好をしてきたのだと思うと、愉快で喜ばしかった。

「しっかりなさって」女は緊迫した口調で言った。「馬車はすぐそこよ。あとほんの数分で安全な場所に着くわ」

安全。そのことばがぼんやりとした記憶を呼び起こした。サディアスは神経を集中させ、重要な何かを思い出そうとした。女を奪うよりも先にしなければならない何か。と、そのとき、目に見えない風に運ばれるかのようにかすかに意識に浮かんだことがあった。そのほんの少しの現実をつかみ、しがみつく。この女を救わなければならないのだ。そう、それだ。女の身が危険にさらされている。

悪魔と怪物たちの姿は揺らぎ、つかのま薄れた。

おまえは幻覚を見ているんだ、ウェア。神経を集中させろ。さもないとこの女が命を落とすことになる。氷水を浴びるような衝撃とともに現実が戻ってきた。彼はぎりぎりのところで正気に返った。

「気をつけないとそいつにつまずくぞ」と彼は言った。

「悪魔のこと？」と女は警戒するように訊いた。

「いや、生垣の下にいる男さ」

「いったいなんのこと？」驚いて下に目を向けた彼女は、うっそうとした茂みの下から突き出しているブーツを履いた足に気がついて、またはっと小さく息を呑んだ。「この人も――？」質問が途切れる。

「あの家に忍びこむ際にこいつともうひとりの見張りに催眠術をかけたんだ」門のほうへ彼女をせきたてながら彼は答えた。「夜明けまで目を覚まさない」

「まあ」しばしの間。「その、知らなかったわ。デルブリッジが見張りを雇っていたなんて」

「今度泥棒にはいろうとするときには、その可能性について考えてみたほうがいいな」

「この家には今晩のために雇われた大勢の使用人のひとりになりすまして忍びこんだんだけど、逃げるのは庭から逃げようと思っていたの。あなたが眠らせてくれていなかったら、きっと見張りたちと鉢合わせしていたわね。今夜こうしてあなたと会えたのは運がよかったんだわ」

「私の運が今夜で尽きるのはまちがいないが」

サディアスは皮肉を隠そうともしなかった。彼女の楽観的な態度がいまわしい幻覚ほども癇《かん》に障ったのだ。

「ずいぶんと神経がたかぶってらっしゃるようね」彼女は小走りに彼と並びながらささやいた。「幻覚がどんどん鮮明に降りかかってきてるの？」

サディアスは怒鳴りつけてやりたくなった。今置かれている状況の深刻さを彼女が理解できるまで、体を揺さぶってやりたかった。幻覚は降りかかってなどきていない。暗い隅にひそみ、少し前のようにこちらの意志が揺らぐ瞬間を狙っているのだ。自分で自分を制御できなくなった瞬間に頭は悪夢であふれ返ることだろう。何よりも、悪夢におちいる前にこの女にキスしたかった。

しかし、現実的にそんなことをしている暇はなかった。死の宣告を受けた身としては、女を救うためにできるかぎりのことをするしかない。猶予はあと数分。それだけあれば、この女を馬車まで連れていき、見送ることもできるだろう。あとほんの数分。そのぐらいならなんとか持ちこたえられる。この女のために持ちこたえねばならない。

サディアスはどっしりとした門扉を開いた。女は急いで門から外へ出た。彼はそのあとを追った。

デルブリッジの邸宅はロンドンから数マイル離れたところにあった。庭を囲む高い塀の外にはうっそうとした森が広がっている。森の奥は見通せなかったが、目を凝らせば、暗がりに怪物たちがひそんでいることははっきりと見てとれた。

「馬車はすぐそこよ」と女は言った。

サディアスは外套のポケットから拳銃をとり出した。「これを持っていくんだ」

「どうしてわたしがあなたの拳銃を持っていかなくちゃならないの?」

「幻覚がひどくなってきている。少し前、私はきみに襲いかかるところだった。次は何をしでかすか自分でもわからない」

「ばかばかしい」女は心底ショックを受けた声を出した。「あなたがわたしに襲いかかるだなんて、そんなこと絶対にありえないわ」

「だったら、きみは私が最初に思った半分も利口じゃないんだな」

女は咳払いをした。「でも、今の状況を考えれば、あなたの心配も理解できる」

女は恐る恐る拳銃を手にとり、ぎごちなく片手で握った。それからまた前を向くと、月明かりにうっすらと照らされたわだちだらけの狭い小道を先に立って進んだ。

「今渡した拳銃の使い方をきみが知っているとは思えないが」と彼は言った。

「ええ。でも、友達は拳銃に慣れているから」

友達がいるわけか。男の友達が。そのことばはかなりの打撃を与えてくれた。怒りと説明のつかない所有欲に胸をつかまれる。

だめだ、また幻覚にとらわれつつある。いずれにしても、私は明け方までには命を落とすことになるだろう。この女を求める資格はない。

「その友達というのは?」それでもやはり訊かずにいられなかった。

「すぐに会えるわ。森のなかで待っていてくれてるの」

「今夜のような危険をきみに許すなど、いったいどんな男友達なんだ?」

「アダムとは、あの邸宅に忍びこむのはふたりよりもひとりのほうが容易だという結論に達したの」彼女は言った。「なんにしても、誰かが馬車と馬を見ていなくちゃならなかったから」

「きみの友達が邸宅に忍びこんできみが馬車に残るべきだったな」

「わたしの友達はたくさんの才能に恵まれた人だけど、水晶のありかを察知する能力はないの。それを見つけられるとしたら、わたしだけだったのよ」

「あのくそ水晶は今夜きみが冒したほどの危険には値しないな」

「ねえ、お説教している場合じゃないでしょう」

そのとおりだった。悪夢の幻覚がまたひしめき合いはじめていた。目の隅に悪鬼が見え、道の端には悪魔がうろうろしている。赤く光る目をした大蛇がすぐそばの木の枝葉のなかで動いている。

サディアスは口を閉じ、女を馬車まで連れていくことに神経を集中させた。そこまでいけば、よき友のアダムが彼女をこの悪夢から連れ去ってくれるだろう。

わだちだらけの小道のカーブを曲がると、行く手に扉を閉ざした小さく速そうな馬車が見えた。御者台には誰もいない。二頭の馬はうとうとしながら静かに立っていた。

リオーナが足を止め、不安そうにあたりを見まわした。

「アダム?」とそっと呼びかける。「どこなの?」

「こっちだ、リオーナ」

サディアスのなかで興奮と慣れない驚きの感情が渦巻いた。ようやく女の名がわかった――リオーナ。名前が力を持つことを古代の人々は知っていた。彼らは正しかった。リオーナという名は彼に力を与えてくれた。

また幻覚を見ているのだ、ウェア。気をしっかりもて。

御者が着るような分厚いケープつきの外套に身を包んだすらりとした男が木の陰から歩み出た。帽子を耳までくるように目深にかぶっている。月明かりが手に持った拳銃に反射して光った。

「この人は?」

その声は教養ある若者の声であって、御者の声には聞こえなかった。

「お友達よ」リオーナは答えた。「命の危険にさらされているの。わたしたちもそうだけど。説明している暇はないわ。石はとってきた。すぐにここを立ち去りましょう」

「意味がわからない。どうしてデルブリッジの邸宅で知り合いに出くわすなんてことがある？　もしかして、客のひとりか？」最後の問いは冷たく拒絶するような声で発せられた。

「お願い、アダム。今はやめて」リオーナは急いで前に進み出て馬車の扉を開けた。「あとで何もかも説明するから」

アダムは明らかに納得できていない顔だったが、議論している場合ではないと判断したようだった。

「わかった」そう言って武器をポケットにしまうと、軽々と御者台に飛び乗った。

リオーナは明かりのついていない馬車に乗りこんだ。サディアスは彼女が真っ暗な馬車のなかに姿を消すのを見守っていた。悪夢がまた色濃くなりつつあるなかで、ふと、この驚くべき女にはもう二度と会うこともなく、その秘密を知ることもないのだと思った。もうすぐ姿を消してしまう女をこの腕に抱きすらしていなかった。

サディアスは開いた扉に近寄った。

「どこへ向かう？」最後にもう一度彼女の声が聞きたくて彼は尋ねた。

「もちろん、ロンドンへ戻るわ。まったく、どうしてそこに突っ立っているの？　早く馬車に乗って」

「言っただろう。いっしょに行くわけにはいかない。悪夢が迫ってきている」

「わたしも言ったでしょう。悪夢のことなら多少はわかってるって」

アダムがサディアスを見下ろした。「あなたのせいで全員が危険にさらされることになる」低い声できっぱりと言う。「馬車に乗ってください」

「私のことは置いていってくれ」サディアスは静かに言った。「幻覚に支配される前にやっておかなければならないことがある」

「何を?」とアダムが訊いた。

「デルブリッジの命を奪わなければならない」

「ふうむ」アダムは突然考えこむような声を出した。「悪くない考えだな」

「だめよ」リオーナが開いた扉から顔を出した。「そんな状態であの家に戻るなんて危険だわ」

「殺さなければデルブリッジは水晶を探しに来るはずだ」とサディアスは言った。

「言ったでしょう、彼にわたしは見つけられないって」リオーナが保証した。

「きみの新しい友人の言うことにも一理ある」アダムが彼女に言った。「本人の言うとおり、この人はここに残していったほうがいいな。この人にデルブリッジの命を狙わせたところで別に害はない。うまくいけば、今後心配の種がひとつ減ることになる」

「あなたはわかってないのよ」リオーナは言い張った。「この人は幻覚をもたらす恐ろしい毒にやられているの。自分が何を言っているかわかってないんだわ」

「だったらよけいに置いていったほうがいいな」とアダム。「今夜の旅の道連れに頭のおかしい男だけはごめんこうむりたいからね」

サディアスは月明かりのなかで最後に一度顔を見ようと、リオーナをじっと見つめた。

「彼の言うとおりだ。私のことは置いていくんだ」

「絶対にだめよ」リオーナは手を伸ばして彼の袖をつかんだ。「信じて、きっと力になれるとお約束するわ。あなたをここに置いていったりはしない」

「くそっ」アダムが小声で毒づいた。が、それはあきらめた声だった。「あなたも馬車に乗ったほうがいい。リオーナが自分が正しいと思いこんでいるときには、言い争ってもしかたない」

自分をためらわせているのがリオーナの頑固さでないことにサディアスは気がついた。彼を救えると彼女が確信しているせいだ。

「いいほうに考えて」リオーナは元気づけるように言った。「悪いほうにばかり考えていても得るものは何もないわ」

「彼女は楽観主義と肯定的な思考の力を信じたがっている人でもある」アダムは不満そうに言った。「ひどく困った気性であるのはたしかだな」

サディアスは馬車の開いた扉を物ほしそうに見つめた。リオーナが火をつけた小さな希望の炎を消せずにいたのだ。

今ここで救ってもらったならば、デルブリッジから彼女の身を守り、彼女を自分のものにすることもできるだろう。

そう考えて気が変わった。サディアスは馬車に乗りこみ、リオーナの向かいの席にどさりと腰を下ろした。

馬車はすぐさま出発した。馬が速歩《はやあし》になる。ぼんやりとまだ理性の残っている頭で、サディアスはアダムが外のランプをつけていないことに気がついた。月明かりを頼りに曲がりくねった小道を進んでいる。常軌を逸しているとしか言えなかったが、今夜起こったことは何もかもがそうだった。

馬車のなかでは、黒っぽいクッションにもたれているリオーナの輪郭がかろうじて見分けられた。しかし、その存在を彼は強く意識した。女らしい彼女の存在のせいで、空気そのものが揺らめいているように思われた。

「お名前はなんておっしゃるの？」とリオーナが訊いた。

「サディアス・ウェア」

この女とはともに大変な困難を切り抜けてきたというのに、はっきり顔も見ていないとはなんとも奇妙なことだった。これまで彼女のことは薄暗い博物館の展示室と月明かりに照らされた庭でしか目にしていなかった。ロンドンの町なかで明日出くわしたとしても、そうとわからないかもしれない。

口を開けば別だが。低く、温かく、なんとも官能的なその声は、記憶に焼きついて離れなかった。香りも嗅ぎ分けられるとサディアスは思った。体つきもわかるだろう。体をつかまえていたときに、その体の抗いがたいほど魅力的なカーブがはっきりと意識に刻まれたからだ。そしてそれだけではなく、彼女自身のオーラが放つ魅惑的な力もかすかに感じられた。

ああ、そうだ、どこで会ってもきっとわかる。

彼女はおまえのものだからな。悪魔のひとりがささやいた。

私のもの。

前触れなしに、最後の防壁が崩れ去った。怪物たちが解き放たれる。彼の心の闇から飛び出した怪物たちはまっすぐ馬車のなかへとはいってきた。

魔法の目のまたたきひとつで、馬車の内部は暗い夢の世界へと変貌した。大きな犬ほどの大きさの生き物が座席の隣に鎮座している。しかし、その怪物は犬ではなかった。ぎらぎらと光るふくらんだ体からは、八本の毛の生えた足が突き出している。月明かりを受けて生気のない底知れぬ目がきらりと光り、犬歯からは毒がしたたり落ちている。

馬車の窓には亡霊の顔が現れた。眼窩《がんか》は真っ黒な穴で、口は音のない叫びを発している。

サディアスは左側で動くものがあるのをとらえた。首をめぐらす必要もなく、そこで鱗《うろこ》と鉤爪《かぎづめ》のある足と触覚を持った生き物が、痛めつけられた虫のように身もだえしていることはわかった。

馬車の窓から見える景色はもはや夜の闇に包まれた森ではなかった。この世のものとは思えない異次元の景色が広がっている。黒い氷でできた木々のあいだを溶岩の川が流れている。ヘビの頭を持った奇妙な鳥が凍った枝にとまっている。

サディアスには、意志の力だけで悪夢を抑えておけると思ったなど、自分がいかに愚かであったかわかるだけの意識はあった。デルブリッジの毒は少なくとも十五分にわたって血管をめぐり、邪悪な作用をおよぼしていた。それが今、まったく制御不可能となったのだ。

驚くべきことは、自分がもはやそれをどうでもいいと思っていることだった。

「ミスター・ウェア？」

リオーナの声——どこであっても聞き分けられると思ったあの声——が暗闇から聞こえてきた。

「遅すぎたよ」彼女の声に心配そうな響きがあることを愉快に思いながらサディアスは言った。「私の悪夢の世界にようこそ。ここも慣れれば、それほど不快な場所ではない」

「ミスター・ウェア、わたしの言うことをよく聞いて」

熱い欲望が彼の全身に走った。彼女はほんの数インチしか離れていないところにいる。手を伸ばせば届く場所だ。これほどに女をほしいと思ったことはこれまでなかった。それをはばむものも何もない。

「幻覚と闘うお手伝いができるわ」と彼女は言った。

「でも、私は闘いたくないんだ」彼は小声で答えた。「それどころか、たのしんでいるぐらいだ。きみもたのしめるさ」

リオーナは苛々とかつらを脱ぐと、上着の内側からあるものをとり出した。それがなんであるか、サディアスにはわからなかったが、数秒後、彼女の両手のあいだで何かが光った。

はじめて彼女の顔が見えた。黒い髪をピンで頭のてっぺんにきっちりと巻きつけ、類いまれなる美貌とは言えなくても、印象的としか言いようのない顔立ちをはっきり見せている。

彼女の顔には知性と決断力とある種の繊細な感受性が表れていた。口はとてもやわらかそうで、溶けた琥珀《こはく》のような目は女らしい力に満ちてきらめいている。なんとも言えずそそられる顔だ。

「女妖術師か」彼はうっとりとささやいた。

リオーナは打たれたように身をひるませた。「え？」

サディアスはほほ笑んだ。「なんでもない」そう言って魅せられたように水晶を見下ろした。「これはなんだ？　これも幻覚の一部か？」

「これはオーロラ・ストーンよ、ミスター・ウェア。あなたの夢にごいっしょするわ」

3

リオーナがオーロラ・ストーンを手にするのは十六の夏以来だったが、その中心部に送りこんだエネルギーに水晶はすぐさま反応した。もはやくすんだ不透明な白い石ではなく、内側から発せられるかすかな光に輝いている。水晶が力を得て生気をとり戻したあかしだ。リオーナは水晶をてのひらに載せ、五感を集中させて石の奥深くをのぞきこもうとした。水晶は見るからに明るさを増した。

ある種の水晶が持つエネルギーを自分が利用できるわけはリオーナにも説明できなかった。一族の女に代々伝わる能力だ。母は水晶を使う才能を持ち合わせており、それは祖母もそうで、さかのぼること少なくとも二百年前から、代々の祖先の女たちも同様だった。

「水晶をじっとのぞきこんで、ミスター・ウェア」とリオーナは言った。

サディアスは命令を無視した。ゆっくりと官能的な笑みが口の端に浮かび、それを見てリオーナのうなじの産毛が逆立った。

彼は言った。

「きみをのぞきこむほうがいいな」さきほど催眠術をかけるのに使った、魅惑的な暗い声で

リオーナは身震いした。その場の空気は変わっていた。少し前のサディアスは押し寄せる幻覚の波に立ち向かい、正気を保とうと激しく闘っていたのだが、今は奇怪な夢に浸りきってたのしんでいるように見える。

リオーナはその場の主導権をとり戻そうとした。「水晶のなかに何が見えるか教えて」

「いいだろう。今夜はきみを甘やかしたい気分なんだ。少なくとも一度ぐらいはね」そう言って彼はまた石に目を向けた。「光が見える。うまい手品だな、お嬢さん」

「あなたが見ている光は水晶の自然のエネルギーよ。悪夢のエネルギーと共鳴する特別な力を持っているの。どんな夢もこの世の超常的な側面から湧いて出ているわ。たとえそんな感覚など持ち合わせていないという人の夢でもね。夢によって引き起こされたエネルギーの流れを変えれば、夢そのものの性質も変えられる」

「きみのことばを聞いていると、知り合いの科学者を思い出すよ。ケイレブ・ジョーンズという名前の科学者だ。つねに超常現象を科学的な側面からとらえようとする。そんなのは語り合ってもつまらない話題だと思うね」

「水晶がそういう作用をもたらす理由について説明してあなたをうんざりさせないようにするわ」リオーナは募る不安を抑えながら言った。「集中してくださいな。これから白昼夢を見ることになるけど、いっしょにその夢の力とエネルギーを弱めましょう。すっかり消し去

ることはできないけど、それが現実だとか、魅力的だとか思わなくなるぐらいには弱められるはずよ」

サディアスはまたゆっくりと危険な笑みを浮かべた。「きみの水晶でお遊びをする気分じゃないんだ。今宵は別のおたのしみのほうがいいな」

「ミスター・ウェア、さっきわたしがあなたを信頼したように、わたしのことを信頼してほしいってお願いしてるの」

水晶の光を受け、ウェアの冷たく輝く目がわずかに細められた。サディアスは身を乗り出して彼女の顎《あご》の下を指でなぞった。撫でられてリオーナの体に小さな震えが走った。

「きみを救ったのは、きみが私のものだからだ」彼は言った。「私は自分のものは守る」

サディアスはより深い幻覚の世界へと沈みつつあった。

「ミスター・ウェア」リオーナは言った。「これはとても大事なことよ。この光を見て幻覚に注意を集中させて。それでそれについてわたしに話して聞かせて」

「いいだろう、きみがどうしてもというなら」サディアスはまた水晶をのぞきこんだ。「窓のところにいる悪魔からはじめようか？　それとも扉の取っ手にへばりついているヘビのほうがおもしろいかな」

石の中心部に力が宿った。ものすごい力が。光が燃え立つ。彼はようやく言われたとおりに水晶に気持ちを集中させていたが、彼の能力がこれほどとはリオーナも考えていなかった。エネルギーの流れを制御するのに、彼女自身、よりいっそう神経を集中させなければならなかった。

「今あなたがまわりに見ているどんな生き物も現実のものじゃないのよ、ミスター・ウェア」

サディアスは手を伸ばし、親指で彼女の下唇をなぞった。「きみは現実だ。今夜はそれがわかればいい」

「あなたとはまだ知り合ってまもないけど、あなたがとんでもない意志の力を持っているのは明らかね。まだすっかり悪夢に屈していないもの。心のどこかで、まだ自分が幻覚を見てることはわかってるのよ」

「たぶんね、でも、もうそれはどうでもいいことだ。今この瞬間、きみ以外に興味をそそられるものはない」

水晶の光が薄れた。サディアスはもはや水晶に神経を集中させてはいなかった。

「あなたの協力がなければだめなのよ」リオーナはきっぱりと言った。「水晶の光にもっとしっかり気持ちを集中させて。ふたりで力を合わせれば、水晶のエネルギーを使ってあなたの心をむしばむ悪夢を消し去ることができるわ」

「きみの治療法は私には効かないな」サディアスはおもしろがる口調で言った。「どうやら一種の催眠術のようだが、きみと同じで私も生まれつき催眠術には免疫があるんだ」

「あなたに催眠術をかけようなんて思ってないわ。この水晶はわたしたちがあなたの悪夢のエネルギーに波長を合わせる道具にすぎない。今、そのエネルギーがあなたに幻覚をもたらしているのよ」

「きみはまちがっている、リオーナ」サディアスは小声で言った。「毒蛇や悪魔は幻覚じゃない。本物だ。私の命令で動く使用人だ。地獄のありとあらゆる力によって私にしばりつけられている。きみもそうだ。すぐにきみにもわかるさ」

そこではじめて、リオーナは彼を失うのではないかという恐れを感じはじめた。不安が心を揺さぶり、集中が解けた。サディアスは水晶を見下ろして笑った。

石の光が突如として消え、色を変えた。リオーナはショックに駆られて石を見つめた。水晶の中心に嵐が起こりつつあった。光ではなく、奇妙な暗い波が不気味に渦巻いている。サディアスが自分自身の力を水晶に注ぎこみ、彼女が慎重に方向づけたエネルギーの波を圧倒してしまったのだ。

ふたつの嵐が融合し、力を増した。リオーナは不穏な力が高まり、うねるのを恐怖を募らせながら見つめていた。今サディアス・ウェアがしているようなことをする人間にはこれまで遭遇したことがなかった。すっかり悪夢にとらわれている彼自身には何が起こっているのかわかっていないかもしれなかったが。

目が無数の小さな鏡でできている巨大な虫がサディアスの隣に現れた。虫の牙《きば》が濡れて光っている。

リオーナは恐怖に凍りついたようになった。逃げ場はない。隠れる場所もない。恐怖のせいで手の指と爪先がちくちくと痛んだ。汗にシャツが濡れる。悲鳴をあげようとしたが、声

こ
は喉でつまって出てこなかった。

「害を与えることはないから。

「気をおちつけるんだ、お嬢さん」サディアスが言った。「害を与えることはないから。これは私が呼んだ生き物だ。きみの身は私が守る」

無意識にリオーナは扉の取っ手に手を伸ばした。が、赤い目の毒蛇の頭をつかみそうになって、はっと指を引っこめた。

「きみにも見えるようになったんだね?」サディアスは喜んで訊いた。「私の世界に足を踏み入れたわけだ」

彼が水晶から力を引き出して、幻覚を自分だけでなく彼女にも見えるようにしたことがリオーナにもわかった。自分の目でその驚くべき光景を目にしなければ、そんなことができる人がいるなどけっして信じられなかったことだろう。

ふいに叔父のエドワードのことばが心に浮かんだ。〝リオーナ、覚えておくんだ。舞台に上がった瞬間から、観客のことはこちらの意のままにしなければならない。観客の自由にさせてはだめだ〟

水晶の力をとり戻さなければ。さもないと、サディアス・ウェアとともに悪夢のなかへと吸いこまれていってしまう。そうなれば、ふたりともおしまいだ。

意志の力を残らず振りしぼり、リオーナは恐ろしい虫から目をそらし、水晶のなかで荒れ狂うエネルギーの波に注意を集中させた。

「石を見つめて」とありったけの威厳をかき集めて命令した。「これが唯一の望みの綱よ。

あなたは幻覚にすっかり呑みこまれてしまっている。闘わなくちゃならないわ」

サディアスはほほ笑んだ。「きみがこうして私の夢にはいってきてくれるほうがずっといいな。ふたりで地獄の一画を支配しよう」

彼の意図に気づくまもなく、リオーナは両手で肩をつかまれていた。サディアスは彼女を引き寄せた。

「今すぐ放して、ミスター・ウェア」リオーナは声に恐怖を表すまいとしたが、彼がそれに気づいたのはたしかだった。

「なあ、私がどうしてこうするかわかるかい?」サディアスは訊いた。声は危険な官能の響きを帯びてかすれている。「この世界ではきみは私のものだからさ。そろそろきみの力を味わい、きみにも私の力を味わってもらうころあいだ」

リオーナは逃れようともがいたが、彼のつかむ手に力が加わっただけだった。抵抗しても相手を刺激するだけだと本能的に悟り、彼女は即座に身動きをやめた。そして、どういう行動をとったらいいか、可能なことを必死で考えた。大声で助けを呼べば、アダムが聞きつけて助けに来てくれるだろう。しかし、危機を回避するのにアダムはサディアス・ウェアの脳天に銃弾を打ちこむにちがいない。ウェアが今夜、ふたりの見張りを眠らせて命を救ってくれたことを考えれば、それは行きすぎた反応というだけでなく、きわめて不公平なやり方だった。

今度は彼を救うのはこちらの役目だ。お互いのために強くならなければ。

「無理じいしないで」

リオーナは内心とは裏腹に冷静さを装って言った。「今夜わたしを救ってくださったでしょう。あなたは女に荒っぽいことをする人間じゃないわ」

サディアスは彼女をさらに引き寄せた。石の光を受け、目が暗い情熱に光った。

彼は彼女の唇を珍しい異国の熟れた果物でも見るように眺めた。「私がどんな人間か、きみは知らないだろう。今はまだね。でもすぐに、お互い絆《きずな》で結ばれていることがわかるさ」

「あなたが名誉を重んじる人でわたしを傷つけたりしないことはわかるわ」リオーナは抑揚のない口調で言った。

サディアスはそのことばに彼女のシャツの襟をゆるめることで答えた。彼の指が喉をかすめるのをリオーナは強く意識した。

「こういったことに名誉がからむと問題が複雑になるな」

「少しも複雑じゃないわ。あなたもよくおわかりのはずよ」リオーナはささやいた。「あなたは悪夢の力に支配されているだけ」

「人であれ物であれ、私を支配することなどできない。きみですらもね、かわいいリオーナ」

「あなたをあやつっているのはわたしじゃないわ。デルブリッジが毒を用いてしていることよ。まさか彼が勝つのを許すおつもりじゃないでしょうね？」

サディアスは訝《いぶか》るように目を細めてためらった。「デルブリッジ。きみが水晶を持ち去ったのを知ったら、きっとどんな手を使ってでもとり戻そうとするだろう」

悪夢の世界のどこかで理性への扉が若干開いたようだった。リオーナはその機会を逃すまいとした。

「おっしゃるとおりよ」とやさしく言う。「デルブリッジがわたしにとって大きな脅威であることはわかります。でも、毒にやられていては、あなたも彼に太刀打ちできない。わたしを守ってくれるつもりならば、正気に戻ってもらわなくては」

「やつもそうだが、誰であれ、きみを私から奪おうとするやつからきみを守ると誓うよ」サディアスは彼女の髪をとめているピンのひとつを抜いた。「きみは私のものだ」

「ええ、そうよ」リオーナはきっぱりと言った。「わたしはあなたのもの。だから、あなたは今夜デルブリッジの毒と闘うの。わたしのために。彼のせいで正気を失ったりしないわね。さもないとわたしを守ってくれるわけにいかないもの」

「きみのために」彼は誓いのことばを述べるようにおうむ返しに言った。「きみを守るためなら、地獄の門でもくぐり抜けるさ、リオーナ」

水晶の内部だけでなく、狭い馬車のなかでも見えないエネルギーが沸き立っていた。リオーナ自身の五感も毒を帯びた彼の暗いオーラに反応していた。まるで魅惑的な香りのように惹きつけられるオーラだ。リオーナの体内に熱がこもり出した。突然心の内に、彼の夢の世界に飛びこんでいって悪夢を分かち合いたいという思いが湧き起こった。

サディアスはもう一本ピンを抜いた。それから、自分のものとわからせるようにわざとらしく片手をうなじにまわし、口に口を下ろした。

自分のものと主張し、力を見せつける刺激的なキスだった。リオーナのオーラも燃え上がり、彼のオーラと溶け合った。エネルギーの流れがぶつかり合い、溶け合ってひとつの流れとなる。なかば閉じた目で、リオーナは水晶のなかで稲妻が光るのを見た。

サディアスは珍しい甘美な酒でも差し出されたかのようにリオーナをむさぼった。悪夢のエネルギーがどこへ向かうにしろ、彼についていきたいとリオーナは願った。

低くかすれた声をあげ、サディアスは顔を上げると、彼女を座席に引き倒そうとした。

「私のものだ」とささやく。

今やらなければ手遅れになる。リオーナは互いのために行動を起こさなければならなかった。さもなければすべてが失われてしまう。叔父の別のことばが胸に浮かんだ。〝つねに観客には見世物を提供すること〟

リオーナは両手で水晶をつかんだ。

「石をのぞきこんで、サディアス」ベッドへ誘うかのような声でささやく。「あなたのエネルギーが火をつける様子を見て」

サディアスはそのささやかな誘惑に反応し、光る石を見下ろした。

リオーナはその瞬間を待っていた。彼の注意が水晶に向けられたのを感じた瞬間、持てる力のすべてを石に叩きこむ。ふつうの顧客であれば、まずは自分のエネルギーの流れを整えたところだが、今回はそんな暇はなかった。繊細なやり方で慎重に行う余裕などなかったのだ。荒れ狂うサディアスのエネルギーを自分のむき出しの力で圧倒できるようにと祈るしかなかった。

水晶のなかの嵐が最後に一度荒々しく吹き荒れたと思うと、やがてやんだ。

ほんの数秒ですべては終わった。サディアスは身を震わせたと思うと、クッションに沈みこんだ。

「もうここは悪夢の世界ではない」ぼうっとしながら彼は言った。

「ええ」と彼女も言った。

「きみが私を正気に戻してくれ、命を救ってくれたんだな。感謝してもしきれないぐらいだ」

「おあいこよ。あなたはデルブリッジの邸宅から逃げるのに手を貸してくれたんですもの」

「デルブリッジか。そうだな」疲れきった様子でサディアスはランプのひとつをつけた。

「やつは厄介な存在になるぞ、リオーナ」

「デルブリッジのことなら心配いらないわ、ミスター・ウェア。今はゆっくり休んで」

「それ以外に何かできるとは思えないよ」サディアスはリオーナがつけていたかつらを拾い上げ、はじめて見るとでもいうようにしげしげと眺めた。「覚えているかぎり、これほど疲弊しきったことはない」

「今夜はエネルギーをたくさん使ったんですもの。睡眠をとるべきね。うんと長く」

「起きたときにそばにいてくれるかい？」

「ええ」

サディアスはかつらを上着のポケットに突っこみ、かすかな笑みを浮かべた。「嘘つきだな」

「ほんとうよ。今は言い争うときじゃないわ。あなたは休まなくては」

「私から逃げても意味はないぞ、リオーナ。もう私とは絆で結ばれているんだからな。きみがどこへ行こうとも、きっと見つけてみせる」

「お眠りになって、ミスター・ウェア」

サディアスは言い争わなかった。席の隅にさらに身を沈みこませると、太腿《ふともも》が彼女の太腿に触れるように脚を伸ばした。リオーナは彼を長いあいだ見つめていた。

4

　サディアスが深い眠りに落ちたと確信すると、リオーナは立ち上がってクッションに膝《ひざ》をつき、アダムと話そうと天井の扉を押し開けた。

「患者の様子は？」肩越しに振り向いてアダムが訊いた。

「眠っているわ。毒はとても強いものだった。いっとき救えないんじゃないかと怖くなるほどに」

　冷たい風が空から落ちはじめた雨粒を馬車のなかに運びこんだ。

「悪夢を引き起こすとはどんな毒なんだ？」アダムが訊いた。

「わからないわ。ミスター・ウェアによると、デルブリッジがそれを使ってふたりの人をおかしくさせたそうよ。どちらも数時間以内に亡くなったって」

　アダムは手綱をふるい、馬の足を速めさせた。「デルブリッジは思った以上に危険な男のようだな。変人の収集家にすぎないと思っていたんだが」

「もっと最悪よ。話す暇がなかったんだけど、あの邸宅の展示室で女の人が死んでいたの。喉をかき切られていたわ。なんとも……ぞっとするような光景だった」

「くそっ！」アダムはショックのあまり手綱を引いてしまい、馬が足をゆるめた。アダムは急いで馬をまた走らせた。「女は誰だった？」

「わからない。デルブリッジが客をもてなすのに連れてきた女のひとりにちがいないわ。男の人と密会するために展示室へ行ったみたいだから。ただ、人殺しと先に出くわしてしまったわけだけど」

「馬車に乗っているのがその人殺しだとは言わないでくれよ」

「まさか」

「どうして断言できる？」

「理由はふたつ。ひとつは死体のそばに立っている彼と鉢合わせしたときにわたしを殺さなかったこと。彼が殺したんだったら、きっと目撃者を始末しようとしたでしょうからね」

「なんてことだ。きみは死体のそばに立っている彼と鉢合わせしたのか？」

「彼が人殺しじゃないと信じるふたつ目の理由は、デルブリッジの庭にいたふたりの見張りを殺さなかったことよ」

「ふたりの見張りってなんのことだ？　今夜はあそこに見張りなどはいなかったはずだが」

「どうやらミスター・ピアースの情報はいくつかまちがっていたようね」

「くそっ」アダムは再度毒づいた。今度はさっきよりも声が小さかった。「リオーナ、どうもとんでもなく厄介なことになりそうだぞ」

「そんなことないわ。ちょっと入り組んだ状況だったのはたしかだけど、全部解決したもの」

「正気の人間だったら、アメリカとか、どこか遠くの場所へ逃げる算段をするような状況にあるっていうのに、よくそんな楽観的でいられるな」

「事実だけを考えてみてよ、アダム。あの邸宅からは無事離れられたし、水晶を奪ったのが誰か、デルブリッジには知るよしもないのよ」

「きみは一番厄介なことを忘れてるよ」アダムは不穏な口調で言った。

「なんのこと？」

「今馬車のなかで寝ているご仁さ。彼については何を知っている？」

「ほとんど知らないわ。信じられないほどの超常的な力を持った催眠術師だってこと以外は」とリオーナは認めた。

「超常的な力を持った催眠術師だって？」

「ふたりの見張りとデルブリッジの客のひとりを即座に催眠状態に引き入れたの。びっくりするぐらいだったわ。催眠術であそこまでのことができる人を見たのははじめてよ」

「それで、ロンドンへ戻る手助けをしているってわけか？」アダムはぞっとしたように言った。「きみはおかしくなってしまったんだな、リオーナ。たとえ超常的な力を持っていないとしても、催眠術師といった連中が危険であることは周知の事実だ。彼のこともすぐに始末しないと」

「おちついて、アダム。とり乱す必要はないわ。万事うまくいくから」

「言っておくが、ミスター・ピアースは催眠術師が好きじゃない。とくに超能力のある連中は。私も同じだ」アダムは苦々しく言った。

「超能力を持つ催眠術師に会ったことがあるのね？　なんてこと、想像もしなかったわ。それで、どうなったの？」

「その催眠術師は死んだとだけ言っておこう。自殺したんだ。きみも新聞で読んだんじゃないかな。ロザリンド・フレミングという名前だった」

「そう聞いてみると、たしかに名前に聞き覚えがあるわ。でも、その人が催眠術の能力の持ち主だってことは新聞には何も書いてなかった。上流の社交界に属していたご婦人じゃなかったかしら？」

「上流社会の一員になり上がる前には霊媒として生計を立てていたんだ。その業を利用して顧客をゆすっていたってわけさ」

「たしか、橋から飛び降りたんだったわね」

「ああ」

その完璧に抑揚のない返答に警戒心が呼び起こされた。その話はそれまでということはリオーナにもわかった。おそらく、この話題はアダムの親友ミスター・ピアースにまつわる謎に少々深く立ち入りすぎたということだろう。

「今問題なのは——」リオーナは言った。「ミスター・ウェアをどうするかということよ」

「眠っていると言ったね」とアダムが訊いた。

「ええ」

「ぐっすり?」

「とても」とリオーナは答えた。

「だとしたら、道端の森に置き去りにすればいい」

「冗談でしょう。あの人は今夜わたしの命を救ってくれたのよ。そうでなくても、雨が降ってきたわ。風邪を引いて死んでしまうかもしれない」

「野良犬でも拾うように家に連れ帰るわけにもいかないだろうに」アダムは苛立ってつぶやいた。

「あなたが彼をひと晩面倒見てくれればいいわ」

「絶対に無理だ。ミスター・ピアースが許さない。お忘れかもしれないが、彼は今回の計画に最初から懐疑的だった。私が催眠術師を家に引っ張りこんだなどと知れたら——」

「わかったわ、ちょっと考えさせて」

「ウェアは今夜なぜデルブリッジの博物館にいたんだ?」

リオーナは答えをためらった。「水晶をとりに行ったのよ」

「きみの水晶を?」

「その、ええ、たまただけど」

「ちくしょう。だったら、きみの催眠術師をどうするか考えるにあたって、ほかにも考慮に入れておかなければならないことがあるな」

「どういうこと?」

「彼は目を覚ましてもなお、その忌まわしい石をほしがるだろうと思っていたほうがいい」

リオーナはいつもは陽気な自分の気分がどっと落ちこむのを感じた。アダムの言うとおりだ。サディアスがわたしを探しに来てくれたとしても、それは石がほしいからであって、わたしを求めてではない。さきほどの電気が走るようなキスは幻覚のなせる業であり、悪夢の一部なのだ。これは紳士の心に欲望の火をともすような出会いとはとうてい言えない。

「さっきちらっと見ただけだが――」アダムがつづけた。「うやうやしく目的をあきらめてきみに石を譲るような人間ではなさそうだ」

「あなたが正しいわ」リオーナは言った。「ミスター・ウェアのことはどうにかしなければ。わたしに考えがある」

5

時計が三時を打った。

リチャード・サクシルビーは目を覚まし、展示室を見まわした。まずは混乱を覚えた。いったいここで私は何をしているんだ？　今夜パーティーの前に収集品を見てほしいと言い張るデルブリッジに案内されてほかの客といっしょにここへ来たときには、まったくおもしろいとは思わなかった。古代の遺物にはあまり興味がなかったので、見ても退屈きわまりないだろうとは思っていた。しかし、退屈は問題ではなかった。問題は展示室に飾られている収集品がはっきりと不快な感覚をもたらしたことだった。

どうしてここへ戻ってきたのだったろう？

記憶がよみがえり、胃のなかで何かが渦巻いた。モリーのために戻ってきたのだ。あのあばずれが、ダンスがはじまってからここであいびきしようと誘ってきたのだった。ここへふたりを探しに来ようと思う人は誰もいないからと言って。

しかし、モリーは死んでいたのだ。残酷にも殺されていたのだ。彼は振り返った。鼓動が速くなる。いや、夢ではなかった。彼女はまだ床に横たわっている。すごい血だ。喉をかき切られているのだ。斬り殺されたというわけだ。胃がむかむかした。恐ろしいその瞬間、吐き気をもよおしそうになった。彼は死体から顔をそむけた。

デルブリッジに伝えて警察を呼んでもらわなければ。

警察。パニックに胸をつかまれる。殺人事件にかかわるわけにはいかない。これまで骨を折ってきた投資の計画は今非常に微妙な局面にある。上流社会の重鎮たちがその計画に投資してくれるかどうか、決断がくだされようとしているところだ。クラブで噂が広まるのは速い。

なお悪いことに、きれいな娼婦を殺した犯人と警察に疑われる可能性もあった。スコットランド・ヤードの刑事にこの展示室にいた理由をどう説明できるだろう？　それに、口やかましい妻のことも考えなければならなかった。殺人の捜査に一族の名があがることがあったら、ヘレンは怒り狂うにちがいない。今夜、娼婦とあいびきするためにここへ来たと知れたら、怒りに油を注ぐことにもなる。

誰かが来る前にここを立ち去らなければ。階下《した》へ降りてほかの客たちに交じり、デルブリッジが今宵のために用意した女たちとダンスしている姿をみんなに見せなければならない。死体の発見はほかの誰かにまかせよう。

6

数時間後――

デルブリッジは細長い展示室を行ったり来たりしていた。モリー・スタブトンの血まみれの死体には目をくれようともしなかった。今この瞬間、死んだ娼婦のことなどはさしたる問題ではなかったからだ。デルブリッジは憤怒に駆られていた。おおいなる不安にも襲われていた。

「いったい見張りどもはどうしたんだ?」彼はハルシーに向かって言った。

ドクター・ベイジル・ハルシーは眼鏡をいじりながら首を振った。白髪まじりの前髪は伸び放題であるのはもちろん、いつ洗髪したかもわからないほどだった。べとついて束になった髪は電気ショックでも受けたかのように無様に逆立っている。いつも変わらず皺《しわ》くちゃの上着とだぶついたズボンがやせ細った体からつり下がっていた。上着の下に着ているシャツはかつては白かったのだろうが、今は長年の薬品の汚れがしみついて灰色がかった茶色に変色していた。

概して、ハルシーのなりは人を表していた。朝早い時間に研究室から引っ張り出されたばかりの優秀だが変人の科学者。研究室をかまえる際の費用はデルブリッジが支払っていた。

「み、見張りたちがど、どうしたのか、見当もつきませんな」ハルシーはおどおどと口ごもった。「ご命令どおり、ミスター・ランシングに厨房に運び入れてもらい、目を覚まさせようとバケツで冷たい水をかけてやったのですが、どちらもぴくりともしませんでした」

「ジンの飲みすぎで意識を失ったようにも思えたが――」ランシングが口をはさんだ。優雅だがうんざりしているような口調だ。好きな遊びに興じているとき以外はたいていそういう口調の男だった。「ただ、どちらも酒のにおいはしなかった」

ハルシーは眼鏡の掃除に夢中になっていた。研究室から連れ出されるといつも不安そうに見えたが、ランシングと同じ部屋にいることを余議なくされると、さらに不安そうな様子になった。デルブリッジには彼を責められなかった。ネズミを毒蛇の檻《おり》に無理やり入れるようなものだったからだ。

デルブリッジ自身、警戒心を抱きながらもそれを隠し、ランシングという名前の怪物をじっと見つめた。ハルシーとちがって恐怖を表に出したりはしなかった。おそらくは無意識の反応を隠すすべにすぐれていただけかもしれないが。

怒りは胸でたぎっていたが、慎重を期する必要のあることもわかっていた。そばの壁の燭台が投げかけるまぶしい光のなか、ランシングはルネッサンスの絵画に描かれている天使のように見えた。淡いサファイア色の目と、ほとんど白に見えるほど淡いブロンドの髪をした、えも言われぬほどのハンサムな男だ。女たちは蛾《が》が炎に引き寄せられるように彼に引きつけられるのだった。しかし、ランシングの場合、外見が他人をあざむくものであるのはたしかだ。彼は冷血な人殺しだったのだから。狩りと人殺しを生業とし、お気に入りの獲物は人間で、とくに女を狩るのが好きだった。怖いほどそれに長《た》けてもいた。犠牲者を追って倒す、超自然的としか言いようのない才能に生まれつき恵まれていたのだ。超常的な狩りの感覚が働くと、獲物のごくわずかなエネルギーの残滓《ざんし》を感知することもできた。真っ暗闇の夜にはっきりと物を見る能力にも恵まれていた。攻撃を加えるときには、熟練の兵士やボクサーよりもずっとすばやく動くことができた。その速さは捕食動物のそれであって、ふつうの人間のようではなかった。

デルブリッジはアーケイン・ソサエティの一員だった。超常的な物事を研究する秘密組織で、会員の大多数は少なくともなんらかのはっきりした能力を持っていた。近年、ソサエティはこれまで認知されてきたさまざまなタイプの能力を調査・研究し、分類する大がかりな計画を推進してきた。そうして分類される能力がふえたおかげで、ランシングのようなきわめて危険で特殊な能力を見せる人間にも名前がつけられた――超常ハンター。

ソサエティ内部でも多くの人間が――ダーウィン氏の進化論を支持する人たちはとくに――超能力を持つハンターはじっさい、原始時代への退歩ではないかと考えていた。デルブリッジもその考えに賛成だった。しかし、ランシングはちがった見解を持っている。この優美な毒蛇が考えるに、自分こそが高度に進化した、誰よりもすぐれた人間なのだ。いずれにしても、彼にもそれなりに利用価値はあった。

デルブリッジは、娼婦を餌食《えじき》にする残忍な人殺しの話がゴシップ紙に登場するようになって、ランシングを見つけ出したのだった。〈ザ・フライング・インテリジェンサー〉紙に〝真夜中の怪物〟と名づけられた彼を隠れ家からおびき出すのは簡単だった。ブロンドの髪といい、きれいな顔といい、モリー・スタブトンは怪物の獲物となるにぴったりの女だった。彼女を貧しい街娼に扮装させて怪物が獲物を探すと言われる界隈《かいわい》で客あさりに精を出させ、デルブリッジ自身は弾丸をこめた拳銃をポケットに二丁隠し、ハルシーの秘薬を入れた小瓶を片手にしてそのそばの物陰で待ちかまえた。

長年デルブリッジは自分の能力に苛立ちを覚えてきた。その能力は充分に強いものだったが、ごくかぎられた役にしか立たなかったからだ。強い超能力を持つ人がいれば、はっきりそうと感知できる能力。加えて、その特別な能力の性質を判別することもできた。ランシングの正体を見破ったその晩、ようやく自分のその能力が役に立ったのだった。

ある晩、真夜中の怪物は霧のなかから現れた。優美な紳士の装いをし、天使のような笑みを浮かべた彼に、世慣れていて危険を察知する能力にすぐれたモリーでさえもだまされてしまった。

しかし、ランシングの狩猟本能が全開となると、デルブリッジはすぐさま彼が発する邪悪なオーラの性質を判別した。怪物の能力に名がついていなかったとしても、彼の正体ははっきりとわかった――人殺し。

デルブリッジは超常ハンターに仕事を持ちかけるとともに、彼にとってもっと重要にちがいないと直感が告げたことを提供した。その並はずれた能力の認知と称賛。

すぐにランシングにはもうひとつ弱点があることがわかった。怪物を制御するためにはそれについてもおもねる必要があった。ランシングは卑しい生まれだったが、生まれのせいでつねに拒絶されてきた上流社会の人間と肩を並べたいと願っていた。飢えた人間がパンを求めるように、上流社会の人間たちに受け入れられたいと熱望していたのだ。誰よりもすぐれた人間である自分が、上流社会に招かれるために必要な社会的地位や縁故を持っていないことで、彼が憤っていることは明らかだった。

デルブリッジはこの毒蛇を今夜のパーティーのような社交の集まりに招くのはもちろん、仕立屋に紹介することすらいやでたまらなかったが、それについてはどうしようもなかった。ランシングを自分の属する上流社会の末席に連ねさせることは、真夜中の怪物を利用するためには必要な代償だったからだ。

デルブリッジは彼に目を向けた。「今夜はどうしてこういうことになった？　ミス・スタブトンを始末する計画は単純明快だったはずだ。今夜のパーティーのあとにきみが彼女を彼女の家に送っていってそこで始末することになっていた。いったいなぜ私の家で殺した？　自分がどんな危険を冒したのかわかっていないのか？」

モリー・スタブトンは目をみはるほど美しい女だった。燃え立つほどの肉感を持ち、寝室での技にすぐれているおかげで、誘惑の道具として役に立った。デルブリッジは競争相手の秘密を探るのに彼女を雇ったのだったが、彼女はその役目を見事にはたしてくれた。しかし、最近では厄介な存在になってきていた。要求が過剰になり、ゆする素振りさえ見せはじめていた。そろそろ始末するころあいだったのだが、ランシングがへまを犯した。

ランシングは優美に片方の肩をすくめた。「なぜかここへ上がってきたんでね。おそらく、客の誰かとあいびきするつもりだったんだろう。彼女が何をするつもりなのかたしかめようとあとをつけてきたんだ。私を見たときの彼女の恐怖は香水のように濃厚だった」ランシングの口が思い出し笑いをするようにゆがんだ。「これからどうなるか彼女には想像がついたはずだ。私が家に送っていくと申し出ても受け入れなかっただろう。そのときその場で黙らせるしか選択肢はなかった」

「その場で行動を起こす必要を感じたとしても、もっとうまいやり方があったはずだ」デルブリッジは指摘した。「どうして喉をかっ切って転がしておいた？　客の誰かが展示室に上がって死体を発見し、階下《した》へ戻ってそれを知らせていたらどうだった？　私は警察を呼ぶよりほかにしかたなかっただろう」

「血がすごかったのでね」ランシングはまだにやつきながら言った。「上着もズボンもすっかり血まみれになってしまった。どこかの寝室へ行って体を洗ったり着替えたりしなきゃならなかったんだ」

デルブリッジの心に疑念が湧いた。「今夜、着替えを持ってきていたというのか？」

「もちろんさ。ちょっとしたおたのしみが待っているときには必ず着替えを持参する」

言いかえれば、最初からモリーのことは彼女の家ではなく、この邸宅内で殺すつもりだったということだ。この野獣はきっと、彼よりも社会的立場が上だと自負する紳士たちが集う家のなかで殺人を犯し、無事逃げおおせるというスリルをむさぼったのだろう。デルブリッジはため息を押し殺した。ハルシーは正しかった。正気とはとうてい言えないこの男を完全に制御することは不可能だ。問題はそれでもきわめて役に立つということだ。

「体を洗って着替えをするのにどのぐらいかかった?」デルブリッジは忍耐力を働かせながら訊いた。

ランシングはまた優雅に肩をすくめてみせた。「二十分ぐらいかな」

デルブリッジはきつく歯を食いしばった。「それなのに、水晶がなくなっていることも、ふたりの見張りが気を失っていることも、三時半になるまで知らせに来なかったというのか?」

「ナンシー・パルグレイヴが私を探しに来たのでね」ランシングはにやついた。「寝室を出たら、彼女が一階の踊り場にいた。当然ながら、寝室のひとつに招き入れたよ。そういう状況で紳士がほかにどうすることができる?」

それもランシングのもうひとつの弱点に数え上げるべきだろうとデルブリッジは思った。誰かを狩って命を奪うと性的に興奮するのだ。魅力的な女が待ちかまえていたとなれば、抗いがたい誘惑だったことだろう。

客の最後のひとりが帰るまで危機に対処できなかったせいで、さらに時間がたった。加えて、その晩のために雇った使用人たちが家をあとにするまで待つ必要もあった。それから、住みこみのたったふたりの使用人である家政婦とその夫を彼らの寝室へと下がらせた。ふたりは長年忠実に仕えてくれており、主人の命令には疑問を呈さないほうがいいと心得ていた。

ふとある考えが浮かび、デルブリッジは足を止めて眉根を寄せた。

「もしかしたら、石はもっと早い時間に盗まれたのかもしれないな。きみがミス・スタブトンをここへ追ってくる前に」と彼は言った。

「そうかもしれない」ランシングは例によって細かいことには無関心だった。

「盗んだ人間に心あたりがないというのはたしかか？」デルブリッジがそう訊くのは三度目か四度目だった。

ランシングは水晶をおさめてあった戸棚の前に立った。「前から言っているように、私が感じとれるのは強い感情の名残りだけだ。恐れ、怒り、情熱。そういったことさ。ここにはそういった感情の名残りはない」

「しかし、盗んだやつが水晶をとり出し、毒を吸いこんだときには強い感情を抱いたはずだ」デルブリッジは言い張った。「ショックとか、恐怖とか、そういった感情を」

ランシングは指の長い手で鍵をもてあそんだ。「さっきも言ったが、混沌《こんとん》としすぎていて判別できないな。最近、あなたを含め、多くの人間がこれに触れた」そこでことばを止め、突然いつになく考えこむような顔になった。「しかし、集中してみると、最近ついたばかりの力の名残りが感じられる気もする」

鍵を調べるために超常感覚を解き放ったランシングのまわりにエネルギーが渦巻くのをデルブリッジは感じた。そうしたことに心の準備はできていたものの、それでも神経が揺さぶられる気がした。強烈な寒気が背筋に走る。科学の分野で能力を発揮するハルシーでさえ、殺人鬼の暗いオーラは感じとったにちがいなく、すばやく一歩後ろに下がった。

「感情の名残りはないか?」デルブリッジがうながした。

「ああ、エネルギーの名残りがあるだけだ」とランシング。「妙だな。こういった類いの残滓を感じることははじめてだ。こいつが誰であれ、大きな力を持っていることはたしかだな」

「そいつもハンターだと思うか?」

「わからない」ランシングは興味を抱いた様子だった。「しかし、これだけの力がある以上、その力を行使する能力はあるはずだ。誰であれ、危険な存在だ」

「きみと同じぐらい危険な人物か?」デルブリッジは軽い口調で訊いた。

ランシングは天使のような笑みを浮かべた。「私ほど危険な人間はいないよ、デルブリッジ。あなたもわかっているはずだ」

ハルシーが咳払いをした。「失礼ですが、ミスター・ランシングが感じとれる痕跡がここにない理由はいくつか理論的に説明できます」

デルブリッジとランシングはそろってハルシーに目を向けた。

「なんだ？」デルブリッジいつもながら科学者に苛立ちを覚えて訊いた。

「毒は盗人が水晶のはいった小袋を手にとった瞬間に顔に向けて噴き出したはずです」ハルシーは言った。「おわかりとは思いますが、盗人はその時点では戸棚にも内棚にも手を触れていなかったのではないでしょうか。小袋に触れただけで」

ランシングがうなずいた。「説明はつくな。罠にかかったあとで戸棚にじかに触れなかったとしたら、痕跡を残すこともなかっただろう」

デルブリッジは顔をしかめた。「盗んだ際に感情の痕跡を残したかどうかは別にしても、そのすぐあとに毒の効き目に屈したはずだ。長くても十分か十五分以内には」

「この家の外に逃げるには充分な時間だ」とランシング。

「しかし、それほど遠くまで行けたはずはない」

「手を貸す人間がいたのかもしれないな」とランシングが推測した。「おそらく、連れがいて、ここから彼を連れ去ることができたんだ」

「ちくしょう」デルブリッジが小声で毒づいた。もうひとり盗人がいたと思うと、ひどく厄介な気がした。

ハルシーが気おくれするように咳払いし、デルブリッジに目を向けた。「お忘れかもしれませんが、毒が効き目を発揮すると、いっしょにいる人間にとってきわめて危険なことになります」

「ああ、そうだ、わかっている」デルブリッジはそっけなく答えた。「誰彼かまわずそばにいる者を攻撃するはずだ。ブルームフィールドとアイヴィントンがそうだったという報告は受けた」そう言って腹立ちまぎれにそばにある銅像に手を叩きつけた。「くそっ、今ごろはほかのふたりと同じように死んでいるはずだ。死体は森のどこかに転がっているにちがいない」

「泥棒に連れがあったとしたら」ランシングがまたにやにやしながら言った。「それで、そのもうひとりがおかしくなった仲間を殺すだけの肝のある人間だったとしたら、死体を森に残して水晶だけを持ち去った可能性はおおいにある」

デルブリッジとハルシーは彼を凝視した。

ランシングは小さな弧を描くように片手を動かした。「私がその連れだったら、そうしただろうさ」

「それはまちがいないな」デルブリッジは冷たく言った。

「まったく」ランシングが明るくつづけた。「私がその連れだったら、水晶を手に入れてすぐに仲間を殺しただろうよ。そいつが狂気の兆しを見せるかどうかにかかわらず。そんな貴重なものをどうして誰かと分け合わなければならない？」

デルブリッジは花瓶を手にとって壁に投げつけたい衝動と闘った。くそ水晶はとり戻さなければならない。しかも早急に。それを見つけたことはすでに第三分会《サード・サークル》の会長には報告してあった。数日のうちにそれが持つ力を見せることになっていたのだ。オーロラ・ストーンをサード・サークルの会員たちにうまく提示できれば、学会の正式な会員として認められるはずだ。そうでなければ、入会を拒否されてしまうことだろう。

水晶を見つけなければならない。これまでずいぶんと骨を折り、時間と金を費やし、危険を冒してきた。今さら失敗は許されない。

ランシングはその彫刻のような顎を死体に向けてしゃくった。「死体を始末しようか？」

デルブリッジは眉をひそめた。「今は墓を掘っている暇はない。いずれにしても外は大雨だ。地面がぬかるみすぎている」

ハルシーが当惑顔になった。「死体をこのまま床に転がしておくつもりじゃないでしょうね」

デルブリッジは踵《きびす》を返すと、収集品のいくつもの石棺をじっと見つめた。「このうちのどれかに死体を入れておこう。森に埋められるようになるまで、無事そこにおさまっていてくれるだろう。使用人たちは私が命令しないかぎり、この展示室にはいるような真似はしないしな」

じっさい、住みこみの使用人たちがみずから進んで博物館にはいることは一度もなかった。ふたりとも感知できるような超能力は持っていなかったが、どんな人間も、ある程度の敏感さは持っているものだ。本人が気づいているいないにかかわらず。その敏感さは夢や直感という形で現れる。博物館の収集品は数多くひしめき合っているため、どれほど鈍感な人間にも多少の影響は与えるほどの邪悪なエネルギーを放出していた。今夜の客たちも収集品への嫌悪感を隠そうと努めていて、それを眺めるのは愉快なことだった。

ランシングが石棺の重いふたを開け、石と石がこすれ合うきしむような音がした。ランシングはハルシーに目を向け、笑みを浮かべて言った。

「死体を運ぶのを手伝ってくれ」

ハルシーはびっくりして飛び上がった。ランシングが直接話しかけてくることはまれだったからだ。狼狽《ろうばい》したまま彼は眼鏡を直し、いやいやながら前に進み出た。

ランシングは死んだ女のそばに歩み寄ろうとした。その際、古代の祭壇のそばを通りがかり、上の空でそれに触れた。デルブリッジはその小さな行動に気づいた。ランシングは展示室のほかの収集品にも、まるで猫でも撫でるように、いとおしそうに触れていた。博物館に足を踏み入れたほとんどの人間とはちがって、怪物は収集品がもたらす暗いエネルギーをたのしんでいるようだった。

そういう意味では私と似ているとデルブリッジは思った。そう考えて不快な寒気を感じた。こんな卑しい生まれの人間と共通点があるなどとは考えるのもいやだったのだ。

ランシングは唐突に足を止めた。手はまだ祭壇に置かれたままだ。

「どうした？」デルブリッジがすばやく訊いた。「何か感じるのか？」

「恐怖」ランシングはめずらしいスパイスであるかのようにそのことばを口にした。「女の恐怖だ」

デルブリッジは顔をしかめた。「きみに対するモリーの恐怖か？」

「いや、それとはだいぶちがう味がする」ランシングは石の表面を指でなぞった。「この女はモリーのようにわれを失ったヒステリックなパニックに駆られてはいなかった。まだ自制心を働かせている。それでも、ひどく怯《おび》えていたのはまちがいない」

「その人物が女であったのはたしかか？」デルブリッジは鋭く尋ねた。

「ああ、たしかだ」ランシングは今や猫撫で声を出していた。「これは女の甘い恐怖だよ」

デルブリッジはためらった。「おそらく、今夜この家にいた娼婦の誰かだろう。客といっしょに博物館の見物に来た」

「その場には私もいた」ランシングは言った。「恐怖に駆られている女はひとりもいなかった。この女のような恐怖には。これは絶対だが、もしいたとしたら、きっと私が気づいたはずだ」

「いったいここで何があったんだ？」デルブリッジがわけがわからないという顔で訊いた。

「わからないか？」とランシングは訊いた。本能のままの欲望で目が熱を帯びている。「今夜ここにはふたりの泥棒がいたんだ。そしてふたり目は女だった」

「女が私の水晶を盗みにここへ忍びこんだというのか？」デルブリッジは唖然《あぜん》として言った。「この邸宅に忍びこむ危険を冒すなど、そんな勇気のある女などいないだろう。そんな腕がないのはもちろん」

ハルシーがまた眉根を寄せた。「忘れたんですか？　女は男の助手だったんですよ」

「どうしてそいつは女を連れてきたんだ？」デルブリッジは当惑して訊いた。「わけがわからん。見つかる危険が増すだけじゃないか」

ハルシーは眼鏡をはずし、深く考えこむようにしてそれを磨きはじめた。「おそらく、必要だったからでしょう」

「なんのために？」デルブリッジが鋭く訊いた。

「私がこの件について調べたところでは、水晶の力を利用できる能力の持ち主として知られているのはみな女です」ハルシーは講義を行っているような調子で言った。「今夜男がこの女を連れてきたのは、水晶を見つけるのに手を貸してもらうためかもしれない」

「戸棚にエネルギーの痕跡を残していった男だ」ランシングがきっぱりと言った。「おそらく、今その男は死んでいるか、悪夢の狂気にとらわれているかのどちらかだな」

ハルシーは眼鏡を鼻に戻し、人差し指で位置を直した。それからデルブリッジに揺るがないまなざしを向けた。「どうやら女を探すことになりそうですな」

「しかし、その女のことは何ひとつわからない」デルブリッジは物憂い声で言った。

「そうともかぎりません」ハルシーはぼさぼさの眉の根を寄せた。「水晶のエネルギーを扱える女だということはわかっているのですから」


それから少したって、デルブリッジはハルシーとともに厨房にいた。まだ外は雨だったが、夜明けが近づくとともに厚い雲が晴れはじめ、空はうっすらと明るくなりつつあった。デルブリッジは前の晩のために雇われたふたりの見張りを見下ろした。パッドンとシャトルという男たちで、どちらも床に広げられたマットの上に転がっている。

デルブリッジが自宅の厨房に足を踏み入れることはめったになかった。彼は紳士であり、紳士たるもの家事などにかかずらうものではないからだ。今朝こうして来てみて、マットについた油のしみの多さには少しばかり驚かずにいられなかった。家政婦が作る食べ物がどの程度清潔であるか考えてしまうほどに。

「侵入者に薬を盛られたにちがいない」彼はハルシーに言った。「それしか考えられないな」

今はランシングがいっしょにいないので目に見えておちつきをとり戻したハルシーは、靴の爪先で見張りのひとりをつついた。「おそらく」

「薬の効果がいつか薄れることを祈るしかないな。こいつらが死んでしまったら、もう答えを得ることはできなくなる。ハルシー、あの水晶はとり戻さなければならないんだ」

「これだけは言えますが、私もあなたと同じだけ頭を悩ませています」

「そうでなきゃ困る。きみの研究室にはひと財産かかってるんだからな。あの水晶をとり戻せなかったら、きみの実験に金銭的援助をつづける理由はなくなるんじゃないか？」

ハルシーは身を縮めた。デルブリッジはその反応に多少の満足を覚えた。ハルシーの弱点はランシング同様はっきりとわかっていた。科学者には自分の研究のみが重要なのだ。

「水晶は見つけます」ハルシーは急いで言った。

「サード・サークルの会長のもとへ石を届けるまでほんの数日しかない。それができなければ、二度と会員に志願することもできなくなる。会長がそう明言していた」

「わかりました」

デルブリッジの心にまた苛立ちが募った。「やっとここまで来たというのに。あれだけの危険を冒して。計画を練るのに何カ月も費やし、上流階級の紳士をふたりも犠牲にした。それでようやく水晶をこの手にできたというのに」手がこぶしに握られる。「それが消えてしまうなど」

ハルシーは答えなかった。床に転がっているふたりの男をじっと見つめている。

「ミスター・シャトルが起きそうですが」と彼は言った。

デルブリッジは目を下に落とした。たしかにシャトルが身動きし、目を開いた。

パッドンの目もはっと見開かれ、うつろに天井を見つめた。

「おもしろい」ハルシーが言った。「こんなふうに目覚めをもたらす睡眠薬は聞いたこともない。ふたりとも、夜が明けると同時に目を開けろと命令されたかのようだ」

シャトルとパッドンは身を起こし、まわりを見まわした。大きな鉄のオーヴン、木の桶《おけ》、鉛のたらい、長いテーブル、ナイフのラックなどをはじめて見るというように眺めている。

「いったいどうなってるんだ?」パッドンが小声で言った。

「立て、ふたりとも」デルブリッジが命令した。

シャトルとパッドンはのろのろと立ち上がった。どちらも見るからに卑しい生まれで、用心棒や傭兵として自分を売り物にしてきた強靭で暴力的な男に見えた。知性にはあまり恵まれていない。ふたりを雇うときに、デルブリッジはそれを利点だと思ったのだった。今は考え直す必要がある気がしていたが。

「庭でいったい何があった？」と彼は訊いた。

「とくに何も」シャトルが肉厚の手を髪に走らせて答えた「静かな晩でした。何も問題はなかった」そう言って顔をしかめる。「ただ、ここへ来たことは覚えてませんが」

「居眠りしないようにコックにコーヒーでも頼みに寄ったにちがいない」パッドンが言った。が、声からも顔からも狼狽しているのがはっきりとわかった。

「おまえたちはどちらも自分で厨房に来たわけじゃない」デルブリッジが言った。「ふたりとも持ち場で眠りこけているのをわれわれが見つけたんだ。おまえたちが居眠りしているあいだにふたりの侵入者が特別貴重な収集品を奪って逃げてしまった。私が客をもてなしているあいだにそういうことが起こらないよう、お前たちは雇われたはずだ。何か弁解はあるか？」

ふたりの見張りは愕然《がくぜん》として雇い主を見つめた。やがてパッドンが顔をしかめた。

「今言ったように、何も起こらなかったんだ。なんの話をなさってるのかわからない」

デルブリッジは助けを求めるようにハルシーに目を向けた。

ハルシーはパッドンに目を据えた。「さっき目覚める前に最後に覚えていることはなんだ？」

パッドンは肩をすくめた。「見まわりのために庭を歩いていました。朝になる前に雨になりそうだと思ったのを覚えている。それから――」首を振ってことばを止める。「それからここで目が覚めました」

シャトルもうなずいた。「おれも同じです」

「庭で誰かを見かけたのを覚えてないか？」とデルブリッジが訊いた。

「客のうちふたりほどが何分かテラスに出てきましたが、寒すぎると思ったんでしょう、すぐになかに戻りました」とパッドンが答えた。

「こんなことをしていても時間の無駄だな」デルブリッジが言った。「出ていけ。ふたりともだ」

パッドンとシャトルは目を見交わした。

「報酬については」シャトルが言った。その声からはいんぎんさは失われていた。

「おまえらが帰る前に払おう」デルブリッジは苛立った口調で請け合った。

ふたりの男は厨房から出ていった。デルブリッジは重々しいブーツの足音が聞こえなくなるまで待って訊いた。

「やつらも盗人の仲間だと思うか？」

「もしかしたら」とハルシー。「しかし、どうもそうではない気がしますな。やつらが夜明けとともに穏やかに、そしてすみやかに目を覚ましたことで、別の可能性が頭に浮かびました」

「別の可能性？」

「催眠状態にあったのではないかと」

デルブリッジは寒気を感じて身震いした。「催眠術か？」

「ふたりを見つけたときの状況の説明もつきます」

「盗人のどっちが催眠術師だったんだ？」デルブリッジが訊いた。「男か女か？」

「女が水晶の使い手だという推測が正しいとすれば、連れの男のほうが催眠術師でしょうな。お気づきとは思いますが、真に強い超能力に関しては、みな一種類しか備えていないものです。水晶の使い手か催眠術師かということはあっても、両方ということはない」

「そいつが誰であれ、数時間のうちには死んでいるはずだ」

「おそらく」とハルシーは言った。

デルブリッジはハルシーの顔に浮かんだ表情が気に入らなかった。科学者は別の可能性を考えている顔をしていたのだ。

ランシングが一時間後に報告に戻ってきた。全身ずぶ濡れで、まったく愉快そうではなかった。

「死体は見つからなかった」とぶっきらぼうに言う。

「くそっ！　何者であれ、毒の効き目から逃れられたはずはない」デルブリッジは言い張った。

ランシングは腹が立つほど優美に肩をすくめてみせた。「だったら、考えられるのは、女がどうにかして男を馬車に乗せたということだ」

「そうだとしたら、すぐに連れが狂暴な男に変わっているのに気づいたはずです」ハルシーが指摘した。「もしくは――」

デルブリッジとランシングがハルシーに目を向けた。

「もしくは、なんだ?」デルブリッジがうながした。

ハルシーはポケットから布をとり出し、眼鏡を磨きはじめた。「もしくは、幻覚から男を救うやり方を女が知っていたか」

「ありえない」とデルブリッジが言った。

ハルシーは眼鏡を鼻に戻した。レンズの奥で目が光った。「じつに興味深いですな」

7

サディアスが目を開けると、そこには霧に包まれた朝のどんよりとした光が射していた。しばし横たわったまま、自分がどこにいるのか思い出そうとする。くすんだ緑の壁とくもった窓ガラスの小さな部屋にはまったく見覚えがなかった。

ベッドの上から、壁の釘に自分の上着がかかっているのが見えた。部屋の片隅にはぐらつきそうな洗面台が古びた小さなタンスと並べて置かれている。ベッドのシーツは洗濯したてのにおいはしなかった。

記憶がどっとよみがえってくる。金色の目をした魅力的な女、デルブリッジの毒の蒸気、疾走する誰かの馬車に揺られての逃亡。その夜のうちに命を落とすと思ったのだった。少なくとも正気は失うはずだった。

リオーナ。昨晩、その名が魔よけとなってくれた。

光を得て輝いた水晶と彼女の声に表れていた絶対的な確信を思い出す。「あなたの夢にごいっしょするわ」

サディアスはゆっくりと身を起こし、端切れで作ったキルトを押しのけた。悪夢がもたらす地獄の世界に呑みこまれそうになりながら、必死で闘っていたときのことを、恐る恐るつぶさに思い出そうとした。ありがたいことに、思い出してもそれは色あせた断片にすぎず、ところどころ不快に思うほどはっきりした部分もあることはあったが、とくに生々しい悪夢を見た別のときとそう変わらないものだった。もはや幻覚にとらわれてはいない。

謎めいたリオーナという女は水晶を使って、行きて帰れぬ地獄へと堕ちかけた私を救ってくれたのだ。

女妖術師か。彼はかすかに笑みを浮かべて胸の内でつぶやいた。

それなのに、私はお返しに襲いかかろうとしたのだった。

笑みが消えた。断片的な記憶に思わず立ち上がる。額の汗が眉を濡らした。サディアスが昨晩のように自制心を失ったことはこれまでなかった。一度も。催眠術の能力をあやつるために養った自制心が、性欲を含む人生のすべての側面でうまく作用してくれていた。しかし昨晩、毒のせいで自分では抑えられない熱い欲望が呼びさまされてしまった。

嫌悪感が全身に走る。私は渇望を抑制しようとすらしなかった。幻覚にとらわれていたせいで、自分には彼女の体を奪う権利があると思いこんだのだ。彼女が私の真の恋人であり、私の力に見合った力を持つ唯一の女だとみずからに言い聞かせた。私が持つ能力を知っても恐れないでいてくれる唯一の女。

ありがたいことに、彼女自身の能力のおかげで彼女は餌食にならずにすんだ。どうにか私を押しとどめてくれたのだ。それでも、あやうく彼女を傷つけるところだったと思うと、気分が悪くなるほどだった。これから死ぬまでその事実を胸に生きていかなければならない。

目を下に向けると、自分がブーツ以外は服を着たままでいることがわかった。ブーツはベッドの下のあちこち欠けた用足し用の壺のそばに置いてあった。

彼はベッドの端に腰を下ろし、ブーツを履いた。いったいここはどこだ？　無理にも頭を働かせようとした。

水晶を使った悪夢との闘いを終えたあとは、どうしようもなく疲弊しきっていた。馬車が停まったときになかば目を覚ましたのだが、頭がくらくらしてまわりのものに注意を向けることができなかった。リオーナとその友人がなかば抱え、なかば引きずるようにして馬車から部屋へと運んでくれたのだった。部屋には火のはいっていない暖炉があった。それぐらいしか覚えていなかった。寝ているところを起こされたような様子の男と女もいた。それから、狭い木の階段。

ひと組ではなく、ふた組のきゃしゃな肩を借りたときにようやく、男の衣服に身を包んだ女がリオーナだけではないことに気づいた。馬車を走らせていた彼女の友人もやはり女だった。なんという名前を使っていた？　ああ、そうだ、アダムだ。

アダムがリオーナとふたりで自分を部屋のなかへと運び入れてくれながら発したことばは覚えていた。「私のことばを覚えておいてくれ。きっとこのことは後悔するよ。道端に置き去りにしてくるべきだったんだ」

きみの言うとおりだ、アダム。サディアスは胸の内でつぶやいた。きみたちのどちらも、これで私のことは見おさめとはならない。

ドアをおずおずと小さくノックする音がして、サディアスは物憂い記憶から引き戻された。外の廊下に誰がいるのか自分には見当もつかないのだとふと思った。

部屋を横切り、壁にかかった上着のところへ向かった。あまり期待せずにポケットを探る。ポケットには何かがはいっていたが、拳銃ではなかった。とり出してみると、婦人用の頬紅入れだった。彼はそれを死体のそばで拾い上げたことを思い出した。

またドアをノックする音。

サディアスは別のポケットを探ってみた。今度は拳銃があった。とり出してみると、ほっとしたことに弾丸《たま》はまだこめられたままだった。

ポケットにはいっていたのは拳銃だけではなかった。男の髪形にカットされた茶色の髪のかつらがくしゃくしゃに乱れ、拳銃の銃身にからみついていた。

「誰だ?」と彼は呼びかけた。

「そろそろお目覚めで、コーヒーと朝食がほしいんじゃないかって料理人が」若い人間の声だ。

サディアスはかつらを上着のポケットに戻した。拳銃を片脚の後ろに隠し、ドアを数インチ開ける。廊下に立っているのは十二歳ぐらいの女の子だった。簡素なグレーのドレスに小ざっぱりした白い帽子とエプロンといったいでたちだ。いろいろなものを載せたトレイを両手で持っている。コーヒーの香りを嗅ぎ、卵やトーストや鮭《しゃけ》の燻製《くんせい》が高く積まれた皿を見て、サディアスは自分がいかに空腹だったかに気づいた。

「ありがとう」彼はそう言って扉を広く開けた。「テーブルの上に置いてくれ」

「かしこまりました」

メイドはトレイを持って部屋にはいった。メイドがテーブルへと向かうあいだ、サディアスは廊下をのぞきこんで誰もいないことを確認した。待ち伏せしている者がいないとわかって満足すると、拳銃を上着のポケットに戻した。

メイドは振り向いて小さくお辞儀をした。

「ほかに何か入り用のものはありますか？」

彼はメイドにほほ笑みかけた。「いくつか質問に答えてもらえるかい？　正直言って、昨日ここへ来たときの記憶がぼんやりしているんだ」

「ええ。父さんが言うには、ものすごく酔っ払ってらしたそうですから。あなたに階段を昇らせるのに、お友達と御者の方に父さんが手を貸さなきゃならなかったんです。お友達によると、今朝あなたが目を覚ましたら、たぶん――」少女はことばを止め、真剣に考えこむように眉根を寄せた。「――うんと混乱なさっているだろうってことでした。でも、あなたのこと、頭のおかしな人だとはけっして思うなって父さんに言ってました。上流の方たちと親しい、とても大事なお人だからって」

言いかえれば、水晶使いの女が宿の主人に、客人をだまして荒稼ぎするようなことはするなと釘をさしたわけだ。

「混乱しているのはその人の言ったとおりだ」サディアスは穏やかに言った。「ここの住所は?」

「キルビー・ストリートです。ここはブルー・ドレイクです」

それでさしあたっての謎は解けた。ふたりのご婦人はロンドンでもけっして裕福ではないが卑しすぎもしない界隈にある宿屋に放りこんでくれたのだ。

「もうひとつ」彼は言った。「私の友人と御者はここへ私を下ろしたあとでどこへ向かうかきみのお父さんに教えなかったかな?」

メイドは首を振った。「たぶん、おっしゃらなかったと思います」

もちろんそうだろうとサディアスも思った。あのふたりが手がかりを残したいと思うはずはない。姿を消すつもりでいたのだから。

「朝食のトレイをありがとう」彼は言った。「とてもうまそうだ」

少女はにっこりした。「どういたしまして。お友達に、必ず今朝はしっかりしたまともな朝食をお出しするように言われましたから。昨日はひどく大変な夜だったからって。食事と宿のお代はもうお友達からいただいています。そのことで父さんにチップもはずんでくれましたし」

だから、皿からあふれそうなほどに料理を載せたトレイが運ばれてきたわけか。

「私の友達が何かメッセージを残していったということはないだろうね？」と彼は訊いた。

「ええ。別れのあいさつと無事を祈っていることを伝えてくれと言われただけです。それから馬車で行ってしまいました」メイドは言いよどんだ。

「どうした？」とサディアスがうながした。

「たいしたことじゃないんです。ただ、その――」

「なんだね？」

メイドは咳払いした。「今朝父さんと母さんが話しているのを聞いたんですが、父さんによると、お友達は昨日の晩馬車で去るときにうんと元気がなかったそうです。あの様子を見れば、もう二度と会えない永遠のお別れをしてるみたいに思えるって」

「そうだとしたら、私の友達はまちがっているな」サディアスは上着のポケットにはいっていたかつらのことを思った。「また会うのはまちがいないんだから。うまく手配できたらすぐに」

8

「あなたとアダムとで眠っているミスター・ウェアを宿屋に残してきたっていうの？」金縁眼鏡のレンズの奥で、キャロリン・マリックの表情豊かな目が非難するように細められた。

「とんでもなく危険なことよ。そうでしょう？」

「それについてはほかにどうしようもない感じだったんだもの」とリオーナは言った。何枚かのシュミーズを引き出しからとり出し、きちんとトランクにつめる。「馬車から放り出して道端に置き去りにするわけにはいかなかったわ」

キャロリンはぽかんとした顔で荷造りの手を止めた。「どうして？　その人の始末をつけるのにこのうえなくすばらしいやり方だったと思えるけど」

「ほんとうのことを言うと、アダムもそういう解決法を提案したわ」リオーナは言った。「わたしが賛成しなかったの。だって、命の恩人なのよ、キャロリン。ほかにどうしようがあって？」

会話は険悪なものになりつつあった。苛立ちをおさめるために、タンスに戻る前にリオーナは足を止めてフォッグを撫でた。大きな犬は首を上げてオオカミのような歯を見せた。

午《ひる》をまわったばかりで、ふたりはキャロリンの寝室にいた。ふたつの大きなトランク――ひとつは本やノートでいっぱいで、もうひとつにはきちんとたたんだ衣服がおさめられている――が開いて置いてある。キャロリンはハネムーンに出かける準備をしているところだった。明日の朝、彼女は、古代遺跡への情熱を同じくする、さっそうとしたエジプト学者のジョージ・ケタリングと結婚することになっていた。

花嫁にも花婿にも近い縁戚はおらず、ふたりともエジプトへ出発するのを多少でも遅らせたいとは思っていなかった。結婚式はリオーナと花婿の友人ひとりが参加する小ぢんまりとした内輪のものになる予定だった。花嫁と花婿は式の直後に旅に出発することにしていた。戻ってくるのは何カ月も先で、そのときにはきっと今と同じではないだろうとリオーナは思っていた。

愛と興奮に文字どおり光り輝いているキャロリンのためにはわくわくする思いだったが、それでも、心の奥底では、湧きつつある孤独感を抑えつけなければならなかった。ほんとうのところ、キャロリンとの関係がこのような思いがけない転機を迎えるとは、想像したこともなかったのだ。

二年ほど前に出会ったときには、互いに天涯孤独の貧しいオールドミスとして、親友になるのは運命のように思えたものだった。それぞれ自分の仕事に没頭し、同じ家に暮らして生涯変わらぬ友情を培った。しかし、キャロリンがエジプトの古代遺跡に対して自分に劣らぬ情熱を抱くやもめのジョージと出会ってから、すべてが一変してしまった。

明日の晩には何もかもがこれまでとはちがってしまうとリオーナは思った。じっさい、すでに何もかもがちがってしまっている。必要以上にキャロリンに心配をかけたくなかったため、昨夜の冒険については詳しく語らないでおいた。とりわけ展示室で死んでいた女のことは。話して聞かせてもなんの意味もない。キャロリンが恐怖に怯えるだけのこと。心配させれば、結婚式の日を台なしにし、新しい生活に乗り出す喜びを損ねてしまう。

また秘密を胸に秘めておくようになっている。すでに孤独癖が戻ってきてしまっている。かつてエドワード叔父様がアメリカに発ち、二度と戻ってこなかったときと同じだ。

こんなばかげた物思いにはもううんざり。キャロリンのために喜んであげるべきで、自己憐憫《れんびん》にひたっていてはいけない。エドワード叔父様の助言を思い出すのよ。〝悪いことばかり考えて時間を無駄にしてはいけない。そんなことにどんな道理がある？　いいことだけを考えるんだ〟あなたには仕事があり、家があり、忠実な犬がいる。それに、友達がまったくいなくなったわけでもない。アダム・ハロウだっているのだから。

ええ、そう。でも、アダムにとっては誰よりもミスター・ピアースが最優先なのだ。

だからなんだっていうの？　新しい友達を作ればいいじゃないの。

フォッグが前足に載せていた首をもたげ、耳をぴくりと動かして謎めいた目でじっと見つめてきた。女主人の気分にとても敏感な犬なのだ。リオーナは手を伸ばして彼をもう一度撫で、無言で大丈夫と示した。

「その奇妙な毒によって引き起こされた幻覚からミスター・ウェアを救い出してあげただけで充分すぎるほどだと思うわ」キャロリンがブラシや櫛《くし》を忙しく整理しながら言った。「アダムのほうが正しかったわね。その人のことはできるだけ急いで放り出すべきだったのよ。催眠術師がきわめて危険な存在になりうることは周知の事実なんだから」

もうひとつの秘密。リオーナは胸の内でつぶやいた。キャロリンにはウェアの催眠術の能力が超常的な性質のものであることは伝えていなかった。

「催眠術が危険なもので、犯罪目的で使われたりもする能力だってことについて、新聞に恐ろしい記事がたくさん載っているのはたしかだけど、当て推量で書いてあるものばかりだわ」リオーナは言った。「証拠のあるものはとてもわずかよ」

リオーナには謎めいたミスター・ウェアを擁護する義理はなかったが、なぜかそうしなければという思いに駆られた。

「ついこのあいだ、ある若者が催眠術をかけられて銀の燭台を二対盗んだっていう記事を読んだばかりよ」キャロリンがきっぱりした口調で言った。

「銀の燭台を盗んでいるところを現行犯で逮捕された人間が持ち出すのに、催眠術はかなり便利な言い訳って気がするわ」

「催眠術師が誰かに催眠術をかけて罪を犯させることが可能だってことは、科学的に証明されているのよ」

「そういう証明がなされたのは、大陸のおもにフランスでよね」リオーナは衣装棚から麦藁《むぎわら》のボンネットをとり出し、トランクのひとつにつめた。「催眠術についてフランスの医者たちが長年異論を唱えてきたのは有名な話でしょう。彼らのいわゆる実験をまじめにとる必要はないと思うの」

「ロンドンのご婦人たちがヒステリーの治療を名目にした催眠術師の餌食になったという記事があれだけ出まわっていることについては?」キャロリンは勝ち誇ったように切り返した。「それも否定するの?」

昨日の晩の記憶が鮮明によみがえり、リオーナは頬に熱いものがのぼるのを感じた。「まったく、キャロリン、娯楽紙の読みすぎよ。そういう記事がとても疑わしいものであることはあなただってわかっているでしょうに」

キャロリンは眉を上げた。「ヒステリーの治療を受けたご婦人のなかには子をみごもった人までいるのよ」

「そういった状況におちいったことには、催眠術以外の理由があるのよ」

キャロリンは一瞬敗北を感じて唇を引き結んだ。「まあ、いいわ、たぶん、それはそうだから。それでも、一般的に催眠術師が医術を行う者とみなされていないことはあなたも認めるはずよ」

「それって催眠術師への嫉妬《しっと》に決まってるわ」

「ここではっきりさせましょうよ。あなたはミスター・ウェアについて、あなたの水晶を狙っているという以外は何も知らない。その事実だけでも、うんと警戒してしかるべき理由になるわ」

「アダムとわたしは注意を怠ったりしなかった。信じて。ミスター・ウェアがわたしを見つけられるわけがないから」

「わたしだったら、あまり安心はしないわね」キャロリンはドレッシング・テーブルの前で足を止め、鏡越しにリオーナを見つめた。「これで、デルブリッジ卿だけでなく、ウェアが探しに来るかもしれないという可能性を悩みの種に加えなくちゃならなくなったじゃない。あなたの計画が大変な事態を招くかもしれないということは最初から警告してあったはずよ、そうでしょう？」

「ええ、そうよ」リオーナは冷ややかに同意した。「それに一度ならず言ったと思うけど、あなたの揺るぎない楽観主義こそ、あなたについてわたしが昔から何よりも評価していたことのひとつだわ」

キャロリンはしかめ面をしてみせた。「自分の計画に穴があったからってわたしを責めないでよ。わたしは考古学を研鑽《けんさん》した人間なの。どんなちっぽけなことにも注意を払うわ。ミスター・ウェアはちっぽけなこととは言えないけど」

リオーナはサディアス・ウェアにきつく抱きしめられたときのたくましい男の力を思い出した。たしかにちっぽけではない。

「うーん」と声が出る。

鏡のなかでキャロリンは訝るように目を細めた。「あなたが水晶をほしがる理由はわかってる。でも、ミスター・ウェアがほしがっている理由はなんだと思う？」

「わからないわ。そのことについては話す暇がなかったから」しかし、ウェアを宿屋に残してきてから、それについてはずっと考えをめぐらしていたのだった。「水晶の来歴については前に少し話したでしょう」

「長年にわたって何度も盗まれたって聞いたわ。盗んだ人間は異常な超能力研究者が集まる秘密結社とかかわりのある人間だってあなたは言ってた」

「アーケイン・ソサエティよ。常軌を逸した考えにとりつかれた信用ならない団体。会員のなかにはデルブリッジと同じく、この水晶のように超常的な価値があると思われるものを手に入れるためには手段を選ばない人もいるわ。おまけに、このオーロラ・ストーンの場合、ソサエティの創設者につながるばかばかしい古い伝説にもとづいて、自分たちに所有権があると思っているようなの」

キャロリンは眉をひそめた。「あなたのミスター・ウェアもソサエティの一員だと？」

わたしのミスター・ウェア。リオーナはしばし口を閉じて夢想にふけった。それからその夢想を脇に押しやった。サディアス・ウェアはわたしのミスター・ウェアではない。これから先もずっと。

「きみがどこへ行こうときっときみを見つける」サディアスの誓いのことばを胸から押しのける。彼と自分の関係はさておいても、キャロリンの質問は非常に的を射たものだった。

「わからないわ」とリオーナは答えた。「ソサエティと関係ある人だって可能性はあるけど、もう二度と会わないんだから、どうでもいいことよ」

キャロリンは顎を引きしめた。「ミスター・ピアースが昨日の晩あなたが男の使用人の衣装を着るべきだって忠告してくれてよかったわ。ミスター・ウェアがあなたを探すことにしても、女を探さなければならないとは思わないでしょうからね」

「うーん」リオーナは声を発した。さらなる秘密。ウェアに変装を見破られたことは告げていなかった。告げればキャロリンをもっと心配させることになるとわかっていたからだ。

「ミスター・ピアースには好意を持っていないんだと思っていたわ」

「持っていないわ。ピアースが犯罪社会とつながりを持っているのは明らかだもの」

「そのつながりがあったからこそ、水晶のありかを知る助けになってくれたんじゃないの」

リオーナは指摘した。

ミスター・ピアースは上流社会に受け入れられていたが、彼が謎めいた生活を送っていることは疑いようのない事実だった。何にもまして、裕福で権力を持つ人々の非常に多くの秘密——いまわしい秘密——に通じている人物に思われた。

ピアース自身、秘密を持つ人間だった。リオーナがキャロリンに明かすことは絶対になかったが。恋人のアダム同様、ピアースもじつは男の振りをして暮らす女だった。ふたりは同じように変装して暮らすことを選んだほかの女たちと奇妙な共同社会を作り上げていた。

「キャロリン、わたしのことは心配してくれなくていいわ。大丈夫だから。明日は愛する人と結婚してエジプトへ発つんじゃない。自分の未来のことだけに気持ちを向けて」

「わたしの生涯の夢」キャロリンはささやいた。未来を思い描き、幸せに顔が輝く。それからふいに振り向いた。「でも、あなたのこと、恋しくなるわ、リオーナ」

リオーナはまばたきして涙をこらえようとしたが、うまくいかなかった。キャロリンのそばへ行って抱きしめる。「わたしもあなたが恋しくなるわ。手紙を書くと約束して」

「もちろんよ」突然感情の波に襲われてキャロリンは声をつまらせた。「ひとりこっちに残ってほんとうに大丈夫?」

「でもひとりじゃないわ。ミセス・クリーヴズもいれば、フォッグもいる」

「いっしょにいるのが家政婦と犬だけじゃ不充分よ」

「仕事もあるわ」リオーナは大丈夫というようにほほ笑んだ。「わたしが自分の仕事にどれだけ満足しているかは知っているでしょう。あなたがエジプトの遺跡に注ぐのと同じ情熱をそこに注いでいるんだから。わたしのことは心配しないで」

「わたしが結婚したからといって、わたしたちの友情は変わらないわ」キャロリンは約束した。

「ええ」とリオーナも言った。

しかしもちろん変わるはずだ。

いいほうに考えるのよ。

9

「彼女はオーロラ・ストーンは自分のものだと主張した」そう言ってサディアスは研究室の長い作業台の反対側にいるいとこに目を向けた。「リオーナは自分こそが水晶の正規の所有者だと思っている。昨晩目にしたことから言って、そのとおりだと認めざるをえないな」

「石がソサエティの所有物であることに疑念の余地はない」ケイレブ・ジョーンズは丹念に調べていた古い革装丁の本を閉じ、表紙の上に手を置いた。「おまけに危険なものでもある。出入りが厳しく規制されていたアーケイン・ハウスの博物館に収蔵されていたものだ」

研究室と広い書斎を照らすガス灯の明かりのなか、ケイレブの不機嫌そうな険しい顔はいつもよりもいっそう陰気に見えた。彼は魅力的とも社交的とも言われない人間だ。応接間で交わされるくだらない話や上流社会の世間話に我慢することはほとんどなく、研究室や書斎でひとり過ごすことのほうをずっと好んだ。さまざまな仕様の実験器具にあふれ、棚には古いものも新しいものも本がぎっしりつまり、雑誌やアーケイン・ソサエティの創設者が残した記録が積み重ねられているこの場所で、彼は自分の特異な能力を存分に発揮していた。ケイレブはほかの人間の目には無秩序にしか見えないところに一定の型や意味を見出す超能力を備えていた。

ソサエティのなかには、ケイレブは狂気じみた陰謀説論者にすぎず、その能力は不安定な精神状態を示しているのだと陰口を叩く連中もいた。

サディアスはいとこの特異な能力とそれにともなう無愛想な気性を難なく受け入れていた。ほとんどの人には理解できないことを理解していたからだ。厄介な能力という意味では、誰も――ケイレブでさえも――自分の催眠術の能力ほど他人に大きな影響をおよぼす能力を持つ者はいなかった。

そんな自分の能力を知っている者のほとんどが内心自分を恐れていることはよくわかっていた。彼らを誰が責められる？　相手を食い物にできる能力を身に備えた人間とあえて近づきになりたいと思う者などほとんどいない。そのため、ケイレブ同様、サディアスにも親しい友人は少なかった。

家族を悲しませながらも彼がまだ結婚せずにいるのもその能力のせいだった。知り合いの女のなかで、そうした能力を行使する夫を持ちたいと思う女はいなかった。彼のほうも未来の花嫁に真実を隠すことを拒んだ。

彼とケイレブは新たにアーケイン・ソサエティの会長となったゲイブリエル・ジョーンズのいとこでもあった。三人ともソサエティの創設者であるシルヴェスター・ジョーンズの子孫だった。シルヴェスターは十七世紀後半に錬金術と呼ばれていたことにおいて強大な能力を持っていた。

創設者が今の時代に生きていたならば、すばらしい科学者とみなされたかもしれないと、サディアスはたまに思うことがあった。ひとつだけたしかなことがある。どの時代に生きたとしても、きわめて特異な人間と思われたことはまちがいない。並はずれた超能力を持っていたことはたしかで、世間から離れ、研究にとりつかれたようになっていた偏執的な人物でもあった。そのせいで非常に危険な道を歩むことにもなった。

しかし、そうした性質にもかかわらず、彼はそれぞれ独自の超能力を持つふたりの女とのあいだに息子をふたりもうけた。シルヴェスターが子孫を作ろうと思ったのは、欲望に駆られたからでも愛情を抱いたからでもなかった。彼自身が残した記録によると、みずからの能力が子孫に受け継がれるものかどうかたしかめるのが目的だった。

シルヴェスターの実験は成功した。彼が思い描いていたとおりではなかったが。予想とちがって、子孫にはさまざまな能力が現れたのだ。傲岸《ごうがん》にもシルヴェスターは、子孫たちがみな自分と同じ錬金術の分野で超常的な能力を見せるものと思っていた。

しかし、二世紀が過ぎるあいだに、ふたつのことが明らかになった。ひとつは超常的な力は子孫に受け継がれる可能性があり、じっさいに受け継がれることが多いが、それがどんな形の能力となって現れるかは予測不可能ということだ。

もうひとつは、傲慢《ごうまん》な錬金術師がその日誌のなかで驚愕《きようがく》してショックを受けたと認めているように、子にどんな能力が現れるかということに関して、自分と同じだけ、自分が伴侶《はんりょ》に選んだ超能力を持つ女も大きな役割をはたしているということだ。自分の子の母たちもその能力をジョーンズ家の子孫に代々残すことになるという事実にシルヴェスターは驚いた。

「リオーナが水晶をやすやすとあきらめるとは思えない」サディアスは警告するように言った。

「金を払えばいい」ケイレブが言った。「多額の金を。経験から言って、必ず効き目があるやり方だ」

オーロラ・ストーンへとエネルギーを注ぎこんだときに、情熱としか言いようのない女らしい熱を帯びて輝いたリオーナの目が思い出された。彼女は水晶を扱うことで、ほかの女が欲望をかき立てることで得ているようなスリルを感じていた。それを思い出してサディアスの血管を流れる血が燃えた。体の奥底で何かが渦巻いた。

「今度ばかりは金でもきみの望む結果は得られないだろうな」と彼は言った。

「だったら、彼女から水晶をとり上げる別の方法を見つけてもらわなきゃならないぞ」ケイレブは抑揚のない声できっぱりと言った。「この水晶は四十年ぶりに表に出てきたんだ。ゲイブはできるだけ急いでソサエティの手にとり戻したいと思っている。前と同じようにまた消えてしまったら、再度噂を聞くまで何十年もかかるかもしれない」

「わかっている」サディアスは苛々と答えた。「ただ、たぶん新しい所有者は容易にあきらめないだろうと言っているだけだ」

アーケイン・ソサエティにおいて、オーロラ・ストーンは長く魅惑的な歴史を持っていた。伝説によると、シルヴェスターが〝処女妖術師のシビル〟と名づけた女によって彼の研究室から盗まれたということだった。処女だったかどうかは別にしても、じっさいシビルは彼に匹敵する錬金術師だったのだが、創設者は彼女との競争に耐えられなかった。女が競争相手になるということで憤ったのだ。日誌のなかでシルヴェスターはシビルに敬意を払って錬金術師と呼ぶことを拒み、その代わり彼女を女妖術師と呼んだ。研究室での彼女の能力や技術をおとしめ、嘲笑《ちょうしょう》する目的だった。

遠い祖先のその男はすばらしい能力の持ち主だったのかもしれない。しかし、いわゆる現代的な考え方をする男とはけっして言えなかった。

「金で釣れないとしたら、女から石をとり戻すのに別の方法を考えなければならないな」ケイレブが言った。「きみの特殊な能力があれば、むずかしい話ではないはずだ。そうさ、催眠術をかけて水晶を渡すように仕向ければいい。それから、水晶を手に入れたこと自体を忘れさせるんだ。なぜきみがここでぐずぐずしているのかわからないな」

「彼女には私の催眠術が効かないんだ」

そう聞いてケイレブははっと動きを止めた。科学者としての興味をかき立てられたのか、目を輝かせている。

「ほう、それはおもしろい」

なぜ私はここでぐずぐずしているのだろう？　サディアスは自問した。リオーナから水晶をとり上げなくてはならないのはたしかだ。それはわかっている。それでも、水晶に対する彼女の権利を守ってやりたいという思いもあった。

サディアスは近くの作業台へ寄ってプリズムをしげしげと眺めた。「あの水晶も創設者の秘薬の製法同様、アーケイン・ソサエティの暗く危険な秘密のひとつだとほんとうに思うかい？　昨日の晩はけっしてそうは思えなかった。その力は破壊するものではなく、癒すもののように思えた」

ケイレブは腕を組み、その問いをじっくり考えた。「まちがった人間の手に渡った場合、水晶に薬の製法ほどの害がないことは認めるよ。でも、それは水晶を扱える能力を持った人間がきわめて少ないからにすぎない」

サディアスはプリズムに光が射し、まばゆい虹ができるのを眺めた。「リオーナは昨晩やすやすと水晶を扱っていた。それはつまり、彼女がそのきわめてまれな能力を持っているということか？」

ケイレブは眉をひそめた。「彼女が水晶を扱っていたというのはたしかか？　きみは幻覚を見ていたと言ったじゃないか。もしかしたら、薬の影響で彼女が水晶にエネルギーを注いだように思えただけかもしれない」

サディアスはプリズムから目を上げた。「彼女が用いた力は本物だった。昨晩の彼女ほどの水晶使いには会ったことがない」

ケイレブは鼻を鳴らした。「水晶使いのほとんどが偽者だからだろうな。ロンドンは水晶のエネルギーを引き出せると自慢するいかさま師には事欠かない。魂の世界と交信できると宣伝する霊媒と基本的に同じさ。残念ながら、そうしたいかさま師のなかには、アーケイン・ソサエティの会員の目さえも欺く連中がいる。悪名高いドクター・パイプウェルと水晶を使えるというその姪《めい》のことを覚えているかい?」

「永遠に忘れられないと思うよ」サディアスはそっけなく言った。「投資家たちの金を持ってパイプウェルが姿を消して二年になる。詐欺に引っかかって損をしたことで叔父はいまだにかんかんだ」

「大金持ちになれるというパイプウェルのことばにだまされたソサエティの裕福な会員たちは誰ひとりとして忘れられないだろうさ」

「彼の姪については?」

ケイレブは肩をすくめた。「同じ時期に姿を消した。今はふたりともパリかニューヨークかサンフランシスコでいい暮らしをしてるんだろうさ。私が言いたいのは、水晶を扱えると主張する人間のほとんどは嘘つきだということだ」

「たしかに。でも、リオーナはいかさま師ではない」

ケイレブは眉根を寄せた。「幻覚を鎮めたのがきみの意志だけじゃないというのはほんとうにたしかなのか? 意志の力はいわばきみの特殊能力だからな」

「私は闇の泉で溺《おぼ》れていた」サディアスは静かに答えた。「彼女が命綱を投げて引き上げてくれたんだ」

「華々しい比喩《ひゆ》だが、私に想像力豊かなところを見せても無駄だ。私は厳然たる事実のほうがいい」

「きみもあそこにいて幻覚の威力をまともに受けてみるべきだったな」

ケイレブはゆっくりと息を吐いた。「だったら、そう、彼女にはオーロラ・ストーンを扱う能力があるとみなしたほうがいいな」顎が引きしまる。「それならなおのこと、できるだけ急いで石をとり上げなければならない。石を使って彼女が何をするかしれないからな」

「厳密に何ができるというんだ？」とサディアスが訊いた。

ケイレブは組んでいた腕をほどき、革の装丁の本をまた開いた。ぎっしりと暗号文の書かれた文章を指で追い、ようやく探していた文章を見つけた。

「シルヴェスターがこう書いている」彼は読み上げた。『その水晶はこれまで研究したどんな石ともちがう恐ろしいものだ。女妖術師は石を使って男のもっとも大事な力を消滅させる奇妙で恐ろしい能力を備えている』

サディアスは眉を上げた。「処女妖術師のシビルにオーロラ・ストーンで不能にされることをシルヴェスターが恐れていたなどとは言わないでくれよ」

「性的な能力のことを言っているんじゃない。それよりももっと価値あるものと彼が考えていた超能力を失わせられると言っているんだ」

「昨晩のリオーナはそんなことはしなかった。ほんとうさ、今日の私の能力にはなんの問題もない」

「変人だったわれわれの祖先には人格的欠点があったと認めるにやぶさかではないが、彼が警告を発したときにそれがまちがっていたことは一度としてない。その水晶が危険だと書いているとしたら、ほんとうだと思ったほうがいい。それは大昔からある力だ。すべての力は潜在的に危険なものなんだ」

サディアスは肩をすくめた。「その点についてはこれ以上言い争うつもりはないよ。きみの意見には賛成だからね」

ケイレブの眉が上がった。「たしかにそろそろ賛成してもいいころだな」

「あの水晶が危険であるのはたしかだが、きみが考えているような理由とはちがう。水晶を持っているあいだ、リオーナの身が危険にさらされているということだ。デルブリッジはあの水晶を手に入れるためにふたりの男の命を奪った。とり戻すためにも手段を選ばないだろう。リオーナを見つけたら、石を奪うために彼女に害をおよぼすこともいとわないはずだ」

ケイレブは満足そうな顔になった。「だったら、それで決まりだ。さて、もうひとつの問題だが、デルブリッジの家で見つけた女の死体について、デルブリッジが殺した可能性は？」

「彼ではないと思う。殺すなら蒸気の毒を用いるほうを好む気がする。あれはなんともひどい殺し方だったよ。客の誰かである可能性もある」サディアスは輝く望遠鏡に手を置いた。「気になっているのは、女が真夜中の怪物の犠牲者と同じやり方で殺されていたことだ。喉をぱっくりと切られていた」

「ほう」ケイレブはそのことをしばし考えた。「ほかに怪物の手口と似た点は？」

「はっきりそうとわかるものは何も。あの展示室で死んでいた女は明らかに貧しい街娼とはちがう。デルブリッジのパーティーに参加していたという事実だけでも、裕福な紳士たちのために呼ばれた高級娼婦であったことはたしかだ。これまで怪物は最下層の娼婦を狙って貧しい界隈で仕事をしてきた。上流の邸宅ではなく」

「もしかしたら、やつも自尊心と自信を高めたのかもしれないぞ」ケイレブが考えこむように言った。「われわれが考えているようにやつがはぐれ者のハンターだとしたら、自分のやったことにもっと注意を引きたいと思っているのかもしれない」

二カ月前にふたりの女が身の毛もよだつような死に方をしてから、真夜中の怪物の捜索がはじまっていた。スコットランド・ヤードの刑事であるジェレマイア・スペラーは超常的な直感の持ち主で、アーケイン・ソサエティの会員でもあったが、殺人者は超能力を持つハンターであると推測していた。彼が超能力の持ち主であることを知らない上司たちには内密に、スペラーはゲイブリエル・ジョーンズに連絡し、事件について知らせてきたのだった。

会長としての新たな任務で忙殺されていたゲイブリエルは殺人の調査をケイレブにまかせ、ケイレブがサディアスに協力を要請した。

しかし、手がかりがないせいで調査は進んでいなかった。ありがたいことに、それ以降死体は見つかっていなかったが、最近ふたりの娼婦が街から姿を消したという噂がロンドンの裏社会をめぐっていた。ただし、怪物自身も姿を消したように思われた。

昨晩までは、とサディアスは声に出さずにつぶやいた。

「デルブリッジと真夜中の怪物につながりはなさそうだな」と彼は声に出して言った。「何にしても、デルブリッジ卿は特権を持つ裕福な貴族で、社交界での自分の地位を非常に重く見ている。娼婦を殺すような男とつるむ姿は想像しがたい」

ケイレブは日誌を指で叩いた。「デルブリッジは仲間の夜の趣味を知らないのかもしれないぞ」

「たしかに」とサディアスも言った。

「それに、少なくとも両者には明らかなつながりがある」

サディアスはケイレブに目を向けた。「どちらもある程度の超能力を持っているということか?」

「デルブリッジはアーケイン・ソサエティの会員だ。記録によれば、他人が超能力の持ち主であるかどうかを見分ける能力を備えているそうだ。ハンターに会えばその瞬間に能力を見抜くはずだ」

サディアスはそれについてつかのま考えをめぐらした。「ふたりの地位の高い紳士を殺すのにハンターの力が必要となったとしたら、真夜中の怪物を雇うのが有効な手段だと思ったのかもしれない」

「想像の域は出ないが」

「ああ」サディアスも同意した。「怪物が雇われ仕事を受け入れたと仮定してのことだしな」

「重要なことから片づけよう」ケイレブが言った。「今きみが一番にやらなければならないのは水晶をとり戻すことだ。それが無事にソサエティの監督下におさまってはじめて、再度怪物に注意を集中できる。それに、デルブリッジと殺人者とのあいだにつながりがあるのがわかったら、ひとつの事件の捜査がほかの犯罪を解決することにもなるだろう」

「そうだな」サディアスはそう言って顕微鏡をのぞきこんだ。昆虫の多面的で巨大な目が睨み返してきて、幻覚を思い出させた。彼がつと身を起こすと、ケイレブにまじまじと見つめられていた。まるで顕微鏡の下に置かれた生物であるかのように。サディアスは眉を上げた。「なんだ?」

「考えていたんだが、デルブリッジが水晶を持っていることを探りあてたということは、きみのリオーナも裏社会と興味深いつながりを持っているということだ」

興味深いというのはケイレブのお気に入りのことばだった。

「私もそう考えた」とサディアスは答えた。

「彼女の捜索はどのようにはじめるつもりだ?」

サディアスはポケットに手を突っこみ、かつらをとり出した。「これによって身元を調べられるのではないかと思っている。これを売っている店の名前が裏に書いてあった」

ケイレブはかつらを手にとり、よく調べた。「腕のいい職人によるもので、毛も本物だ。ひと晩かぎりの変装にこれほど金をかけたとは驚きだな」

「このかつらは長く使用する目的で買われ、昨晩だけリオーナに貸し与えられたのではないかと思うんだ」

「どうしてそう思う？」

「リオーナの連れも男に変装した女だったが、リオーナとちがって、彼——というか、彼女は変装に慣れきっている様子だった。人生のほとんどを男として暮らしているのだと思う。そうでなければ、舞台で少年や若い男を演じることの多い女優か」

ケイレブが身動きをやめた。「ヤヌス・クラブか」

「え？」

「秘薬の製法が盗まれた一件のあとでゲイブから聞いたことがある。会員がみな男に変装した女である秘密のクラブさ」

「調査をはじめるのにぴったりの場所のようだな」

「それほど簡単じゃないと思うぞ。きみは正面玄関からなかにはいるのを許されないだろうからな。そう、もっとうまいやり方で近づくしかない」

サディアスは肩をすくめた。「だからかつらさ」

「たしかに」ケイレブはかつらを放って返した。「水晶をとり戻したらすぐに知らせてくれ」

「そうする」サディアスはかつらをポケットにしまった。

「もうひとつ」

サディアスはドアのところで足を止めた。「なんだ？」

ケイレブは好奇心もあらわに彼を見つめた。「きみがこれほどに女に興味を示すのをはじめて見たよ。このリオーナという女の何がきみをそれほどに惹きつけるんだ？」

「興味深い女だと思ったとだけ言っておこう」

「魅力的なのか?」

「彼女は――」サディアスは正しいことばを探しあぐねた。「魅惑的なご婦人だが、彼女を見つけなければならないと思う理由はそういうことじゃない」

「だったら、なんだ?」

サディアスはかすかな笑みを浮かべた。「家族以外で私の能力を知って怖がらなかったただひとりの女だからさ」

突然何もかも理解してケイレブは目を輝かせた。

「それは抗いがたい魅力だな」と彼は言った。

10

ブロンドの髪の色も薄ければ目の色も薄い、すらりとしたハンサムな男は、少年聖歌隊員のように無垢《むく》に見えたが、彼の何かが引っかかってドクター・チェスター・グッドヒューの胸の内でかすかに警鐘が鳴った。が、その反応は筋道立てて説明できないものだったので、それについては気にしないことにした。結局、この紳士の時計の鎖は金で、縞瑪瑙《しまめのう》の指輪は本物に見え、上着とズボンが高級な仕立て屋の裁断によるものであることは疑いなかった。要するに、ミスター・スミスと名乗った男は理想的な顧客に思われたのだ。

「こちらで悪夢を解明してくれるご婦人にご紹介いただけると聞いたんですが」スミス氏は天使のような笑みを浮かべ、上質のウールのズボンをぐいと引き上げて足を組んだ。「ほんとうに困っているんですよ。悪夢のせいで何カ月もよく眠れなくてね」

長く不眠に悩まされている男にしては驚くほど健康そうな様子だったが、そんな観察をしても意味はないとグッドヒューはみずからに言い聞かせた。これはビジネスなのだ。

「お力になれるかもしれませんな」グッドヒューは椅子にもたれ、肘かけに肘をついて指先と指先を合わせた。スミスははじめたばかりの新しいサービスにぴったりの客に思えた。

「どなたのご紹介でいらしたのかお訊きしてもいいでしょうか?」と医者は訊いた。

スミスは嫌悪感もあらわに鼻に皺を寄せた。「クルートン・ストリートのもぐりの医者ですよ。ドクター・ベイズウォーターと名乗っている人物です。自分が発明した薬を売りつけようとしてきました。そんな薬になど、さわるつもりもありませんでしたがね。彼のような医者が売っている強壮剤や霊薬といったものには何がはいっているかしれませんから」

ふたりは反射的にグッドヒューの机のそばにある棚に並べられた小瓶の列に目を向けた。正面の扉には、〝ドクター・グッドヒューの自然療法〟という表札がかかっている。壁に飾られた額にはいったポスターはここで売られているさまざまな秘薬を宣伝するものだった。ドクター・グッドヒューの女性用薬草煎じ薬。ドクター・グッドヒューの健胃剤。ドクター・グッドヒューの咳止めシロップ。ドクター・グッドヒューの男性用強壮剤、ドクター・グッドヒューの睡眠導入剤。

「薬の効き目はそれを調合した医者がどれだけ専門的知識を備えているかにかかっています」グッドヒューはなめらかな口調で言った。「ベイズウォーターの安い調合薬に手を出さなかったとは賢明でしたね。成分はほとんどが砂糖と水で、そこにちょっぴりのジンとシェリーを加えて香りづけしたものにすぎません。私の薬は最高の品質で、もっとも効き目の強い成分を含んでいることを保証しますよ」

「それを疑ったりはしませんよ、ドクター・グッドヒュー。ただ、今日ベイズウォーターにもほかの何人かの医者たちにもはっきり言ったんですが、私が求めているのはいかなる人工的な薬品にも頼らない治療法なんです」

「私の薬には自然の成分しか含まれていませんよ」グッドヒューは咳払いをした。「正直申し上げて、ベイズウォーターが私を紹介したとは驚きですな。彼とはそれほど親しいわけではないので」

スミスは愛想よく笑みを浮かべた。「水晶を扱う人に相談したいと言うと、ことば巧みにそうさせまいと説得してきましたよ。水晶使いはみないかさま師だからと言って。でも私は譲らなかった。ほかの専門家を紹介させるにあたって彼に損はさせませんでしたしね」

「なるほど」グッドヒューはまた指先と指先を合わせた。「まあ、私の睡眠薬のような科学的な治療法にどうしても頼りたくないとおっしゃるなら――」

「ええ、絶対に」

「でしたら、喜んでミセス・レイヴングラスとの予約を入れさせてもらいますよ」

ステッキの杖頭をつかんでいるスミスの指の長い手に力が加わった。彼が発する期待するような空気にはどこか心騒がすものがあった。

「ミセス・レイヴングラスというのが水晶使いのご婦人の名前ですか？」と彼は訊いた。

「ええ」グッドヒューは身を乗り出し、革表紙の予約帳に手を伸ばした。「木曜日の午後三時はご都合いかがですかな？」

「木曜日ですと、三日後ですね。今日空いている時間はありませんか?」

「残念ながらありませんな。水曜日の午後ではいかがです?」

奇妙な静けさがスミスを包んだ。表情はまったく変わらず、身動きひとつしたわけではなかったが、何か説明できない理由でグッドヒューの背筋を冷たいものが這った。

次の瞬間にはスミスは緊張をゆるめたように見えた。顔に愛想のよい笑みが浮かんだ。

「水曜日の午後なら大丈夫です」彼は言った。「彼女の住まいは?」

「マリゴールド・レーンに治療室をもうけています」グッドヒューは咳払いした。「ご興味がおありと思いますが、私は男性が悪夢を見る原因は男性液のたまりすぎだと考えています」

スミスの眉が上がった。「なるほど」

「科学的に証明されていることです」とグッドヒューは請け合った。「ちなみに、追加の料金を払えば、ミセス・レイヴングラスはふたりきりの親密な場所で非常に個人的な内容の特別な治療も行ってくれます。それがある種の問題を解決することはまちがいありません」

「ほう」

グッドヒューは身を乗り出し、ペンを手にとった。「特別な治療も予約しておきますか?」

「なんともはや」スミスは答えた。「もちろん」

11

サディアスはアダム・ハロウと名乗った女が美術品の展示場で額にはいった写真を吟味しているのを見つけた。

アダムはまだ男のいでたちだったが、御者の変装はしていなかった。今日はエレガントな都会の男を装い、上等な上着とズボン姿だ。ウィングカラーのシャツと前に垂らして結ぶネクタイは最新流行のスタイルだ。膝丈の外套《がいとう》を、わからないように上着にパッドをつめた肩にはおっている。帽子は脱いでいて、短く切りそろえ、ポマードで額《ひたい》から後ろに撫でつけた明るい茶色の髪があらわになっている。流行に敏感な紳士そのものといった様子だった。

サディアスはしばし展示場の入口に静かに立ち、遠くから標的を観察した。社交の場でアダム・ハロウに出会っていて、女だと知らなかったとしたら、真実を疑ってみることもしなかったにちがいない。真実がわかって見てみると、顔や手にどこか繊細なところがあったが、同じぐらい洗練された外見の若い男には大勢出くわしたことがあった。しゃれたステッキを軽々ともてあそぶ手つきや優美で尊大な態度、魅力あふれる物憂げな雰囲気から言って、アダム・ハロウは冷静沈着に男を演じきっていた。

サディアスは彼女が拳銃や馬を扱う際の冷静な物腰を思い出した。自分のために自分で作り出した役割を演じる経験を豊富に積んでいることは明らかだ。洗練され、教養もある若い女のようなのに、なぜ男として暮らすことを選ぶのだろう。興味深い疑問だったが、その答えを求めてここへ来たわけではない。

見つめられているのを感じてアダムが写真から彼のほうへ目を転じた。自分が誰に見つめられているか彼女が気づいた瞬間ははっきりわかった。が、彼女はほんの一瞬ためらっただけでその反応を引っこめ、ショックを隠して冷ややかで退屈そうな表情を作った。

確固とした大股で入口のほうへ歩いてくると、そのまま脇をすり抜けて外へ出ようとするかに見えた。

サディアスは行く手をふさいで彼女の足を止めさせた。

「ミスター・ハロウ」声をひそめて呼びかける。「きみのものと思われるものを持っている。お返ししたいんだが」

そう言ってポケットからかつらをとり出した。

アダムは口を引き結んだ。「くそっ。あなたのことは二度と会わなくてすむ形で始末したほうがいいとリオーナには忠告したんだ」

「リオーナの名前を出してくれてうれしいよ。私がここへ来たのも彼女が理由だ」

「あなたが水晶をとり戻せるよう、彼女の居場所を教えるとでも？」アダムは愉快そうに軽《けい》蔑《べつ》のまなざしを彼に向けた。「よく考えてみたほうがいいな、ミスター・ウェア」

「デルブリッジも彼女の行方を追うだろう。彼に見つかったら、殺されるのはまずまちがいない」

アダムの形のよい眉が上がった。「あなた自身はどうなんだ？　デルブリッジと同じぐらい石を手に入れたいと思っているようだが。そうとなれば、あなたも同じぐらい危険なはずだ」

「リオーナにとってはちがう。石を持っているかぎり、彼女が深刻な危険にさらされることになるから、石をとり上げようとは思っている。しかし私は彼女に害をおよぼしたりはしない」

「口ではなんとでも言うさ」

「彼女には命を救われた。彼女に危害を加える理由はない。私がほしいのはあの水晶だけだ」

アダムは片手を外套のポケットに突っこんだ。「あなたは強い力を持つ催眠術師だとリオーナが言っていた。彼女の住まいを聞き出すためにわたしにその能力を行使するつもりか？」

催眠術を使って聞き出すつもりでいたなら、今ごろ自分はとっくにリオーナの住まいに向かっており、アダムのほうは話したことも忘れて壁の写真を眺めているころだろうと言ってやろうかと思った。が、いやいやながらとはいえ、アダムは昨晩自分の命を救う手助けをしてくれたのだ。催眠術をかけて話させるなどということはできない。少なくとも嘘をついて安心させてやるぐらいはしなければ。

「気をおちつけてくれ」サディアスは言った。「催眠術についてはあまりよく知らないようだな。安心してくれていいが、どれほど力のある催眠術師でも、非協力的な相手を催眠状態に引き入れることはできないんだ」

アダムはそれを聞いてほんの少し気をゆるめたように見えたが、まだ疑うような表情だった。「わたしが武器を持っていることは知っておいてもらったほうがいいだろう」

「こんな公衆の面前で私を撃ち殺したりはしないだろうさ。当局からかなりの尋問を受けることになるだろうからね。きみはそうして身辺を詳しく調べられるのを避けたいはずだが」

「警察にあれこれ尋問されるのを避けたいのはたしかだ。それでも、あなたがわたしに催眠術をかけようと試みたりしたら、拳銃を使うのをためらったりはしない。友人を裏切るぐらいなら、警察と不愉快な会話をするほうがましだから」

サディアスは大きくうなずいた。「きみの義理堅さには敬意を払うよ。とはいえ、リオーナの身を気遣っているなら、住まいを教えてくれ。彼女はデルブリッジに襲われる危機に瀕している」

アダムは不安そうにためらった。「あなたが死んだ女を見つけたとリオーナが言っていた。その女をデルブリッジが殺したと?」

「わからないが、デルブリッジが冷血な殺人を犯せる男であるのはたしかだ。水晶を手に入れるためにすでにふたり殺《あや》めている。ここで手をこまねくことはないだろう」

「あなた自身はどういうつもりでいるんだ？　水晶を自分の収集品に加えるとか？」

サディアスは自分の忍耐力がすり減っていくのを感じた。「信じてくれなくてはならないが、リオーナを探しているのはあの忌まわしい石を私的なコレクションに加えるためじゃない。あの水晶は超常的なことについて調査・研究している団体の所有物なんだ。私はその団体の使者としてここへ来ている」

アダムはぎょっとして目をしばたたいた。「その団体の名前はなんと？」

サディアスはためらったが、やがて教えていけない理由はないと判断した。

「アーケイン・ソサエティだ。聞いたことはないと思うが」

アダムはうなり声を発した。「そうとわかってしかるべきだったんだ」

サディアスは眉をひそめた。「知っているのか？」

「アーケイン・ソサエティの新しい会長の奥様は友人のひとりだ」

今度は警戒をゆるめるのはサディアスの番だった。「ミセス・ヴェネシア・ジョーンズと知り合いなのか？」

「まさしく。彼女の写真の大ファンでね」アダムは展示場の壁に飾られた額入りの写真をけだるそうに手で示した。「たまたま今日は彼女の最新の肖像写真のできを見にここへ来たんだ」

「ミセス・ジョーンズを知っているなら、私が今話していることがほんとうだと信用するのもたやすいはずだ。リオーナの住まいを教えてくれるかい？」

「たぶん」アダムはサディアスの脇をまわりこみ、また扉のほうへと向かった。「ただ、まず会ってもらわなければならない人がいる。その人が最終的な決断をくだすだろう」

サディアスはアダムと肩を並べた。「その人とは？」

「その人の名はミスター・ピアース。これだけはきつく忠告しておくが、彼に催眠術の業を行使するのは避けたほうがいい。えらく気を悪くされるだろうからね。ミスター・ピアースを怒らせた人間は一生それを後悔することになる」

12

晴れ渡った暖かい日だった。小さな公園の木々の葉は早春の象徴である非の打ちどころのない緑色に輝いている。ランシングにとっては狩りを期待できる夜の感覚のほうがずっとよかったが、日の暖かさと若葉の香りをたのしむことはできた。彼はハンターの能力を持っており、ハンターは生来、まわりのものとつねに触れ合って生きているものだからだ。

ランシングは若葉の生い茂る木の下に立ち、ヴァイン・ストリート七番地の正面の扉を見つめていた。一時間前、マリゴールド・レーンの治療室からここまで、謎めいたレイヴングラス夫人のあとをつけてきたのだった。彼女は軽く食事して休息するだけのあいだ、自宅のなかに姿を消し、それからまた家を出て仕事場へ歩いて戻っていった。

最初の計画では、夜になるまで待ってから家に忍びこみ、水晶を探すつもりだった。自分の能力があれば、気づかれずに七番地に忍びこむことなど造作もないはずだ。ブルームフィールドとアイヴィントンに毒を吸わせたときにもそうしたのだった。どちらも毒をしみこませた布を鼻と口にあてられるまで、目を覚ますことさえなかった。もちろん、目を開けたときには手遅れだった。

デルブリッジは警察に目をつけられるのを恐れ、今日水晶を奪う際には殺しはなしだとはっきり言っていた。が、ランシングはそれを不必要な殺しはなしだという意味にとった。七番地にはレイヴングラス夫人とその家政婦しか住んでいなかったが、自分が忍びこんでいるときにそのどちらかが目を覚ましたとしたら、落ち度は自分にはないはずだ。どちらか、もしくは両方の喉をかっさばくよりほかしようがなくなる。じっさい、水晶使いに水晶を出させるのに、殺すぞと脅すことは考えていた。そして水晶を手に入れたあとは殺すしかなくなるというわけだ。目撃者を残していくわけにはいかないだろう?

しかし、ドアのところでレイヴングラス夫人を出迎える犬を目にして、ランシングは真夜中に忍びこむ計画を即座に変更した。超能力のおかげでふつうの人間よりも速く動け、五感も鋭いとはいえ、自分も生き物で——高度に進化した生き物ではあるが——魔物や神というわけではない。動きや反応の速さは同じ人間のそれを上まわってはいても、自然界におけるよりすぐれた捕食動物よりまさっているとは言えない。たとえば、オオカミと比べれば。

レイヴングラス夫人の犬はオオカミの子孫のように見えた。

別の捕食動物と闘う危険を冒すつもりはなかった。家に足を踏み入れた瞬間に犬に感づかれてしまうだろう。持ってきた武器——ナイフ——も原始的な反応と牙を前にしては役に立つかどうか自信がなかった。どうにか犬を殺せたとしても、死ぬ前に吠えられて、近所じゅうを起こすことになってしまうかもしれない。

しかし大きな犬はよく運動させる必要がある。七番地の裏にある小さな庭やこの小さな公園ではきっと足りないほどに。遅かれ早かれ家の誰かが犬を長い散歩に連れ出さなければならないはずだ。

家を見張っていると、玄関の扉が開いて家政婦が現れた。グレーのドレスと趣味のよい靴とボンネットを身につけている。片手に持った長い革のひものもう一方の端にはオオカミ犬がつながれていた。

家政婦と犬が正面の石段の下まで降りると、ふいに犬が足を止め、耳をそばだてて道越しに公園へとまっすぐ目を向けた。その目はランシングにしかと据えられた。犬のまなざしには不安になるほどの強さがあった。家政婦は何が犬の気を引いたのだろうと首をめぐらした。

ランシングは顔の片側に帽子を傾け、顔を隠すと、急いで通りの先へと歩きはじめた。

「おいで、フォッグ」家政婦はひもを引っ張った。

犬はいやいやながら家政婦のあとに従った。

ランシングはゆっくりと息を吐いたが、公園の端に達するまで足は止めなかった。それから後ろを振り返ってみた。家政婦と犬は角を曲がって姿を消していた。

少ししてから、ランシングは七番地の小さな庭へと忍びこんだ。鍵を開ける道具をとり出す。家には誰もいない。水晶を探す暇は存分にある。

13

「夢はどんどん生々しくなっていくんです、ミセス・レイヴングラス」ハロルド・モートンはテーブルにさらに身を乗り出した。緑に輝く水晶の光を受け、目が興奮にぎらついている。「ドクター・グッドヒューによれば、それは男性液がたまっているせいだということでした」

リオーナは治療のときにいつもつけている厚手の黒いヴェール越しに彼を見つめた。水晶を使うときに未亡人の装いをするというのは叔父のエドワードのアイディアだった。仕事をはじめたばかりのころには、ヴェールと地味な黒いドレスのおかげで若さを隠すことができた。水晶使いを仕事にするようになったのは十六歳のころで、エドワードによると、それほどに若い女の経験や能力を信用する客はいないということだった。

しかし年を重ねてからも、未亡人の振りはつづけたほうがいいと叔父は言い張った。〝謎めいた雰囲気をかもし出して治療そのものを魅惑的なものにできるからな。客たちは多少芝居がかったことを求めているものだ。それが芝居だと悟っているにしろいないにしろ〟

「悪夢を見るのは液がたまっているせいだとドクター・グッドヒューがおっしゃったんですか？」リオーナは警戒するようにモートンに訊いた。

「ええ、まさしく」モートンは首を何度か縦に揺らした。「何もかも説明してくれて、あなたがそれを解消するための特別な治療を行っていると保証してくれました」

ハロルド・モートンは好色な下衆《げす》男で、そんな男と自分は狭い治療室にふたりきりでいるのだ。こんな患者を紹介してくるなど、いったいドクター・グッドヒューは何を考えているのだろう？

わずかに薄くなった頭頂部、きれいに切りそろえられたひげ、格調高いスタイルの上着などのせいで、モートンはどこから見ても立派な会計士を気どっていたが、明かりを暗くし、エメラルド色の水晶にエネルギーを注ぐやいなや、治療目的で来たはずが、悩まされているという悪夢を追い払う手伝いをしてもらうことはどうでもよくなったようだ。モートンの胸には別の思惑があるらしい。

「お力になれなくて残念です、ミスター・モートン」リオーナはきはきと言った。そう言うと同時に自分のエネルギーを水晶に注ぎこむのをやめた。緑の輝きが失われていく。

「これはどういうことです？」モートンは怒って背筋を伸ばした。「いいですか、ドクター・グッドヒューはあなたが親密な状況で特別な治療を行うと請け合ってくれたんですよ」

「残念ながら、わたしの治療について誤ったことを知らされたようですね」

「なあ、かまととぶらなくていいんだ、ミセス・レイヴングラス」モートンがウィンクした。「親密な状況であなたに治療してもらうために、グッドヒューにはかなり気前よく金を払ったんだから」

リオーナは身を凍りつかせた。「特別な治療のために追加料金を払ったんですの?」

「まさしく」

「残念ながら、水晶を使ってあなたの問題を解決することはできません。男性としての活力をとり戻すには、ドクター・グッドヒューの薬を試してみるといいですわ」

「言っておくが、私の男性としての活力に問題などない、ミセス・レイヴングラス」モートンはあわてて言った。「だからこそここへ来たんだ。元気すぎるのが問題で。それを解放してやる必要があるんだ。夢のなかに出てきた女がしてくれたように。われわれはお互いを必要としている、ミセス・レイヴングラス。喉から手が出るほどに」

「いったいなんのお話をされているのかわかりません」

「嘘をつけ」モートンはまた身を乗り出した。かもし出される興奮の度合いが強くなる。「つい最近見た夢を話させてくれ。過去二週間のうちに何度も見た夢だ。ひどく生々しい夢でね」

〝……覚えておくんだ、リオーナ、舞台に上がった瞬間から、観客のことはこちらの意のままにしなければならない。観客の自由にさせてはだめだ……〟

「あなたの夢のお話は聞きたくありませんわ」リオーナは鋭く言い返した。「お手伝いはできません」

モートンはそのことばを無視した。「夢のなかに出てきたご婦人は新婚初夜に未亡人になってしまった人でね。夫は彼女をほんとうの意味で妻にする前に命を落としてしまったんだ。彼女はふつうの健全な夫婦生活の悦びというものを知らずに何年も過ごさざるをえなかった」

「今日はこれまでです、ミスター・モートン」リオーナはランプを明るくしようと立ち上がりかけた。

「そのかわいそうな処女の未亡人はなんともひどいヒステリーの発作に悩まされている。未亡人やオールドミスというものがふつうの夫婦生活を持てない状況に置かれてどれほどひどい責め苦に耐えなきゃならないものかは誰もが知っている」

緑の水晶は、かすかではあるがまだ完全に光を失ってはいなかった。すっかり暗くなってしかるべきなのに。立ち上がりかけていたリオーナは驚いて唐突に腰を下ろした。ハロルド・モートンは自分で気づかないままに水晶を動かしているのだ。

「あなたこそが夢に登場したご婦人だと思うんだ、ミセス・レイヴングラス」欲望に駆られ、モートンの声が濁った。「あなたの緊張を解き、ヒステリーの発作を起こさせないために、運命がわれわれふたりを引き合わせたんだな。この治療によってたまりすぎた私の男性液の問題も解消するしね。互いに満足できる結果になる」

「こうしてお会いしたことに運命などなんの関係もありませんわ」リオーナは冷たく応じ

た。

ドクター・グッドヒューにはひとこと言っておかなければならない。よくも男の客にわたしが娼婦であるかのようにほのめかしたものだ。

水晶の光が増したが、心を癒すような健全な光ではなかった。モートンはまだ石のエネルギーを動かしているのが自分だと認識している様子はなかった。それでも、ふつうの客よりも強いエネルギーを持っているのは明らかで、それを緑の水晶に注ぎこんでいる。

誰しもある程度の超能力を身に備えている。大多数の人はそれに気づかないか、認識すまいとして人生を送る。夢のなかでのみ、自分の性質のもうひとつの側面を表出させる。そして目覚めると、正気づいて夢を頭から振り払うのだ。

しかし、潜在的なエネルギーが表に現れるのは夢のなかのみとはかぎらない。性的興奮にともなう強い感情によってもそのエネルギーは放出される。今起こっているのもそういうことだ。モートンがみだらな衝動に屈したときに水晶に注意を集中させていたのは不運だった。

無意識に暗いエネルギーを石に注ぎこんではいても、彼には水晶を意のままに動かす能力はなかった。そのせいで心が発した超常的なエネルギーの波がはね返って戻り、性的興奮をいっそう高めることになっているのはまちがいない。

「きみが夜ごと男に触れられたくて眠れずにいることはわかっているんだ、ミセス・レイヴングラス」モートンは言った。「解放させてあげるよ。手助けさせてくれ。誰にも知られやしない。ふたりだけのささやかな秘密だ」

リオーナは光を発する水晶を手に載せて立ち上がった。「これだけはたしかですけど、あなたに治療していただく必要はありません」

そう言ってモートンのエネルギーの波動を止めるために水晶にエネルギーを注ぎこんだ。緑の水晶はすぐにくもり、光を失った。

モートンの椅子が床にこすれて音を立てた。彼は怒り狂って勢いよく立ち上がった。「いいかね、私はこの治療のためにかなりの金を払ったんだ」

今日の午後もフォッグがここにいてくれたならよかったのにと思わずにいられなかった。最近まではいつも治療についてきて、待合室でうとうとするか、主人の足元に寝そべって過ごしていたのだ。しかし最近、ドクター・グッドヒューから、大きくて怖そうな犬が治療室にいることで客から文句が寄せられていると苦情があったのだった。

今後、犬を怖がる客は断るとグッドヒューに告げること、と心のメモに書き記す。

「もうお帰りください」リオーナは言った。「ほかのお客様がお待ちですので」

それは真実ではなかった。今日の午後はモートンが最後の客だった。しかし、彼にはほんとうのことを知るよしもないだろう。

「こんなひどい状態のあなたを置いては帰れないよ、ミセス・レイヴングラス」モートンはよろめきながら立ち上がった。「どれほど辛いかよくわかっているんだ。何より癒される形であなたのなかのこわばりをほぐしてあげると約束しよう。激しい感情の渦巻くなかへと連れていってあげる。真のカタルシスをたのしめるよ」

「いいえ、結構よ」リオーナはドアへと向かった。

水晶のエネルギーを抑えこむことは簡単だったが、どうやらモートンの性的興奮はそがれなかったようだ。モートンはテーブルをまわりこんできて、大きな肉づきのよい手を彼女へと伸ばした。

「このまま行ってしまってはだめだ、ミセス・レイヴングラス。私が与えるカタルシスがあなたにどれほど必要か、教えてあげるから」

リオーナは伸ばされた指から身を交わして逃れた。「残念ですけど、あなたの症状はかなり異常です、ミスター・モートン。わたしの乏しい能力ではどうにもしようがありませんわ。もちろん、お支払いいただいた料金は耳をそろえてお返しします」

モートンは彼女の二の腕をつかんだ。近くに引き寄せられ、リオーナは彼の口がソーセージ臭いことに気がついた。

「恐れることはない。これからこの部屋で起こることは絶対に他言しないから」彼は請け合った。「さっきも言ったが、ふたりだけの秘密だよ」

リオーナはにっこりと愛想よくほほえんだ。「ええ、そうね。水晶をのぞきこんでごらんなさいな。いっしょに空想の世界へと旅立ちましょう」

「え？」モートンはまたまばたきし、言われるがままに石をのぞきこむと、無意識にさらなるエネルギーを石に注ぎこんだ。

石は明るい緑に輝いた。

今度はリオーナは彼のエネルギーの波動を抑えるだけでなく、それを呑みこみ、増幅したエネルギーをモートンの心に注ぎこんだ。

彼女が発し、水晶を通して強められたエネルギーがモートンの五感を打ち、がたがたと体が震えるほどの痛みをもたらした。

オーロラ・ストーンは別だが、ほかの水晶と同じように緑の水晶にも恒久的な損害を与えるだけの力はない。それでも、男をしばらく身動きできないようにすることはできた。

痛みにぎょっとしてうなり声をあげ、モートンは彼女の腕を放してあとずさると、両手でこめかみを押さえた。

「頭が」

「残念ながら今日はもう時間です」

リオーナはそうきっぱり宣言すると、ドアへ走り、勢いよくドアを開いて待合室に飛び出した。

サディアス・ウェアが彼女をつかまえて引き寄せた。

「こんな出会い方はやめないといけないな」と彼は言った。

「なんなの？」自分の目が信じられず、リオーナは驚愕して彼を見つめた。

サディアスはそのことばを無視してモートンに冷たく危険な目を据えた。

「ここで何をしている？」地獄の業火さえ凍りつくような声だった。

モートンは答えようともがいた。口を何度か開けたり閉じたりしてようやくことばを押し出した。

「いいですかな」と唾を飛ばして言う。「順番を待っていただかないと。私は一時間分支払っている。あとゆうに三十分は残っているはずだ」

「今すぐここから立ち去れ」サディアスは極端にやさしい不吉な声を作って命令を発した。

モートンは蒼白《そうはく》になって激しく身震いするとドアへと急いだ。

階段を降りる重い足音が聞こえてきた。すぐに表の扉が閉まる音がした。

自分がリオーナを抱きしめていることを急に思い出したかのように、サディアスは彼女を放した。リオーナは急いであとずさり、スカートを振ってよれを直した。ヴェールが奇妙な方向に曲がっていることに気づいて黒いネットを帽子の縁の上に巻き上げようとしたが、そこで帽子自体が横に曲がって片方の耳の上にあぶなっかしく引っかかっていることに気がついた。

サディアスは手を伸ばしてピンをいくつかはずすと、彼女の頭から帽子をとり去った。それから厳粛な物腰でそれを彼女に差し出した。

「きみの治療はこんな精力的な形で終わることが多いのかい？」彼は抑揚のない声で訊いた。

「まったく、思いもしないこと――」アダム・ハロウが静かに脇に立っているのを見つけてリオーナは途中でことばを止めた。「アダム。ここで何をしているの？」

「大丈夫、リオーナ?」アダムは眉をひそめて尋ねた。

「ええ、もちろん」リオーナは反射的に答えた。「どうしたっていうの? どうしてミスター・ウェアをここに連れてきたの?」

「その答えはかなり複雑と言わざるをえないね」アダムは謝るように言った。

「複雑なことなど何もない」サディアスがその魅惑的な目をリオーナに向けた。「きっときみを見つけてみせると言っただろう、ミス・ヒューイット。私が約束を守る人間だということは知っておいてもらわないとね」

14

「私には水晶を使うことについての専門知識はないが――」サディアスは冷ややかな感情のこもらない声で言った。「独身の女が暗くした部屋で見知らぬ男とふたりきりで閉じこもるとなれば、大変なことになりそうだということぐらいはわかる」

「運が悪かったのはたしかだけど、ほんのささいな出来事が一度あったからって、それが大変なことだとは言えないわ」リオーナが冷ややかに言った。

ふたりはヴァイン・ストリートにある小さな家の狭い応接間にいた。アダムは数分前に再度小声で謝ってから帰っていた。リオーナは責めるつもりはないと言ってやった。サディアスにリオーナの治療室の場所を教えようと決めたのはミスター・ピアースだったからだ。アダムが何よりもまずピアースに忠実であることはわかっていた。

いずれにしても、今は頭が混乱しきっていて、誰かを非難できるだけはっきりものを考えられなかった。これまで心の奥底にサディアスが自分を探しに来てくれないものかと願う気持ちがなかったとは言えない。まさかとは思いながらも、どうしようもなく楽観的な一面のせいで、ロンドンへ戻る暗い旅路のあいだにふたりを突き動かした情熱が、幻覚をもたらす毒のせいだけではなかったと確信もしていた。

しかし今、自分の秘めた思いが単なる夢想にすぎなかったことを思い知らされていた。サディアスの魅惑的な目は今日は情熱に燃え立ってはいなかったのだ。彼がかもし出す冷たく厳格で非情なオーラが、彼女の胸を焦がしていた小さな希望の炎を消し去ってしまった。

何から何まで辛い一日だった。前の日にキャロリンが幸せに旅立ってから、はじめて家でひとりきりの夜を過ごし、少し落ちこんだ気分で朝を迎えた。それからハロルド・モートンとの不快な一件があり、今度はこれだ。夢見ていた男が魔法のように家の入口に現れたというのに、望みがオーロラ・ストーンだけだとはっきり態度で示している。

飼い主の緊張を察してフォッグが彼女を守ろうと隣に寄った。リオーナは犬の頭に手を載せた。犬は耳をぴんとそばだて、サディアスにじっと目を注ぎながら彼女のスカートに身を寄せた。

サディアスは窓に背を向けてリオーナと向かい合うように立っていた。治療室から馬車ですぐのこの家に来るまで、説明はアダムにまかせ、口を開くことはほとんどなかった。

この家に着くころにはリオーナも、ピアースがサディアス・ウェアに彼女の居場所を明かしたのは、彼女の身に危険が迫っていると信じたせいだという事実を呑みこまざるをえなくなっていた。他人が自分の安全を勝手にはかってくれることほど苛立つことはないとリオーナは思った。

「ハロウと私があのとき治療室を訪ねなかったら、きみはどうしていた？」とサディアスが訊いた。

リオーナは彼を睨みつけた。「別に危険にさらされていたわけじゃない。自分でどうにかできていたもの」

「そんなふうには見えなかったが」サディアスはそっけなく言った。

「あなたにはまったく関係ないことよ」

「そうかもな」彼は眉を上げた。「でも、なぜかそのことに無関心ではいられなくてね」

「もう少し神経を集中させてみて。がんばれば、きっと意志の力をふるい立たせてその問題を脇に追いやり、ほかのことを考えられるようになるはずよ」

「ちがうな。今日、目にしたことのせいで、今夜いくつか不快な夢を見ることになってもおかしくないね」

「そうなっても、水晶による治療を受けにわたしのところへ来たりはしないで」リオーナは彼に凍るようなまなざしを据えた。「本題にはいりましょう。オーロラ・ストーンをとりに来たのね」

「あれを持っているのはきわめて危険だと警告したはずだ」サディアスは今度は多少やさしい口調で言った。

「そんなこと信じないわ」

「リオーナ、分別を働かせてくれ。私がきみをこれだけ簡単に見つけた以上、デルブリッジも同様のはずだ」

リオーナは顔をしかめた。「デルブリッジはアダムのことを知らないもの。手がかりのかつらも持っていないし」

「それはそうだが、人を見つけるにはほかにも方法はある。たとえこれほどの大都市においてもね」

「どうやって？」と彼女は訊いた。

サディアスは肩をすくめた。「私が彼で、ほかに手がかりがないとしたら、まずはロンドンじゅうの水晶使いをあたってみるね。質問してまわり、噂や手がかりが見つかるまで金を落としてまわる。時間と労力をうんと費やすことになるだろうが、遅かれ早かれきみの競争相手の誰かがきみを指差してくれるというわけさ」そこで次のことばを強調するように間を置いた。「すぐさまそういう幸運に恵まれる可能性だってある」

リオーナは呆然《ぼうぜん》として彼を見つめた。「なんてこと、そんな方法があるなんて思いもしなかったわ」

「きみが気づいていないかもしれないという気がしてね」

リオーナは眉根を寄せた。「皮肉をおっしゃる必要はないのよ」

「リオーナ、デルブリッジが水晶を手に入れるために少なくともふたりは人を殺しているということは、われわれとしてもはっきりさせたはずだ。きみが次の犠牲者になる可能性もある。もしきみが――」

「ちょっと待って」リオーナは彼を前よりも疑いを強めた目でまじまじと見つめた。「あなたが個人的に水晶をほしがっているんだと思っていたけど、今われわれっておっしゃったのは誰のこと?」

「私は超能力について研究している団体のために動いている」

「そういう団体は数多くあるわ。ほとんどが頭が空っぽのだまされやすい連中かよぼよぼの変人の集まりだけど。超能力のなんたるかすら知らない連中よ」

「それは私もよくわかっている」とサディアス。「アーケイン・ソサエティによぼよぼの変人がかなりの数いるのもたしかだ」

団体の名前を聞いて、ショックのあまりリオーナははっと息を呑んだ。

「どうやら私は勘ちがいしていたようだな」サディアスはじっと考えこむような顔になって言った。「きみはアーケイン・ソサエティを知っているんだね」

リオーナは咳払いした。「ええ、どこかで名前を聞いたような気がするのはたしかよ。その団体のために動いているっておっしゃるの? 水晶のありかを突きとめるためにその団体に雇われたってこと?」

「調査してほしいと頼まれたのはたしかだ。しかし、私は会員のひとりでもある」

リオーナはため息をついた。かすかな望みも絶たれた。「そう」

「ソサエティの会員ではあっても、よぼよぼの変人にはまだなっていないと思いたいね」彼はつづけた。「自分がそう思っているだけかもしれないが」

「冗談のおつもりで言ったのなら、おもしろくないと申し上げなくてはならないわ」

「すまない」サディアスはそこで間を置き、冷ややかに値踏みするような目でリオーナを見た。「正直、きみがソサエティのことを知っていたとは驚きだ。ソサエティはこれまで報道機関の注目を避けようと骨を折ってきたわけだから」

「ふうん」

「会員は真剣に超能力の研究にとり組んでいる。浮揚や交霊の見せ物で評判を得ようとしている大勢の詐欺師やほら吹きやいかさま師にかかわるつもりは毛頭ない」

リオーナは理性的になろうと決めた。「つまり、そのアーケイン・ソサエティがわたしの水晶の正規の所有者だと言うのね」

「そうだ。もともとソサエティの創設者のシルヴェスター・ジョーンズの所有物だった」

嘘っぱち、とリオーナは胸の内でつぶやいたが、どうにか平静な口調を保った。「それで、その人は水晶をいつなくしたの？」

「二百年ほど前に盗まれたのさ」

「二百年前？」リオーナは笑い声を作った。「二世紀もたってから、盗まれたことを証明するなんて、不可能とは言わなくてもむずかしいことであるのは認めてくださらなくては」

「アーケイン・ソサエティの会員は記憶力がよくてね」とサディアスが言った。

「失礼ですけど、会員のなかには、たぶん、よぼよぼの変人でしょうけど、ばかばかしい伝説にしがみつこうとする人がいるようね」

「ここへは水晶の所有者が誰かという問題を議論しに来たわけじゃない」彼は穏やかに言った。「きみがきみのものと信じていることはわかっている。その点お互い意見が合わないのは認めなければ」

「でも、だからといって、水晶を奪うのをやめるつもりはないわけでしょう?」彼女は訊いた。「それに、か弱くて軟弱で無力な女であるわたしには、あなたが力ずくで奪おうとするのを止めることはできない」

彼の口の端が若干上がった。「か弱いとか軟弱とか無力とかいうことばは、きみのことを考えたときにすぐに思いつくことばじゃないな、ミス・ヒューイット」

「あなたの紳士としての資質に訴えかけようとしたんだけど、無駄だったわね。ばかだったわ」

なぜかそのちょっとした皮肉が急所をついたようだ。驚いたことに、サディアスはリオーナの目の前で石になってしまった。

「そうだな」と静かに言う。「誰よりもきみには、私に紳士の資質がないことがわかったはずだものな」

いったい今度はなんの話? リオーナはぽかんとして声に出さずにつぶやいた。石を無理やりあきらめさせようとしていることに多少の罪の意識を持ってもらいたいと思っただけなのに。少なくとも謝罪のことばを聞きたかったのだ。それなのに、裁判官に終身刑を言い渡されたかのような反応を見せるなんて。

リオーナは威圧的なまなざしを彼に向けた。「どうしてあなたがわたしの水晶のありかを探すよう選ばれたのか教えてくださらない？」

サディアスは肩をすくめ、少し前に紳士の資質がないと言われて引きこもった静まり返った場所から戻ってきた。

「調査をするのが仕事だからさ」と彼は言った。

リオーナは凍りついた。「刑事なの？」

サディアスはぎょっとして恐怖に駆られた彼女を愉快そうに見ながらほほ笑んだ。「ちがう。なんらかの理由で警察に通報はしたくないと思っている個人のために内密の調査を請け負っているんだ。今回の場合は個人ではなく団体だが」

そう聞いてリオーナは少し安堵《あんど》した。好奇心が顔を出す。「こういうことが仕事になるの？」

サディアスはその質問にどう答えていいかわからないというようにためらった。「金のためにやっているわけではない」としばらくして言った。

「だったら、なんのためにやっているの？」リオーナはさらに訊いた。

「それは……自己満足のためさ」

リオーナはしばらくそのことを考えた。「わかったわ。わたしが水晶を使うふたつの理由のうちのひとつと同じね。わたしも自分が満足を得るためにしているの」

サディアスは片眉を上げた。「もうひとつは？」

リオーナは冷ややかな笑みを浮かべた。「あなたとちがってわたしにはお金も必要なの」

そう言って、あざけりを受けるのを予測して身がまえた。そういう意味では彼は紳士で、見るからに金持ちだ。上流社会の人間は生活のために働かざるをえない人間を見くだすものだ。アーケイン・ソサエティでは水晶使いを生業《なりわい》とする人間への風あたりはさらに強い。超能力を持つ人間の社会階級のなかで、水晶使いは最下級に属していた。

しかし、サディアスは彼女の答えに少しも困惑した様子を見せず、ただうなずいただけだった。そうではないかとすでに推測していたのはまずまちがいない。

「きみがアダム・ハロウやミスター・ピアースとどのように知り合いになったのか興味がある」

「ミスター・ピアースはお客として何度も通ってきていたの。来るときは必ずミスター・ハロウをともなっていたわ。何週間か通うあいだに、アダムとわたしは親しくなった。わたしがミスター・ピアースにほどこした治療にとても感謝してくれて。ピアースもわたしが水晶を使ってしたことに満足してくれていた」

「ピアースが悪夢に悩まされていると？」サディアスが訊いた。興味をそそられるあまり、質問の口振りが厳しくなっている。

リオーナは冷ややかな笑みを浮かべてみせた。「秘密を守れるのはあなただけじゃないのよ。

「顧客の許可なく顧客の悩みの種について明かしたりはしないわ」と彼女は言った。

サディアスの顎《あご》がこわばった。思いどおりにいかないと気に入らないのねとリオーナは思ったが、彼はそっけなくうなずいただけだった。

「わかった。デルブリッジが水晶を盗んだときみに教えたのはたぶんピアースなんだな?」

「ええ。彼は治療を何度か受けて、わたしの水晶使いの腕はたしかだと思ったのね。ある日の午後、オーロラ・ストーンのことを聞いたことがあるかってなにげなく訊いてきたの。盗まれたという噂《うわさ》が広まっているからって。わたしは久しぶりにその水晶が世に現れたって聞いて驚いたわ」

サディアスは眉をひそめた。「〝世に現れた〟というのはどういう意味だ?」

「わたしが十六のときに母が持っていたのを盗まれたの」リオーナの手がフォッグの頭の上で止まった。「それだけじゃなく、母はきっとそのせいで殺されたんだわ」

「なるほど」

「見つかる希望なんてすっかりなくしていたわ。だからもちろん、ミスター・ピアースが噂のことを口に出したときにはぞくぞくした。その水晶がわたしにとってどれほど大事なものかわかって、ミスター・ピアースはさらに調べてくれた。盗んだのがデルブリッジらしいと突きとめてくれたのよ。わたしはすぐに計画を練り出した」

「水晶を盗む計画か?」

「盗まれたものをとり戻す計画よ」リオーナは冷たく言った。「わたしが自分でデルブリッジの邸宅に忍びこむつもりでいると知って、ミスター・ピアースとアダムがいっしょに行くべきだって言い張った」

サディアスは顔をしかめた。「あれだけの人脈を持つピアースがきみのために石を盗んでやろうと言い出さなかったとは驚きだな」

「申し出てくれたわ。でも、本物のオーロラ・ストーンを見分けられるのはわたしだけだからって説得したの。いずれにしても、ミスター・ピアースはデルブリッジがそれほど危険な人物だとは思っていなかったから。評判では変人の収集家ということだったし。じっさいは人を狂わせるような薬を調合できる邪悪な化学者だなんて誰が想像して？」

サディアスは窓の外に目を向け、通りの向こうの静かな小公園を見やった。「それが今回奇妙に思われることのひとつだ。これまではデルブリッジが超常的な遺物を憑《つ》かれたように集める収集家にすぎないということを疑う理由は何もなかった。彼自身が幻覚をもたらす毒を調合する方法を知っているのかどうかも非常に疑わしいと思う」

「仲間がいると思うの？」

「それが唯一理にかなった説明だろうな。仲間もおそらくひとりではないだろう。高度な技を備えた人殺しも雇っているのではないかと思う。少なくともふたりの娼婦に自分の技を試してみた人殺しだ。どちらもデルブリッジの邸宅で見つかった女と同じやり方で殺されている」

リオーナの体にショックが走った。「新聞が〝真夜中の怪物〟と呼んでいる悪魔のことを言っているの？」

「そうだ、ミス・ヒューイット、自分がどれだけの危険にさらされているかわかりはじめたかな？」

リオーナは呆然として彼を見つめるしかできなかった。しばらくしてようやく声が出せた。

「ええ」と小声で答える。「ええ、おっしゃりたいこと、わかったわ。真夜中の怪物がデルブリッジ卿に雇われているかもしれないということなのね。とうてい信じられないことだけど」

「分別ある行動をとるつもりなら、私に水晶を渡してくれるしかない。問題がうまく解決するまでアーケイン・ソサエティに渡して安全に保管させるよ。この問題が決着したら、きみがソサエティの会長にじかに石の所有権を訴える機会を必ずもうける」

そんなのうまくいくわけないわと彼女は胸の内で暗くつぶやいたが、「ありがとう」と礼儀は忘れなかった。

「水晶を手元に置いておくことで、危険にさらされるのはきみ自身だけじゃないということも言っておかなければ」サディアスは静かに言った。「石がきみのところにある以上、ミセス・クリーヴズも危険にさらされている」

そう聞いてリオーナは身をこわばらせた。「どういうこと？」

「私の推測どおりデルブリッジ卿が人殺しを雇ったのだとすれば、きっとその悪党はきみの家政婦を殺すのになんのためらいも感じないだろうからね」

もうたくさんとリオーナは思った。アーケイン・ソサエティに渡してしまったら、二度と水晶をとり戻せないだろうが、今はあまり選択肢がなかった。ミセス・クリーヴズの身を危険にさらすわけにはいかない。

「わかったわ」と彼女は言った。どうしようもないこととあきらめて立ち上がり、黒いドレスの襞《ひだ》を振って直した。「二階にあるの。ちょっと待っていてくだされば、とってくるわ」

サディアスはマリゴールド・レーンの治療室からリオーナが持ち帰った三つの水晶がはいった袋をちらりと見た。「今日はマリゴールド・レーンへは持っていかなかったのか?」

「ええ」リオーナはドアへ向かった。「独特の効力を持ったとても力の強い石だから、極限の状況でしか使わないようにと教わったの」

「その力については私も多少知っている」彼は彼女と目を合わせて言った。「きみの力もね」

彼が何か重要なことを伝えようとしているのはまちがいなかった。おそらくは敬意といったものを。そう考えてリオーナの心はぬくもった。

「ありがとう」と彼女は言った。

サディアスはドアを開けに行き、脇を通り過ぎる彼女を内心の思いの読めない顔で見守って言った。

「賢い判断だよ」

リオーナは廊下に出て階段を昇った。フォッグがすぐ後ろをついてくる。

寝室のドアのところで、フォッグが突然興味を抱いたように床のにおいを嗅ぎ出した。リオーナがドアを開けると、オーロラ・ストーンをしまってある大きな長持ちのところへまっすぐ飛んでいき、小さく鳴いた。

「そんなに気を惹かれるような何を見つけたの?」とリオーナは訊いた。「この家のにおいは全部知ってるでしょうに」

犬をそっと脇に押しやると、腰に付けた帯飾りの鎖から鍵をはずし、長持ちの鍵穴に差しこんだ。

長持ちの中身はぐちゃぐちゃに荒らされていた。母の日誌や、古い手帳や書類を入れた革張りの箱が、散歩用の靴や、くたびれたボンネットや、予備のキルトや、その他長持ちにしまってあった品々と入り混じっている。

リオーナは動転して長持ちの底をあさった。

オーロラ・ストーンを入れておいた黒いヴェルヴェットの袋がなくなっていた。

15

今日は彼女から、怒りや嫌悪を含め、さまざまな反応があることは予測していた。なんといっても、自分がしそうになったことを考えれば、彼女にはそうした感情をぶつけてくる権利が充分あるのだから。しかし、まさか嘘をつかれるとは思わなかった。

「盗まれた?」サディアスは抑揚のない声でくり返した。「なんとも都合のいい言い訳だな。都合がよすぎるのが難だが。そんな見え透いた作り話を聞いて私があきらめると本気で思っているのか?」

リオーナの口が引き結ばれた。応接間を行ったり来たりしている彼女の黒いドレスのスカートがしゃれたハイヒールのブーツのまわりではためいている。怒りと不安のオーラは本物だとサディアスは判断した。

「もちろん、どうとでも好きに解釈してくださって結構よ」とリオーナは言った。「でも、水晶がなくなってしまったのはほんとうなの」そう言って応接間のドアのほうへ手を振った。「家のなかをご自由に探してくださいな。この家に水晶がないと納得がいったら、どうぞお引きとりください。よそで捜索をつづけたいでしょうから」

サディアスはフォッグをじっと見つめた。犬は小さなソファーの前に頭をもたげて寝そべり、リオーナの一挙手一投足を見つめている。

「いつ泥棒にはいられたと思う？」サディアスは平静な声を作って訊いた。

「さあ」リオーナは小さな部屋の隅で足を止め、くるりと踵を返してドアのほうへ戻った。「泥棒はたいてい夜に仕事をするわ」肩をすくめる。「なんてこと、ミセス・クリーヴズとわたしが昨日の夜寝ているあいだにこの家に忍びこんだのかしら。だとしたら、とても恐ろしいことだわ」

サディアスは前を通り過ぎるリオーナを見守りながら、今こうして彼女の身の安全についてやきもきしつつも、自分の感覚が彼女のまわりに渦巻く刺激的なエネルギーをたのしんでいることに気づいていた。リオーナとまっこうから闘っているというのに、サディアスは肉体的にも精神的にもたかぶっていた。

「この泥棒は夜に忍びこんだとは思えないな」と彼はそっけなく言った。

リオーナは足を止め、目を険しくして振り向いた。「どうしてそうおっしゃるの？」

彼は首をフォッグのほうに傾けた。「きみの犬さ。きみの寝室に侵入者が忍びこんでも黙って寝ているような犬には見えない」

リオーナは最初は当惑して彼の視線を追った。が、やがて、彼の言っている意味がわかり、安堵から顔を輝かせた。「ああ、そうね。もちろんよ。フォッグはとても飼い主思いだもの。昨日の晩、誰であってもこの家に忍びこめたはずはないわ。フォッグが吠えて危険を知らせ、忍びこんだ人間に襲いかかったはずだから」リオーナは顔をしかめた。「でも、昨日の晩じゃなかったら、水晶はいつ盗まれたのかしら？」

そう来るならこちらにも手はある。

「今朝、犬の散歩に出かけたのはきみかい？」

「ええ、でも、通りを渡って公園にちょっと行っただけよ。朝早い時間の予約がはいっていたから。家の見えないところへは行かなかったわ。いずれにしても、ミセス・クリーヴズはここにいたし」

「ミセス・クリーヴズから話を聞いたほうがいいな」

「ミセス・クリーヴズ」リオーナは目をみはった。「ええ、もちろんそうね。午後にフォッグを散歩させたでしょうから。朝の散歩を短く終えたので、長く散歩させてあげてと頼んでおいたの」

リオーナはドアへと急ぎ、ドアを開けて廊下に身を乗り出した。

「ミセス・クリーヴズ？」と呼びかける。

白いエプロンをつけた愛想のよい顔のふっくらとした女が現れた。手には小麦粉がついている。

「今日、フォッグを午後の散歩に連れていってくれた？」

「ええ、もちろん。言われたとおりに」彼女はリオーナからサディアスに目を移し、その目をまたリオーナに戻した。「何か問題でも？」

これはリハーサルを積んだ演技ではないとサディアスは判断した。治療室から飛び出してきたリオーナをつかまえたときのショックをあらわにした様子から、彼女が再会を予期していなかったことは明らかだった。彼女にも家政婦にも、このささやかなシーンのリハーサルをする機会はなかったはずだ。

サディアスは家政婦に気まずさを見破られないよう無表情を作り、リオーナの後ろに立った。

「散歩にはいつ出かけたんだね、ミセス・クリーヴズ？」と彼は訊いた。

家政婦はつかのま考えこむように眉根を寄せた。が、やがてしかめ面を崩した。「二時ごろでした。ミス・ヒューイットが午後の予約のためにマリゴールド・レーンへ出かけてすぐです」

「時間としてはどのぐらい？」とサディアスは訊いた。

「たぶん、一時間ぐらいでしょうか。パーグ・レーンの妹のところにお茶に寄ったもので。妹はフォッグが好きなんです。犬のほうもお菓子をもらえるので妹を気に入っています」

リオーナはドアノブをきつくにぎりしめた。「泥棒が忍びこんでいるあいだに戻ってこなくてよかったわ。盗みの邪魔をしていたら、何をされたかしれないもの」

「泥棒ってなんのことです？」クリーヴズ夫人の顔が不安そうに赤くなった。「あの、銀器はなくなってませんよ。ちゃんと確認しましたから」

「いいのよ、ミセス・クリーヴズ」リオーナがあわてて言った。「水晶のひとつが盗まれただけ。それだけよ」

クリーヴズ夫人は目をむいた。「あんな醜い石をどうしてほしがるんでしょう?」

「すばらしい質問だ、ミセス・クリーヴズ」サディアスが口をはさんだ。「家を出るときに通りや公園でぶらぶらしている人はいなかったかな?」

「いいえ」と反射的に答えてから、クリーヴズ夫人は縦皺《たてじわ》を寄せた。「待って、そう考えてみれば、紳士がひとりいました。公園から出てきて通りを歩いていったんです。でも、その人が悪人のはずはありません」

「どうしてそうはっきり言えるの?」リオーナがすかさず訊いた。

クリーヴズ夫人はそう訊かれて当惑顔になった。「その、もちろん、紳士にふさわしい恰《かっ》好《こう》をなさっていたからです」

「その男についてほかに覚えていることは?」とサディアスが訊いた。

「いいえ、あんまり。ほんとうを言うとちらっと見ただけですから」クリーヴズ夫人は顔をしかめた。「フォッグが興味を惹かれなかったら、気づきもしなかったと思います。大事なことなんですか?」

「もしかしたらね」サディアスが答えた。「ミセス・クリーヴズ、催眠術には詳しいかい?」

家政婦は興奮に顔を輝かせた。「あら、ええ。何カ月か前に妹と催眠術のショーを見に行きました。すごい驚きでしたわ。ドクター・ミラーという催眠術師が集まった人のなかから若い女の子を選んで催眠術をかけたんです。その子は全然高等な教育なんて受けていない子だったのに、ドクター・ミラーに催眠術をかけられたら、シェイクスピアの戯曲を一幕丸々引用できたんです。それはもうびっくりでした」

「それはどう考えてもペテンだな」とサディアス。「少しのあいだあなたを催眠術にかけてもいいかな？　今日この家の前で見かけた紳士についてもっと詳しく思い出せるかどうか調べるために」

クリーヴズ夫人は疑うような目をリオーナに向けた。

「危険なことは何もないわ、ミセス・クリーヴズ」リオーナは請け合った。「わたしがずっといっしょにいるから。あなたがいやだろうと思うことは何も起こらないようにする」

「それならいいでしょう」クリーヴズ夫人は見るからに興味津々だった。「でも、わたしに催眠術をかけられますかね。わたしは強すぎるほどの心の持ち主ですから」

「あなたが心の強い人間であることは一瞬たりとも疑わないよ」サディアスはそう言って自分の感覚を開き、生きとし生けるすべてのものと同様にクリーヴズ夫人が発するオーラに注意を集中させた。求めていた波長を見つけると、静かに口を開いた。

「あなたはこれから今日の午後の出来事を思い出す。犬を散歩に連れ出そうとしているところだ。わかるかい？」

天性の才能と長年の鍛錬のたまもので、サディアスは声を使って自分のエネルギーを集約し、家政婦が発するオーラの波長を制御した。家政婦は身動きしなくなった。突然顔が無表情になる。

「わかります」クリーヴズ夫人は抑揚のない声で答えた。目は中空にまっすぐ向けられている。

「正面の扉を開けて石段を降りる。フォッグはどこだ？」

「ひもに結ばれていっしょにいます」

「外には誰かいるかい？」

「道の反対側に紳士がひとりいます」

「何をしている？」

「わたしのほうを見てから、道の角のほうへ歩き出します」

「どんな人か教えてくれ」

「とてもエレガントな人です」

「顔は見えるかい？」

「ちょっとだけ。顔をそむけるようにしています。少し帽子を傾けていて。顎の先は見えますが」

「若者か年寄りか？」

「若い盛りです」

「どうしてそれがわかる？」

「身のこなしから」

「髪の毛は見えるかい？」

「ええ。帽子の下から少し見えています」

「何色だね？」

「とても薄いブロンドです。白に近いぐらいの」

「身につけている衣服について教えてくれ」

「上着はグレーです。ズボンも」

「手には何か持っているかい？」

「ええ」

「何を？」

「ステッキを」

「もう目を覚ましていい、ミセス・クリーヴズ」

クリーヴズ夫人は目をぱちくりさせ、期待するようにサディアスを見つめた。「いつ催眠術をおかけになるんですの？」

「気が変わった」サディアスは言った。「催眠術をかけるにはたしかにあなたは心が強すぎる。もう行っていいよ。協力してくれてありがとう」

「どういたしまして」

どれほど心が強いかをもっと見せつけてやれなかったことにがっかりした様子で、クリーヴズ夫人は廊下に出て、キッチンへ向かった。

サディアスはドアを閉めて振り向いた。リオーナが興味津々で彼を見つめていた。

「びっくりだったわ、ミスター・ウェア」と彼女は言った。

「残念ながら、あまり役に立つ情報は得られなかったな。ミセス・クリーヴズが通りで見かけた紳士は水晶を盗んだ人間かもしれないし、そうではないかもしれない。ただ、泥棒がこの家に忍びこんだのはきみの家政婦が犬を散歩に連れていっていたあいだだと推測することはできるだろう」

「そう考えるとぞっとするわ」

「ああ、まったく」

リオーナは窓辺に寄った。「どうしてこんなことが？」と張りつめた低い声でささやく。「水晶をとり戻すのにこれだけ長くかかったというのに。どうしてまた盗まれなきゃいけないの？」

飼い主の嘆きを察してフォッグが立ち上がり、そのそばにすり寄った。リオーナは手を伸ばして犬に触れた。犬だけでなく自分のことも力づけているようだった。

「ミス・ヒューイット」とサディアスは声をかけた。「ここにはひとりで住んでいるのかい？」

「いいえ」リオーナは外の景色から目を離さずに答えた。「おわかりのとおり、ミセス・クリーヴズとフォッグがいるわ」

「失礼だが、ほかに誰かいっしょに暮らせる人はいないのか？　家族とか？」

「いいえ」リオーナは小声で言った。「もう家族はいないわ」

「友達は？」

リオーナは予期せぬ一撃をくらったかのように一瞬ひるんだ。が、やがて意を決したように肩を怒らせた。「昨日までは友達のキャロリンがこの家でいっしょに暮らしていたの」声に力をこめて彼女は言った。「でも、今は結婚してエジプトへ向かっているわ」

「そうか。だったら、ひとりきりなんだな？」

「いいえ、ひとりきりじゃないわ」リオーナはそう言って犬を軽く叩き、振り向いてサディアスと顔を合わせた。「さっきも言ったように、ミセス・クリーヴズもいれば、フォッグもいるから。そういう個人的なことをお訊きになる理由はなんですの？」

サディアスはゆっくりと息を吐き、言わねばならないことを最大限うまく言うにはどうしたらいいだろうと考えをめぐらした。

「デルブリッジがきみの居場所を突きとめたのは明らかだ。水晶をとり戻すまで、きみには私のところにいてもらいたい」

予想どおり、リオーナはことばを失った。

「私のところに来ても不適切なことは何もない」サディアスは請け合った。「きみは私の両親の家の客になるんだ。両親はアーケイン・ソサエティの仕事で今はアメリカに行っているが、同居している大伯母はこっちにいる」

「どうして――」リオーナは尋ねた。「そんなことをしなくちゃならないの?」

サディアスはいかに危険な状況にあるかわかってくれるといいのだがと思いながら、リオーナを見つめた。「古い記録によると、水晶は非常にまれな能力を持った人間が扱わないかぎり役に立たないそうだ。遅かれ早かれデルブリッジも、水晶使いであるきみがあんな危険を冒してまでオーロラ・ストーンをとり戻したのは、きみにその能力が備わっているからだと思いつくだろう。そうなったら、きみは無事ではいられない」

16

長いディナー・テーブルで礼儀正しい会話をしようとするのはひどく骨が折れることだった。アーティチョークのスープと揚げたマスを食べているあいだはどうにか持ちこたえたようにリオーナには思われたが、ローストチキンと野菜が出されるころには、すっかり気疲れしていた。

テーブルの反対側の端にすわっているサディアスもあまり助けにはなってくれなかった。リオーナをこの家に招き入れてからというもの、彼は深い物思いにふけってしまっているようだった。リオーナが察するに、水晶をとり戻す計画で頭がいっぱいなのだろう。

テーブルについているもうひとりの人物は威圧感たっぷりのサディアスの大伯母、レディ・ミルデンのヴィクトリアだった。紹介された瞬間から、この厳粛な年輩の貴婦人はうさんくさそうな非難の目をリオーナに向けていた。

そうしたヴィクトリアの反応はさして驚きでもなかった。リオーナには心の準備ができていた。ウェア一族の全員がそうであるように、ヴィクトリアもアーケイン・ソサエティの一員で、水晶使いのことをひどく見くだしているのはまちがいなかったからだ。処女妖術師のシビルの伝説がその大きな要因となっている。ヴィクトリアは見世物の水晶使いにすぎないと思われる女をもてなさなければならないことに、見るからに啞然としている様子だった。

大きなウェア家の邸宅に移ることになって唯一喜んでいるように見えたのはフォッグだった。広々とした庭にすぐに夢中になった。

ヴィクトリアはドライフルーツを山盛りに載せた皿越しにリオーナに目を向けた。「ロンドンへは一年半前にいらしたとおっしゃったわね、ミス・ヒューイット」

「ええ」リオーナは礼儀正しく答えた。

「その前はどこに住んでらしたの？」

「小さな海辺の町です。リトル・ティックトンという。きっとお聞きになったことはないと思いますけど」

「リトル・ティックトンで今の仕事をはじめたの？」

「そうです、レディ・ミルデン」

「お仕事に就いてどのぐらい？」

質問は危険な領域にはいりつつあった。少しだけ真実を隠すころあいだとリオーナは思った。

「水晶使いを仕事にするようになったのは十六歳のころからです」と丁重に答えた。

「リトル・ティックトンで」ヴィクトリアが念押しするように言った。

「ええ」リオーナはポテトをひと口食べた。真実を言わなければならない義理はない。個人的なことは隠しておく権利がある。

「水晶使いの能力を持つ人は頻繁に居場所を変えると聞いたことがあるわ」とヴィクトリアが言った。

「ええ」リオーナは人参に注意を集中させた。

「お仕事が何年もリトル・ティックトンでうまくいっていたのなら、どうしてロンドンへ移らなければと思ったの?」

「こちらのほうが繁盛する気がしたので」

「それで、繁盛しているの?」

リオーナは輝く笑みを向けた。「あ、ええ、まちがいなく」

ヴィクトリアの目の端が険しくなった。この笑みは気に入らないとリオーナは思った。

「あなたの犬はとても変わっているのね」ヴィクトリアは言った。「じっさい、驚くほどだわ。少しオオカミに似ているし」

「オオカミではありませんわ」リオーナは即座にフォッグを弁護した。自分を侮辱するのはかまわないが、犬を侮辱するのを許すつもりはなかった。「とてもお行儀がよくて、並はずれてかしこいんですの。あの子といっしょにいても危険はありません」

「いったいどこであんな犬を手に入れたの?」

「リトル・ティックトンで。ある日わが家の裏口に現れたんです。まるで霧が集まって犬の形をとったという感じでした。餌《えさ》をやったら、いつのまにか家の飼い犬になっていました」

「嚙んだりする？」

リオーナはまたまぶしいほどの笑みを浮かべた。「わたしを脅かしているとあの子が判断した人間だけを攻撃します」

ヴィクトリアは眉根を寄せ、サディアスに目を向けた。「たぶん、犬は庭に鎖でつないでおいたほうがいいわね」

リオーナはサディアスの反応を待たなかった。

「鎖でつなぐことはありません」と冷ややかに言った。「フォッグはわたしの寝室で寝ます。それが許されないのであれば、いっしょにヴァイン・ストリートの家に戻ります」

サディアスは肩をすくめ、ワイングラスを手にとった。「犬はよく訓練されているようですよ」と大伯母に向かって言った。「家に入れても大丈夫でしょう」

「お好きなように」そう言ってヴィクトリアは苛々とナプキンを小さく丸めた。「おふたりとも失礼するわね。部屋に戻って寝るまで本を読むことにするわ」

思わず息を呑むほどの非礼だった。ヴィクトリアの振る舞いは、卑しい水晶使いなどをもてなすつもりはないと宣言したにひとしかった。サディアスは立ち上がって大伯母が椅子から立つのに手を貸した。高価な銀灰色のドレスの絹ずれの音とともに、ヴィクトリアはダイニングルームをあとにした。

サディアスはリオーナに目を向けた。催眠術師の目は暗くどんよりとしていた。「大伯母のことはすまない。数年前に夫を亡くしてからずいぶんと辛い思いをしていてね。彼女があまりに気を滅入らせているので、両親がこの家でいっしょに暮らそうと説得したんだ。それで、自分たちがアメリカに行って留守のあいだ、ここに滞在して目を配ってほしいと私に頼んできた」

「そうなの」リオーナはすぐに態度をやわらげた。愛する人を亡くすということがどういうものか、わかりすぎるほどわかっていたからだ。「大伯母さまのご心痛、お気の毒だわ」

サディアスはためらいながら言った。「大伯母のヴィクトリアは昔からふさぎの虫にとりつかれがちだったが、大伯父が亡くなってから、その傾向がいっそうひどくなったのはまちがいない。鬱《うつ》におちいるあまり、自分で自分に危害を加えるんじゃないかと母などは内心恐れているようだ」

「わかるわ。でも、わたしがここに来たことで動揺してらっしゃるのも明らかよ。わたしとフォッグはヴァイン・ストリートに戻ったほうがいいんじゃないかしら」

「きみはどこへも行かない」彼は静かに言った。「たぶん、温室にはいっしょに来てもらうが」

「え？」

「いっしょに温室へ来てもらえるかな、ミス・ヒューイット？　個人的なことできみに言っておかなければならないことがある。誰にも邪魔されない場所で言いたいんだ」

「今日の治療室での不運な出来事についてまたお説教したいというなら――」

「そうじゃない」彼はそっけなく言った。「アダムと私が間に合って到着しなければどうなっていたか考えると、きっと自分を責めて今夜はしばらく眠れないんだろうが、これ以上きみに説教をするつもりがないことは約束する」

「だったら、いいわ」

ナプキンを脇に置いたときに、突如として鼓動が速くなりすぎていることに気づいた。サディアスが椅子を引いてくれた。リオーナは彼がすぐそばにいることをひどく意識しながら立ち上がった。腕を差し出されると、ぞくぞくするほど官能的な感覚が全身に走った。だめだとわかっていても、どうしても彼には反応せずにいられないとリオーナは思った。

目の端でサディアスを見やったが、自分に触れることで彼がなんらかの影響を受けているかどうかはわからなかった。自制する力が圧倒的に強いのだろう。そしてまた、ほんとうのところは知りたくないと思った。もしかしたら、彼は何も感じていないかもしれないのだから。

それでも、ふたりをエネルギーがとりまいていることはたしかだった。先日の晩、馬車のなかで悪魔と闘っていたときと同じだ。サディアスといっしょにいると、何かしら奇妙で驚くべきことが起こる。ほかの男とはありえない何か。以前結婚するつもりでいたウィリアム・トローヴァーとのあいだにさえなかった何かが。

廊下に出ると、フォッグが魔法のように現れた。期待するようにふたりのあとをついてくる。サディアスが庭につづくドアを開けると、フォッグは大喜びで外に飛び出し、すぐさま闇のなかに消えていった。

サディアスはリオーナをテラスへと連れ出し、小石を敷きつめた短い小道へと降りた。温室の優美なアーチ型のガラスの壁が月明かりを受けて鈍く光っている。書斎の高い窓からもれるガス灯の明かりが近くの茂みを嗅ぎまわるフォッグの姿を照らしていた。

「犬はあなたのもてなしが気に入っているようだわ」リオーナは声に感情を表さないようにしながら言った。

「きみはそうではないようだね」

リオーナは顔をしかめた。「そういうつもりで言ったんじゃないわ」

「この家にいたほうがいいという私の提案をどう思っているかは口に出さなくていい。きみの感想は一目瞭然だから」

リオーナは咳払いをした。「わたしの記憶ちがいでなければ、それは提案じゃなかった。命令と言っていいものだったと思うわ」

「くそっ」

つぶやかれた悪態がほかのどんなことばよりも、彼が彼女と同じく張りつめた思いにとらわれていることをはっきり示していた。なぜか、そうとわかってリオーナの気分は高揚した。いいほうに考えるのよ。この人もエネルギーを感じている。

「きみをこの家に連れてきたのは、きみの安全をはかるのにほかに方法を思いつかなかったからだ」サディアスは静かにつけ加えた。

「わかったわ。わたしの身の安全を気にかけてくださってありがたいとは思っているのよ。さっき苛々したことは謝ります。今日の午後はあれこれ大変だったから」

「どうして大変だったと思うのかわからないな、ミス・ヒューイット。私から見たら、今日は尋常じゃないことなんてそれほどなかったのに。顧客のひとりがきみが行っている治療を誤解してきみを襲おうとした。それから予想だにしないことに私が玄関に現れた。私のことは無事排除したと思っていたのにね。最後に聖なるわが家に泥棒がはいり、オーロラ・ストーンを盗まれてしまった」

窓からもれる明かりで、彼の口が陰気な笑みを浮かべているのはわかった。

「まったくそのとおりよ」リオーナは身がまえるように言った。「そんなふうに並べ立てられると、わたしが過剰に反応しすぎていることがはっきりするわね」

「きみだけじゃないさ、ミス・ヒューイット。正直に言って、今日の出来事は私の神経にもおおいに障った」

「嘘ばっかり。あなたは鋼鉄の神経の持ち主でしょうに、ミスター・ウェア」

「きみのことになるとそうでもないさ」

サディアスは温室の扉を開けてリオーナをなかへ招き入れた。なかは真っ暗だったがいいにおいがし、暖かく湿った空気がふたりを包んだ。彼は足を止めてガスランプをつけた。それほど明るくはないが、まぶしく感じる光が暗がりのなかのジャングルを照らし出した。

リオーナは喜びを感じてあたりを見まわした。異国風のヤシの木やありとあらゆる形態の熱帯植物がシダの茂みや珍しい花々の上に大きな葉を広げている。

「美しいエデンの園の一部ね」リオーナは気圧《けお》されて言った。「すばらしいわ」

サディアスは彼女の視線の先を追った。「家訓として、一族の者は自分が情熱を傾けるものにおおいなるエネルギーを注がなければならないんだ。この温室は両親の情熱のたまものさ。ふたりとも植物に関することに強い能力を持っている。石からバラを生やすこともできると思うよ」

リオーナはそばにある園芸用品が並べられた作業台に目をやった。作業台の端にはきちんと四角に折られた厚い布が置かれている。

「あなたの情熱は調査員としての仕事に向けられているの？」リオーナはサディアスのほうを振り向いて訊いた。

彼はガスランプに背を向けて身動きせずに立っていた。その表情からは何も読みとれなかった。「ああ」

静けさが広がる。

「それをわかってくれる人ばかりじゃないが」しばらくしてサディアスは言った。

リオーナは小さく肩をすくめた。「誰もがみな情熱を傾けるものを持っているわけじゃないから。持たざる人々がわたしたちみたいに持てる人間を理解するのはむずかしいのかもしれないわね」

サディアスはまじめな顔でうなずいた。「きみの言うとおりだろうな」

また長く重苦しい静けさが広がった。

リオーナは冷静さを呼び起こし、それをショールのように身にまとった。「そう、それで、何か個人的なことを話したいっておっしゃっていたわね」

「ああ」

リオーナは鼻に皺を寄せた。「先日の晩、アダムとわたしがあなたを置き去りにしたあの小さな宿屋が気に入らなかったというなら、謝るわ。あなたの水準に見合った宿じゃなかったみたいだから。でも、比較的きれいなところに思えたの」

「宿屋なんかの話じゃない」サディアスは荒っぽく口をはさんだ。「きみとアダムが私をブルー・ドレイクに連れていく前に馬車のなかで起こったことについてだ」

「そう」と言いつつ、何がそうなのかまったくわからず、リオーナは眉をひそめた。「わたしの能力のことを言っているの？　これはほんとうだけど、アーケイン・ソサエティの人がわたしが持っているような能力をあまり高く買っていないのはよくわかっているの。でも、わたし――」

「これもほんとうだが、催眠術師もソサエティではあまり人気のある能力ではない」

「あら」そう聞いてリオーナはことばにつまった。「知らなかった――」

「きみと話したいのは、先日の晩の私の振る舞いについてだ」

「どんな振る舞い？」わけがわからず、リオーナは訊いた。

「私にとっては口に出すのも容易じゃないんだ、ミス・ヒューイット。私は自分の自制心に関しては自信を持っている人間だからね。それに、紳士となるべく養育された」

「そのことを疑おうとはまったく思わないわ」当惑したままリオーナは言った。「それがどうしたというの？」

「状況をかんがみれば、ことばで謝っても充分と言えないのはよくわかっているが、それが私にできる精一杯だ」

「いったいなんの話をなさっているの？」

サディアスの顎がこわばった。「わかるよ。私の罪がどのぐらい深いものか知らしめたいというわけだね。ちゃんとわかっていると保証する。これまで私はご婦人に襲いかかったことなど一度もない。今日の午後、顧客に襲われて逃げてきたきみを見て、私があれほどに怒っていた理由を知りたいかい？　あの状況を目にして、このあいだの晩の自分もそれとあまり変わらないことをしでかしたとはっきりわかったからさ」

リオーナはぽかんと口を開けた。「ミスター・ウェア」

「きみが赦せないという気持ちはわかるが、あんなことは二度としないと信じてもらいたいんだ」

びっくりしてリオーナは無意識に一歩進み出ると、彼の口を指先でふさいだ。

「もうたくさんよ」そう言って、てのひらに魅力的な感触の唇があたっているのにふいに気づき、急いで手を下ろした。「謝罪のことばなんてもうひとことたりとも聞きたくない。まったく必要ないことですもの。馬車のなかで起こったことについて、あなたを責めるつもりはないわ。どうして謝罪しようなんて思ったの？　あなたが毒にやられていたことはよくわかっていたんだから」

「そんなのは言い訳にならない。そう、毒の影響を強く受けていたとしても、自分のしていることはわかっていたんだ」声が暗くなる。「こんなことは言いたくないが、ちゃんとわかっていてやったんだ」

興奮を覚え、リオーナの体に震えが走った。彼女はそれを抑えようとした。わたしはこういうことを生業としている身よ、と自分に言い聞かせる。顧客のひどく個人的な夢について聞かされるのははじめてというわけではない。

「あなたは幻覚に襲われていたのよ」リオーナはきっぱりと言った。「夢のなかの出来事だったはず。とても激しい夢であったのはまちがいないけど、それでも——」

「たしかに私は悪夢にとりつかれていたが、ミス・ヒューイット、きみは私の邪悪な夢の世界にいっしょにいたわけじゃない。それどころか、きみはあの馬車のなかで唯一現実と思える存在だった。目に見えるなかで唯一信じられるものだった」

「ほんとうに？」

「私は振りしぼれるだけの意志の力をきみに向けて、怪物たちにすっかり蹂躙《じゅうりん》されまいとしていた」

「そう」ようやく事情がわかりかけてきて、リオーナはささやいた。またも心のなかにともっていた希望の小さな炎が、現実という風に吹き消されてしまった。「悪夢のなかに沈みこんでしまわないためには大量のエネルギーを使わなければならなかったでしょうね」

「そうさ。ただ残念ながら、私が引き出した力は私という人間のもっとも原始的な側面から発したものだったんだ。なんの枷《かせ》もついていないむき出しの欲望によって引き起こされたエネルギーさ、ミス・ヒューイット」

リオーナは体の内側で熱が高まっていくのを感じた。頭から爪先まで全身に熱いものが広がっていく。顔が赤くなっているのを闇が隠してくれることを心底願った。咳払いをして、その道の専門家らしく聞こえるといいがと思う口調で話し出した。

「もうこれ以上何も言ってくださらなくていいわ。長年水晶を扱ってきたおかげで、悪夢にとりつかれた状態になくても、わたしたちの心のある側面が大量のエネルギーを引き起こすことがあるのはよくわかっているから。興奮がかなりのレベルまで高められると、性的欲望のような根源的な感情のすべてが強い潮流を作り出すの。自分の超常的な感覚に気づいていない人でもそうよ」

「あのときの欲望はあの忌まわしい毒の作用に反応して引き起こされたものにすぎない」

「じつのところ、そうじゃないわ」とリオーナは言った。

サディアスは顔をしかめた。「いったい何を言いたい？」

「あなたのエネルギーを水晶に注ぎこんだときにあなたという人がどういう人かわかったんだけど、あなたは別のところからも同じ力を引き出すことができたはずよ」

サディアスは探るような目をくれた。「別のところ？」

「人間の暴力的な一面からも大きなエネルギーが引き出せるの」

サディアスの顎が引きしまった。「それはそうだ」

「わたしたちはみな、暴力をふるう能力を持っているわ」リオーナはやさしく言った。「わたしたちが文明人でいられるのは、それを制御する能力も持っているからよ。これだけは言えるけど、あなたはあの晩、ご自分のそうした一面をとてもよく制御してらした。あのときそうだとわかって、だからこそ、あなたのこと、怖いとは思わなかった」

サディアスは訝《いぶか》るように眉をひそめた。「あのときぎみが恐怖を感じていたのは明らかだった。私を恐れていなかった振りはやめてくれ」

「よく聞いて、ミスター・ウェア」リオーナは彼の顔の横に手を添え、揺るがない断固たるまなざしを彼に据えた。「あなたが感じたのは、あなたを救えないかもしれないと恐れたわたしの心よ」

サディアスは何も言わず、暗がりに立ったまま、生まれてはじめて見るとでもいうように彼女を見つめていた。

突然、指先が触れている彼の肌の温かさが意識され、リオーナは手を下ろし、身を引き離して肩を怒らせた。「わたしがそういうことの専門家だってこと、思い出していただきたいわ。わたしが備えているような能力がアーケイン・ソサエティ内で見くだされているのはよくわかっているけれど。それでも、水晶を扱うということになれば、わたしは専門家よ」

「きみがあの水晶をうまく扱えなかったら、状況はだいぶちがっていただろうな」

「いっとき多少あやうい状況におちいったのは認めるわ」彼女は言った。「あなたはわたしがこれまで治療した誰よりも強い力を持った人よ。あなたのエネルギーの潮流があまりに激しいので、あの晩、馬車のなかでふたりとも水晶によって身動きできなくなったわ。でも、あなたがすっかり自制心を失って、ご自分で思っているようなけだものになっていたとしたら、きっととんでもなく破滅的なことになっていたと思うの。わたしたち、どちらも生き延びられなかったかもしれない。少なくとも正気を保ったままでは」

「ほんとうにそう思うかい？」

「これだけは信じてほしいんだけど、あの馬車のなかでお互いが解き放った力をわたしが制御できた唯一の理由は、あなたがまだ多少自制心を保っていたからよ」

「きみに対する欲望を自分で制御できていたと言うのかい？」サディアスは抑揚のない声で訊いた。

リオーナは思った。わたしはこの人の催眠術にはかからないかもしれないけれど、この人が欲望ということばを使うたびに、恍惚《こうこつ》となってしまう危険にさらされている。

「話題を変えましょうよ」とリオーナは軽い口調で言った。「馬車のなかで起こったことについてこれ以上話し合ってもまったく意味がないわ。あなたが謝る必要も全然ないし。このことについて罪の意識を抱いてはだめ。わたしだって繊細な神経に激しいショックを受けた無垢な若い女ってわけじゃないんだし」

「わかってる」

彼の声には妙な響きがあるような気がしたが、はっきりはわからなかった。何か強い感情を抑えつけようとしている声ではある。言いようのないほどの罪悪感にとらわれているのだろう。リオーナはほかに力づけることばを探そうとした。

「さっきから言っているように、わたしは専門家よ」とよどみなく言う。

「わかってる」サディアスはくり返した。

「おまけに、欲望についてもある程度経験があるわ」

「そうかい？」

「二年前、結婚の約束をしていたことがあるの。詳しいことはこれ以上言う必要ないわね。ただ、そういうことについては世知長《た》けた女だって言いたかっただけ」リオーナは片手を振った。「これは信じてくれていいけど、あなたの情熱をわたし個人に向けられたものだとは一瞬たりとも思わなかった。幻覚をおさめるために何か注意を集中させるものが必要だったのよ。たまたまわたしとわたしの水晶が役に立ったってわけ」

「そう言ってくれてありがたいよ、専門家の先生」とサディアスは言った。

しばらく身動きせずにいた彼が動き、ふたりのあいだにあった距離を縮めた。明かりが彼の険しい顔に斜めから射した。その顔がほほ笑んでいるのがリオーナにわかった。罪の意識にとらわれて羞恥をあらわにしているとばかり思っていたのに。リオーナはがっかりすると同時に妙な恥ずかしさに襲われた。

「じゃあ、この問題には片がついたわけだから、家に戻ったほうがいいわね」リオーナはそっけなく言った。

サディアスは指先でリオーナの顎をつかまえ、少しだけ顔をあおむけさせた。「もうひとつ話し合わなければならない問題が残っている」

彼の近くにいるとふつうに息をすることがむずかしくなる。リオーナは何度かごくりと唾を呑みこんでから、ようやくことばを口に出した。

「問題って?」と警戒するように訊いた。

「毒の効果が切れてしばらくたつんだが、私の原始的な欲望がまだきみにばかり向いているようなんだ」

リオーナは身を凍りつかせた。呼吸が突然どうでもいいものに思えた。もはや頭が働かなくなっている。

リオーナは舌先で唇を湿らせた。

「わたしにばかり向いているですって」リオーナは専門家らしい雰囲気をただよわせようとしながら言った。

「そうさ、ミス・ヒューイット、きみにだけだ」

17

「おまけに——」サディアスは暗い水面《みなも》に映る月影ほども魅惑的な声でつづけた。「あの晩、きみが注意を集中させるのにぴったりの相手だと思ったのは、あのときすでにきみに惹かれていたからだということも知っておいてもらったほうがいいな」

「でも、わたしたち、まだ出会ったばかりだったじゃない」リオーナは息を呑んだ。

「欲望ということになると、時間は重要じゃない。少なくとも男にとってはね。あの博物館から逃げ出す前にすでにきみをほしいと思っていたのはたしかだ。あのとき、何よりくやしいと思ったのは、きみを抱く暇もなくこの世を去ってしまうかもしれないということだった」

ぞくぞくするような興奮がリオーナの体を駆け抜けた。

「ほんとうに」とささやく。

サディアスはガスランプの薄明かりのなかで彼女の顔をまじまじと見つめた。「きみはどうなんだ、リオーナ？　お互いのあいだに何かを感じたかい？」

「ええ。感じたわ」リオーナは即座に応じ、そこでためらった。「でも、あとになって自分に言い聞かせたの。ふたりのあいだに流れたエネルギーの潮流はそのときさらされていた危険によって生み出されたものにちがいないって。危険にさらされると、ありとあらゆる類《たぐ》いの暗いエネルギーが放出されるものだから」

「私が興奮していたのはたしかだ」サディアスは冷ややかに言った。

「たとえ誰よりも穏やかで冷静な心の持ち主でも、あんな経験をしたら、とんでもなく興奮するのはまちがいないわ」

「われわれのような人間でもということかい？」

リオーナは唇を湿らせた。「ええ」

「きみの理論を証明するために、科学的な実験をしてみたらどうだろう」

「実験？」

「今われわれはどちらも命がかかるほどの危険にはさらされていない」サディアスは言った。「あの晩ふたりが経験した感情があの場かぎりのものだったのかどうか、たしかめるのにぴったりの機会だと思うんだ」

「あら」リオーナはためらった。「そんな実験、どうやってやるの？」

「これからきみにキスをする、ミス・ヒューイット。そう聞いただけで嫌悪を覚えるというなら、今言ってくれ。すぐに実験は中止する」

「その実験によって何がわかるの?」

「きみがキスに情熱的に応えたら、危険にさらされることや、デルブリッジの毒薬の効果や、きみの水晶とは関係なく、ふたりのあいだにある種のエネルギーが流れていると結論づけられる。要するに、ミス・ヒューイット、ふたりともキスをたのしんだとしたら、お互い惹かれ合っていると確信できるというわけさ」

「それで、どちらかがキスをたのしめなかったら?」たとえば、あなたが、とリオーナは胸の内でつぶやいた。

サディアスは笑みを浮かべた。「あの晩、デルブリッジの邸宅から逃げ出したときに、たしかきみは楽観的に考えることの効用を説いていた。その忠告に従うことにするよ」

彼の口がリオーナの口に降りてきた。熱く酔わせるような感覚。抗《あらが》いがたい官能的なエネルギーの波に襲われ、五感がじりじりと熱を発する。リオーナは突然体がふわりと浮かぶような感覚に包まれ、身震いした。体のなかに広がる欲望の渦に呑みこまれる。飢えと欲求が入り混じったような小さな切迫した音が聞こえ、それが自分の喉から発せられたものであることがわかった。

サディアスも切迫した重々しい声を発していた。まるで彼もぎらぎらと燃え立つエネルギーに突如としてとらわれてしまったかのようだった。

「幻覚でないことはわかっていたんだ」サディアスは口をつけたまま言った。唇の上で唇が動き、リオーナをうっとりさせた。「互いに惹きつけ合う力をきみも感じていると言ってくれ」

「ええ」リオーナは彼の広い肩を指できつくつかんだ。その力強さをむさぼるかのように。

「ええ、感じるわ」

サディアスはもう一方の手の肘のくぼみで彼女の頭を抱え、顔をそらさせてキスを深めた。

ふたりのまわりで脈打つ無数のエネルギーの色を言い表すことばなどなかった。サディアスを毒の作用から救うために闘っていた前のときとはちがい、今夜は欲望の力に抗う必要はなかった。ガラスに囲まれたジャングルのなか、リオーナは原始的な情熱のスリルにわが身をあずけることができた。

サディアスがリオーナのドレスのぴったりしたボディスについたフックをひとつずつはずしはじめた。コルセットは身につけていなかった。ドレスの前が開けられると、彼女の胸を覆っているのは薄い紗《しゃ》のシュミーズだけとなった。サディアスは顔を上げて胸を見下ろした。

「美しい」とかすれた声で言う。

指が片方の胸の先をかすめる。興奮がリオーナの全身に広がった。体の奥深くで甘く張りつめたうずきが募った。

ふたりをとりまく、焼けるように熱い空気のせいで大胆になったリオーナは、震える指でせっかちに彼の上着のボタンをはずそうとした。うまくはずせずに苦戦していると、彼がそっと彼女の指をとらえた。

「私が自分でやったほうがいいだろう」焦《じ》れているようにも、おもしろがっているようにも聞こえる声。

サディアスは抱擁を解き、上着を脱ぎ捨てた。すぐに戻ってきた彼の腰に手をあて、リオーナは親密なひとときをむさぼった。上質なシャツ越しに、彼の体の熱とたくましさが伝わってくる。体の奥底に募った張りつめた感じがさらに強くなる。

片手でリオーナを抱いたまま、サディアスは手を伸ばしてランプの明かりを消した。この熱帯の世界を照らす光は、うっそうとした天蓋《てんがい》の隙間から射す、ほの暗い月明かりのみとなった。

サディアスはドレスをリオーナの腰の下に引き下ろし、足元に落とした。それからシュミーズを脱がせた。ぼんやりとした光が、ペティコートの白い襞飾りを一瞬照らした。サディアスはペティコートもひもをほどいて脱がせた。

「きみのすべてが見たい」

そう小声で言ってズロースのひももほどいた。ズロースは脱がされたほかの衣類の上にそっと放られた。

一瞬、現実がどっと戻ってきた。リオーナは生まれてはじめて、一糸まとわぬ姿を男の前にさらしているのだった。とても暗いのはたしかだが、自分に見える彼の姿より、彼の目に映る自分の姿のほうがはっきりしているのではないかとリオーナは思った。なんにせよ、心の準備がまったくできていない衝撃的な冒険であるのはまちがいない。リオーナは未知の世界へのとても意義深く、そしておそらくはとても危険な一歩となるのだ。

リオーナが感じている不安は、許されない愛の悦びに処女らしい狼狽《ろうばい》や躊躇《ちゅうちょ》を感じてのものではなかった。悦びについては一瞬たりとも無駄にせずにたのしむつもりでいたからだ。ただ、それとはちがう何か、自分でも完全には理解できない何かがそこにはあった。このままサディアスと突き進んでしまったら、二度と元には戻れないのだと直感が告げたのだ。

「サディアス？」

しかし彼は彼女の前に片膝《かたひざ》をつき、彼女の踵《かかと》の高いブーツのボタンをはずしているところだった。それぞれを丁寧に脱がせ終えると、彼女の太腿《ふともも》を手で包んで黒い三角形のすぐ上のむき出しの肌に唇を寄せた。

そのなんとも言えぬ親密さにリオーナは身震いして目を閉じた。

サディアスがまた立ち上がるころには、リオーナは自分の直感が告げることに耳を傾けることができなくなっていた。

震える指で彼のシャツの前を開く。むき出しの胸に指を広げててのひらをあてると、硬い胸毛の感触がわかった。サディアスにきつく抱きしめられ、硬い壁のような筋肉でそっと押しつぶされる。

今度のキスはゆっくりと濃密だった。彼が反応をほしがっていることがはっきりとわかった。わたしが反応しないとでも思っているのかしら。そう胸でつぶやきながらリオーナは腕を彼の首にまわした。

サディアスが顔を上げた。荒く途切れがちな息が聞こえた。彼はリオーナの顔を両手ではさんだ。

「私を怖がっていないともう一度言ってくれ」と荒っぽく要求する。

「あなたのこと、怖くないわ、サディアス」リオーナはそっと言った。「怖かったことなんてない。そう、たぶん、デルブリッジの展示室であの気の毒な女の人のそばに立っているあなたを見たときは一瞬怖いと思ったけど。でも、すぐにあなたが殺したわけじゃないのはわかった。一瞬不安に思ったからってたいしたことじゃないでしょう?」

サディアスは半分笑うような、半分うなるような声を発し、また焼けるようなキスで彼女を黙らせた。

「ああ、ちっとも」そう言ってようやく口を離した。「あの時点では私を多少疑ってもしかたなかったと思うよ。じつを言えば、私のほうもきみを一瞬疑ったからね」

「そうなの?」

「最初に男の服に身を包んだきみの姿を見たときには、きみが殺人者かもしれないと思った」

リオーナは雷に打たれたようになった。「なんてこと。わたしが? わたしがあの女の人を殺したと思ったの?」

「ちらりとそう思っただけだ」

「なんてこと」彼女はくり返した。「まさかそんな」

「今その話をしなければならないかい？　人殺しの話などしたら、ロマンティックな雰囲気がぶち壊しになる」

「ごめんなさい」リオーナはあわてて言った。

やわらかい笑い声があたりを満たし、リオーナの五感をもっとも喜ばしい形で乱した。厚手の布がこすれる音がした。リオーナが下に目を向けると、サディアスが作業台から畳んでおいてあった厚布を手にとり、床に広げて敷いたところだった。

「バラのベッドとは言えないが」そう言ってサディアスは自分のブーツを足から引きはがした。「それでも今夜はこのぐらいしか用意できない」

「悪くないベッドだわ」

そう言ってリオーナは厚布のシーツの上に乗った。はだしになったサディアスが布の中央で彼女のそばに寄った。開いたシャツはズボンから引き出されている。彼はそっと手を伸ばして彼女がつけている小さなペンダントを手にとった。月明かりに石が暗く光った。

「これは？」と彼は訊いた。

「母から贈られたものよ」

「力を持った石かい？　それともただの装飾品？」

「力を持った石よ。でも使うことはあまりないけど」

「そうか」サディアスは言った。「形見なんだな」

「ええ」

サディアスは彼女を腕に引き寄せた。

ふたりはともに身を横たえ、リオーナはサディアスの下であおむけになった。

暗闇のなかで覆いかぶさるようにしながら、サディアスはリオーナをゆっくりと愛撫した。ただ体の感触を知りたいというふうではなく、リオーナには説明できないものの、自分のものと印をつけるような愛撫だった。同じような形で愛撫を返さなければと思い、リオーナは両手を彼のシャツの端からなかへ這わせ、背中の線を探った。触れる肌は熱く、汗で指がすべった。彼のにおいに頭がいっぱいになり、心にはかすみがかかったようになっていた。

サディアスは彼女の喉にキスをし、手で脚のあいだのうずきの中心を見つけた。そこに触れられたショックはすでに極度に張りつめていた感覚には大きすぎた。リオーナは口を開け、小さな悲鳴をあげかけた。サディアスは急いでそれをキスで抑え、首を上げて警告した。

「夜は声が響く」

彼の声にはおもしろがるようないたずらっぽい響きがあり、リオーナは屋敷から使用人が駆けつけてくることになっていたかもしれないと思って恐怖に駆られた。

しかし、その可能性をあれこれ考える暇もなく、やさしくうやまうような手つきで愛撫されるうちに、張りつめた感じが爆発寸前まで行った。

なんの前触れもなしに、彼の手のなかでリオーナは粉々になった。身をよじるほどの解放感が広がる。今度は家じゅうの者を起こす可能性について考えもせずに悲鳴をあげそうになった。が、サディアスはそれを予測していた。また彼の口にふさがれてその声が外にもれることはなかった。

彼女の体の震えがおさまる前に彼は動いた。上にのしかかるようにし、片手で彼を彼女へと導く。それから容赦なく強く押し入った。

ひと突きで押し入られたショックがリオーナを現実に引き戻した。深々と突き刺したまま、サディアスは身を凍りつかせ、彼女を見下ろして肘で身を支えた。

「どうしてはじめてだと言ってくれなかった?」と彼は訊いた。ことばはなかば喉につまったように聞こえた。

リオーナは彼の肩に指を食いこませ、そっと体の位置を直した。「言ったら何かちがったの?」

サディアスはしばしためらった。体じゅうの筋肉が石のようにこわばっている。それから低いうなり声を上げて顔を下げ、彼女の首にキスをした。

「いや、何もちがわない。ただ、多少ちがう形でできたはずだ」

「ここまではとてもうまくいっていた気がするわ。文句はあとにとっておいたほうがいいと思う」

「すばらしい忠告だ」サディアスは歯のあいだからことばを押し出した。

突く力と速さが募り、リオーナは彼の体にしがみついた。彼の肩はすべりやすくなり、息は荒くなった。しばらくして最後に一度思いきり突いたと思うと、引きしぼった弓のように背中がそった。サディアスがクライマックスに達したのだ。月明かりのなか、彼の白い歯が光った。目はきつく閉じられている。熱帯の雰囲気のなかで火花が散った。

事を終えてサディアスはぐったりと満足そうにリオーナの上に覆いかぶさり、動かなくなった。リオーナは組み敷かれたまましばらくじっと横たわり、暗闇を見上げながら、彼の息がじょじょにふつうに戻るのに耳を傾けていた。

今ようやく、自分の直感が告げようとしていたことが理解できた。サディアスと愛を交わしたら、もうあと戻りはできないのだ。自分でも説明できない形で彼に結びつけられてしまった。それは情熱がもたらした肉体的な絆《きずな》だけではなかった。そういうものは時間をかけ、意志の力をもってすれば、絶たれることもあるだろう。少なくとも劇的に薄れることはある。結局、情熱というものは強くはあっても長つづきするものではないのだから。

そうではなく、自分をサディアスに結びつけている鎖は精神的なものだ。絆の礎《いしずえ》はすでにいっしょに水晶を使ったあの晩に築かれていた。それが肉体的な交わりによって強められ、さらに力を持つものとなったのだ。

リオーナにも完全に理解できているわけではなかったが、何が起ころうとも、自分を彼に結びつける絆が絶たれることがけっしてないのはたしかだった。

18

そのハンサムでエレガントな紳士は今夜も路地にいて、霧に包まれた物陰から彼女を見つめていた。それを気づかれていないと紳士は思っている。アニーはひとりほほ笑んだ。あの人には教えてあげなければならないことがある。街角で生計を立てている人間はどんな小さなことも見逃さないものだ。少なくともかしこい人間は。仕事をはじめてすぐにそれを学ばない女の子たちは長くは生き延びられない。

アニーは生き延びている人間としてみずからを誇らしく思っていた。それだけでなく、ジンの瓶やアヘンのパイプとともに未来をどぶに捨てているほかのたくさんの女たちとちがって、彼女には夢があった。それも同業者の多くがすがりついているありえない夢物語とはちがう。どこかの上流の紳士が愛人にしたてあげてくれて、宝石やすてきなドレスや家などを雨あられと与えてくれるかもしれないというばかげた夢物語とは。

アニーはそんなことを夢見るほどばかではなかった。金持ちの紳士が街娼とおたのしみにふけることもたまにはあるかもしれないが、愛人にしようとは絶対に思わない。愛人には金がかかるからだ。女に金を費やすとなれば、自分の馬車やクラブと同じだけしゃれた相手を選ぶだろう——おそらく女優とか、中流か上流の出で、洗練され、教養もあるちゃんとしたご婦人なのに、夫の破産や死によって自分を売りに出さざるをえなくなった人を。そして、そうした紳士が自分と結婚してくれるかもしれないなどと期待するようなばかな女たちは、まあ、たんにうぬぼれたばかにすぎないのだ。

そう、アニーの夢はもっとずっと現実的だった。彼女はきれいな帽子を作る才能に恵まれていた。数時間あれば、端切れと安い造花から、もっとも高級な婦人帽子店のショーウィンドーに飾られている商品に匹敵するような帽子を作ることができた。

上の空でアニーは新しい緑色のフェルトの帽子の縁に触れた。昨日作り上げたばかりの帽子。緑のリボンにはさんであるダチョウの羽根は本物だ。今週のはじめに劇場の前の道で拾ったもの。貴婦人の夜の帽子から落ちたものにちがいない。それは緑のフェルト帽にはぴったりの飾りとなった。

いつか街角からは永遠におさらばする。小さなお店を借りて商売をはじめられるよう、お金を貯めているところだ。おしゃれな顧客たちに、わたしがかつて娼婦をして生計を立てていたことを知られることはけっしてない。

アニーは街灯の下で足を止め、何気なく路地の入口に目をやった。エレガントな見知らぬ紳士の輪郭は影にしか見えなかったが、彼がまだそこにいることはわかった。女に近づくのに勇気をふるい起こさなければならない弱虫な紳士のひとりにちがいない。

アニーは緑のフェルト帽の傾いた縁の下から紳士を見つめ、ゆっくりと近づいていった。恐怖がらせて逃げられたくはなかった。街のこの地域で彼のような上客に出くわすことは多くない。とくにこんな霧の晩には。

「こんばんは」アニーは声をかけた。「今夜ちょっぴりおたのしみはいかが?」

影が路地から彼女のほうへ近づいてきた。近づくにつれ、紳士が男にしては非常に優美な動きをすることにアニーは気がついた。歩幅の大きな速い歩調は大きな猫を思わせた。

「ここは寒くて湿ってるわ」精一杯誘うような声を出す。「二階のあたしの部屋に来たらどう? すぐに温めてあげるけど」

男はようやく、街灯のまぶしい明かりが届く場所まで近づいてきた。アニーには自分の推測があたっていたことがわかった。男の衣服は高価そうに見えた。持っているステッキもしかり。加えてこれまで会ったこともないほどにハンサムな男だった。帽子の下から見えているきれいに切りそろえられた髪は白に近い金色だ。

「喜んできみの誘いに乗らせてもらうよ、アニー」男はかすかに笑みを浮かべて言った。

そう聞いてアニーははっと身動きを止めた。「どうしてあたしの名前を知ってるの?」

「しばらく観察していたからね。きみの友人のひとりがきみをアニーと呼んでいた」

今や男はほんの数歩ほどしか離れていないところに迫っていた。なぜかアニーは恐怖に駆られ、全身を震わせた。まるで誰かに墓の上を歩かれているかのように。アニーはためらった。過去にも客に対してこうした感覚を抱いたことはたまにあった。ふつうはそうした不可解な感覚に襲われた場合は、それを尊重して客をとるのはやめることにしていた。最近は街娼も気をつけなければならないからだ。〝真夜中の怪物〟と呼ばれる殺人鬼の噂が広まっていた。

しかし、今回は寒気《さむけ》に襲われる理由など何もないように思われた。このエレガントな紳士は天使のような外見をしている。清らかな天使。さらに重要なことに、特別な奉仕に対し、喜んでチップをはずんでくれるタイプにも見えた。

「この一週間、何度かこの通りにいるのは気がついていたわ」アニーは軽い口調で言った。「今夜お話できてよかった」

驚いたことに、そう聞いて男は気を悪くしたようだった。

「きみが私の姿を見かけたのは今夜がはじめてのはずだ」怒りに口調が荒っぽくなる。「想像力がすぎて幻覚を見るようになったんだな」

ばかげた言い争いでこんな上客を逃したくはなかった。

「おっしゃるとおりね」帽子の縁の下ではにかむようにほほ笑み、アニーは言った。「あなたってこんな晩に女が出会いたいと夢見る紳士そのものよ。こんなにハンサムで、エレガントで」

紳士は気をゆるめ、また笑みを浮かべた。「ぜひきみの部屋へ行きたいな、アニー」

また冷たい指に背筋をなぞられた気がしたが、アニーは意志の力でそれを無視した。

「居酒屋の階上《うえ》よ」と答える。

紳士はうなずき、自分がひそんでいた路地のほうへ目を向けた。「裏口があるといいんだが」

「厨房からこっそりはいる必要はないのよ」アニーは請け合った。「居酒屋の主人とは話がついてるの。ジェッドはあたしがお客を正面の入口から連れていっても気にしないわ」

ときどきただで寝てやるのと少しばかり上前をはねさせてやることで、アニーはジェッドから居酒屋の階上の部屋を借りていた。客を連れて正面の入口からはいるのがふつうだったが、客が恥ずかしがるときには厨房の裏口を使った。どちらにしても、ジェッドはアニーが連れこむ客を目にすることになる。客が問題を起こしたり、暴力をふるったりすると、アニーは壁を何度か蹴《け》ってジェッドに合図する。ジェッドはすぐに救助に駆けつけてくれるのだった。

「誰にも見られることなくきみの部屋へ行けるのでなければ、親切なご招待も遠慮しなければならないな」エレガントな男は残念そうに言った。「今、裕福な若いご婦人に求愛していてね。きみのような職業の女といっしょにいるところを見られて噂になったら、彼女の父親に結婚を許してもらえなくなる」

だから恥ずかしがっていたというわけね、とアニーは胸の内でつぶやいた。彼のような上流階級の紳士にとって、求愛や結婚は大切な仕事だ。多額の金がそこにかかっている。娼婦とちょっとたのしんだせいで金持ちの花嫁を手に入れ損ねる危険は冒したくないのだろう。

彼のような微妙な立場の男は慎重に行動しなければならない。少なくとも、結婚式をあげるまでは。

「そうよね」アニーは言った。「だったら、いいわ、路地から厨房へまわりましょう。あなたがあたしといっしょにいるのは誰にも気づかれないわ」

「ありがとう、アニー」紳士は天使のような笑みを浮かべた。「きみを最初に見たときから、きみこそ私がずっと探していた女だとわかっていたんだ」

19

ここ何分かのあいだに温室のなかは冷えこんでいた。リオーナの上に覆いかぶさっているせいで、サディアスの体の前面は温かく気持ちよかったが、背中は冷えきっていた。

サディアスはリオーナにからめていた手足をしぶしぶほどき、横に転がって起き上がった。厚布の上で身を起こしたリオーナの顔に月明かりが細く射した。彼女の表情にはどこかこれまでとはちがったものがあった。どことなく不安にさせるものが。サディアスは手を伸ばして彼女を助け起こした。

「大丈夫かい？」そう訊いて、むき出しの肩ややわらかい二の腕の絹のような肌にてのひらをすべらせた。なんともいい気分で、満ち足りていた。これまでのどんな経験ともちがう。そうでなければ、どうしてこんなにすぐにまた飢えに襲われるなどということがあるだろう？

「ええ、もちろん。大丈夫よ」リオーナはしばらく手で髪をいじっていたが、やがて唐突に顔をそむけ、シュミーズを拾い上げた。「どうして大丈夫じゃないの？」

サディアスは彼女の奇妙な気分の変化にとまどってつかのま彼女を見つめた。「きみは恋人を持ったのははじめてだろう？」

リオーナはシュミーズを身につけ、白いペティコートを腰の上まで引っ張り上げた。「まさか。恋人ならいたわ。言ったでしょう、婚約していたことがあるって」

サディアスはリオーナの顔を両手ではさんだ。「ああ、はっきり言っていた。水晶を使った仕事をしていて、傷心の経験もあるから無垢ではないと。しかし、どうやら私はきみのことばを文字どおりに受けとりすぎていたようだ」

リオーナは冷ややかな笑みを浮かべてあとずさった。「少し前におっしゃったように、さして重要なことじゃないわ」

「いや、そうは言っていない。最後は同じことになると言っただけだ。ちがいはある」

リオーナはドレスを着ることに神経を集中させた。「まったく、男の人ってみんなこういうことのあとにはそんなにおしゃべりになるの？」

「ほかの男のことは知らないが」サディアスは作業台の上からズボンを手にとった。「しかし、私に関して言えば、そんなことはない。たいていあまり会話したいとは思わないね」そう言ってズボンを穿《は》いてボタンをとめると、シャツを拾い上げた。「こんなことは私にとってもはじめてのことだ。そういう意味できみは無垢なだけでもないな」

リオーナはドレスのフックをはめていた指を止めた。「なんですって？」

「今夜われわれふたりのあいだに起こったことがありふれたことでないのだけはたしかだ」彼を見つめるリオーナの目が深く、とりつかれたようになった――それ以外のことばがサディアスには思いつかなかった――なった。

「エネルギーを――」リオーナはささやいた。「あなたも感じたの？」

何が彼女を悩ませているのかわかり、サディアスは少しばかりほっとしてほほ笑んだ。「感じないでいるのは無理だろうな」

「でもなんだったの？　わたしたちふたりのあいだに何があったっていうの？」

「それは私にもわからない」サディアスはシャツをはおった。安堵と満足にひたるあまり、リオーナが当惑していることにまで気がまわらなかった。少し前にふたりを包んでいたオーラは非常に心地よかった。それに疑問を抱く理由などないように思われた。「たぶん、このあいだの晩、われわれのエネルギーの潮流があのオーロラ・ストーンとぶつかったときと同じようなことが起こったんだろう」

「そうね、どこか知っている感覚だったわ」ひどくまじめな口調でリオーナは言った。「でもサディアス、わたしは若いころ、オーロラ・ストーンも含めてほんとうに数多く水晶を使う機会があったの。でも、これだけは言えるけど、今夜のような感覚にとらわれたことは一度もなかった」

サディアスはネクタイを手探りした。作業台のどこかに落ちているのはまちがいない。

「これまでにない経験だったからといって、気に病まなければならない理由はないと思うね。力を持つふたりが情熱的な行為におよんで、互いのあいだに独特のエネルギーが産み出されたという話は前にも聞いたことがある」

「わたしは聞いたことがないわ」

サディアスは笑みを押し殺した。「アーケイン・ソサエティには昔から、ふたりの人間のあいだには多種多様な絆が形作られると主張する連中がいる。ふたりともが大きな能力を備えている場合にはとくに」

「そういう絆ってふつうのことなの?」よけい不安になってリオーナが訊いた。

「いや。強い感情や劇的な出来事が両方に影響を与えてはじめて作られるものだ」

「強い感情ならどんなものでもそうした絆を作るもの?」

サディアスは肩をすくめた。「理論的に言えばそうだろうね。でもじっさい、情熱のようなほんとうに強い感情だけが絆を作るだけの力を産み出せるんだ」

「情熱」リオーナは生まれてはじめて聞いたとでもいうように、おうむ返しに言った。「それってふつうはつかのまのものでしょう?」

つかのまの関係? ふたりのあいだに生まれたこの絆をつかのまのものにしたいというのか? サディアスの浮かれた気分が瞬時に落ちこんだ。彼はわざと科学の講師のような穏やかで感情のこもらない声を出した。

「たしかに情熱ははかないものかもしれない」彼は同意した。「もしくは非常に大きな力を持つものになるか」

リオーナは顔をしかめた。「強迫観念のように？」

サディアスはネクタイを首にまわし、すばやく慣れた手つきで結んだ。「そうじゃなくて、愛情へと育つかもしれない」そう言ってしばらく待ったが、リオーナは反応しなかった。「昔の恋人について教えてくれ」

リオーナは疑うように彼を見た。「そんなこと、どうして知りたいの？」

「きみに興味を持っているからだろうな」

「興味」リオーナは髪をピンでとめながらそのことばの意味を思いめぐらした。「そう、名前はウィリアム・トローヴァー。リトル・ティックトンで彼がお客として訪ねてきて出会ったの。彼のお父様は裕福な投資家よ」

「どうしてトローヴァーはきみの治療を受けることにしたんだ？」

「ひどく心乱される夢に悩まされていたの」

「どんな夢だ？」

「お父様に関する夢よ。夢のなかでいつもウィリアムは両親を喜ばせようと必死になっているの。そして必ずそれがかなわずに終わっていた」

「きみと若いトローヴァーの婚約がだめだった理由が想像つくね」

「ええ、きっとそうでしょうね」リオーナは髪をピンでとめ終え、スカートの皺を伸ばした。「ウィリアムのお父様が跡継ぎのひとり息子がばかばかしい心霊治療を行うペテン師とひそかに婚約していたと知って、ウィリアムにすぐさま婚約を破棄しろと命じ、わたしに会うことを禁じたのよ」

「それで、若いウィリアムは当然父親の命令に従った」

「彼に選択の余地はなかったわ。父親に縁を切るぞと脅されたんですもの」リオーナはため息をついた。「ふつうの状況だったら、それでもこの世の終わりとはならなかったでしょうね。ウィリアムとわたしが婚約していたことはおおやけになっていなかったから。婚約を破棄したとしても、ふつうの場合とちがってスキャンダルになるはずはなかったのよ」

婚約が破棄されたとなれば、良家の娘の場合、評判に疵《きず》がつくこともありうるだろうとサディアスは思った。そうした状況は非常に屈辱的なものとみなされるからだ。紳士がそのご婦人を拒絶せざるをえなかった理由について、必ずや噂や憶測が飛び交う。紳士は婚約者の道徳規準が高潔なものでなかったと気づいたのだろうか？　それとも――あなおそろしや――婚約者が自分の財政状態について嘘をついていたとか？

「何が問題だったんだ？」サディアスは静かに訊いた。

「そんな婚約がうまくいくはずがないって最初からわかっていてしかるべきだったんでしょうね。でもわたしは恋に落ちていたし、ウィリアムもわたしを愛していた」

「きみは生来の楽観主義と頑固な気性の命ずるままに行動したわけだ」

「そうかもしれない」リオーナは認めた。「いずれにしても、ウィリアムが最後に会いに来たの。わたしたち、お別れをしたわ。でも、ウィリアムの父親は息子の意志が揺らいで自分に逆らおうとするかもしれないと心配だったのね。それで、絶対にそんなことにはならないように手を打ったの」

「きみの評判ときみの仕事をだめにしたわけだ」

「ミスター・トローヴァーはわたしのこと、男の客とはセックスもするふつうの娼婦にすぎないって噂を流したの」リオーナは鼻に皺を寄せた。「噂が広まりはじめて最初の数日は仕事が忙しくなったわ。新しいお客がどっとふえたから」

「全員男だった」

「ええ。でも、すぐに奥様たちが噂を聞きつけて、お客の数はがくんと減った。小さな町だったから。通りを歩くだけでひどく侮辱的なことばを投げつけられたものよ。荷物をまとめてロンドンに出てくるよりほかにしようがなかった」

サディアスはしばらく彼女を見つめながら、温室内に電気を走らせた情熱のエネルギーの激しい潮流について思いめぐらした。今でもまだ五感は荒れ狂った嵐の名残りに共鳴している。

リオーナにはわからなくても、サディアスにはそれの意味することがわかっていた。両親も同じような絆で結ばれている。ソサエティの会長も結婚したばかりの花嫁と同様の絆で結ばれているという噂だ。しかし、リオーナにはまだたった今起こったことの真の意味を受け入れる心の準備ができていないのだと直感が告げた。彼女はまだすっかり理解できていない。ふたりの新しい関係に順応するには時間が必要だ。ふたりが今やあと戻りできないほどに結びつけられてしまったのだと認識する時間が。

「トローヴァー親子はどちらも馬の鞭で打たれるべきだな」サディアスは言った。「でも、正直言って、きみがロンドンに来てくれたのはとても喜ばしいことだ」サディアスは彼女をまた腕のなかに引き入れた。かぐわしい夜気がふたりを包む。サディアスは再度リオーナのドレスのフックをはずすことになった。

しばらくたって、ふたりは家に戻った。フォッグが厨房のドアの前で丸くなってふたりを待っていた。犬は立ち上がり、ふたりといっしょに家のなかにはいった。

リオーナはヴィクトリアと遭遇するのを恐れた。頭から爪先まで赤くなっていて、髪や衣服が乱れているのはたしかだったからだ。ありがたいことに、年輩の女は階下《した》には降りてきていないようだった。

明かりは暗くされていて、家は不自然なほどに静まり返っていた。主人やその客よりも先に使用人がみな部屋に引きとっているのは少々奇妙だとリオーナは思ったが、ほかのことで頭がいっぱいで、そういうささいなことにはあまり注意を払えなかった。

サディアスは階段の下でけだるく満足そうな様子でリオーナにおやすみのキスをした。「私の夢を見てくれ」とやさしく言う。「私はきみの夢を見るから」そう言ってゆっくりと親密な笑みを浮かべてみせた。「つまり、眠れればの話だが」

リオーナはまたも体が熱くなるのを感じ、明かりが暗くされていてよかったと思った。自分も今や世知長けた女になったのだから、男に扇情的なことをささやかれてもうろたえてはならないとみずからに言い聞かせた。

「経験から言って、朝食にバターたっぷりのオムレツを頼むようには、見る夢を指示したりできないわ」とリオーナは言った。「それに、奇妙に思えるけど、夢が気分のいいものであることはまれなのよ。奇怪なものも多いし、不安や苦悩が混じっているものも多いのは驚くほどなの。じっさい、よく思うんだけど――」

サディアスはすばやく容赦ないキスで彼女を黙らせた。顔を上げた彼が自分を笑っていることがリオーナにはわかった。サディアスが親指を顎の下にすべらせてきて、彼女は思わず身震いした。

「私の夢を見るんだ」魔法をかけるような催眠術師の声で彼は言った。

そのことばに感覚が四方に飛び散る気がした。リオーナには身を投げて彼を床に押し倒さずにいるのが精一杯だった。

見るからに満足した様子でサディアスは一歩下がった。

「おやすみ」とくり返す。

リオーナは踵《きびす》を返し、階段を駆け上がった。フォッグがそのすぐあとに従った。踊り場で足を止めて振り返ると、サディアスはまだ階段の下の影になったところで彫刻をほどこした親柱に手を載せて立っていた。彼の顔に浮かんだ意味ありげで親しげな笑みにリオーナは息を奪われた。やがてサディアスは背を向け、書斎へと歩き出した。

リオーナは足音を忍ばせて廊下の突きあたりにある自分の部屋へ急いだ。フォッグが後ろをついてくる。ヴィクトリアの部屋のドアの下からまだ明かりがもれているのに気づき、はっとした。ヴィクトリアがドアを開けて部屋から出てきて、水晶使いの身持ちの悪さについてお説教をはじめるのではないかとなかば恐れながら、リオーナはその前を急いで通り過ぎた。

ヴィクトリアの部屋のドアは固く閉まったままだった。

家じゅうの静けさがリオーナに重くのしかかった。何かがおかしい。不吉な感覚にとらわれる。いったい今は何時なの？

廊下の壁の燭台の前で足を止め、スカートの帯飾りの鎖にぶら下げた時計の文字盤をたしかめてみる。午前二時。

リオーナは恐怖に小さな悲鳴をあげそうになるのを抑えた。みな寝てしまっていても不思議はない。サディアスとわたしは温室に何時間もいたのだ。それだけの時間がたったのにどうして気づかなかったのだろう？　ふたりが深夜まで珍しい植物の観賞のみに時間を費やしたはずのないことは、ヴィクトリアや使用人たちにもわかったはずだ。

別の考えが浮かび、さらに不快になった。ああ、いやだ、朝食の席で使用人やヴィクトリアと顔を合わせなければならない。温室で何があったのかがみんなにばれているとわかったうえで。

リオーナは深く息を吸うと、肩を怒らせた。世知長けた女になるとそうしたことにどう対処したらいいかも学ばなければならない。今夜処女を失わなかったとしても、それがどうだというの？　そろそろ失ってもいいころだった。もうすぐ三十歳になるのだから。それに、あんなすばらしい形で処女を失える女はまれなはずだ。今夜のことは生涯忘れずにいよう。熱帯の庭での情熱の夜。

リオーナは無事部屋に着くと、急いでなかにはいった。ランプをつけると、ベッドの端に腰をかけ、気をおちつけようとした。フォッグはあくびをし、ラグの上で何度かまわってから身を横たえた。

突然少しひりひりすることに気がついた。まるで体のある部分が軽く傷つけられたかのようだった。立ち上がって服を脱ぐと、洗面台で顔を洗った。

ネグリジェを着たところで、部屋がとても寒いことに気がつき、ローブとスリッパも身につけた。

少しして、眠れそうもないことがわかった。少なくともしばらくのあいだは。そこでヴァイン・ストリートから持ってきたトランクのところへ行き、ふたを開けて母の日誌をとり出した。

サディアスとのあいだに起こったことから気をそらさなければ。そろそろオーロラ・ストーンの行方を探すときだ。

20

翌朝、朝食の少し前に、サディアスは書斎の入口にたたずむ人影に気がついた。書いていたメモから目を上げると、入口にヴィクトリアが立っていた。危険なほど険しい顔をしている。

その瞬間までサディアスは非常に上機嫌で、なくなった水晶や目下未解決となっているいくつかの殺人事件について考えていたのだった。一日が幸先のよいスタートを切るように思えていた。じっさい、庭には陽射しがさんさんと降り注いでいる。楽観的に考えることにも効用があるのかもしれないと思いはじめていたところだった。

しかし、そうして新たに身につけた楽観主義も、ヴィクトリアのせいで変わってしまう予感がした。

サディアスは立ち上がった。「おはようございます、ヴィッキー伯母さん。今日は早いお目覚めですね」

「いつも朝は早いわ」ヴィクトリアはずかずかと書斎にはいってくると、机の前の椅子に腰を下ろした。「不眠と不快な夢に苦しめられているのはあなたも知っているでしょう」

「そういう問題なら、ミス・ヒューイットに相談してみるといいですよ。そういうことに対処するすべにすぐれた人ですから」

「そのミス・ヒューイットのことで今朝ここへ来たのよ」

サディアスは腰を下ろし、机の上で手を組んだ。「そうだと思いました。長くかからないといいんですが。ぶしつけは承知だが、朝食をとろうとしていたところで、今日はそのあとに片づけなければならないことが山ほどあるんです」

「その朝食のことで――」ヴィクトリアは冷ややかに言った。「ここへ来たのよ」

「朝食に何か問題でも？」

「ミス・ヒューイットが今朝はベッドにトレイで運んでほしいとメイドに頼んだの」

ヴィクトリアがそれを聞いてサディアスがぎょっとすると思っていたのは明らかだ。サディアスはこれはどういう罠《わな》だろうとじっくりと考えをめぐらした。罠があるのはまちがいないが、それがなんであるかはわからなかった。

「なるほど」と彼は言った。ずっと前に悟ったのだが、当惑しきったときに口にすることばとして、それが一番無難だった。「おそらく、ミス・ヒューイットは朝はひとりで過ごしたいんでしょう」

ヴィクトリアの肩がこわばった。「隠れているのが好きなようね」

警鐘がサディアスの全身に鳴り響いた。「具合が悪いようだということですか？　昨日の晩はとても元気そうだったが。熱でも出したと？　すぐに医者を呼びにやりましょう」

「医者なんか呼ぶ必要はありませんよ」ヴィクトリアがぴしゃりと言った。

ちくしょう。これはきっと女性に毎月訪れるものに関係したことにちがいない。しかし、そうだとして、どうしてヴィクトリアがそれを私にぶつけてくるのだ？　女はそういったことを男に話したりはしない。じっさい、それは何から何まで男にとって大きな謎と言ってよかった。サディアスが多少なりともそのことを知っているのは、十三歳ごろ、女の体に強烈な興味を覚えたからだった。寝室で古代の医学書と愛の行為に関する二冊の指南書を熟読しているところを父に見つかったこともあった。どれも一家の膨大な蔵書のなかに埋もれていた本だった。

医学書はうんざりするほどもったいぶった、ほとんど理解不能なラテン語で書かれていた。指南書のほうは中国語で書かれていて、いっそう理解不能だった。しかし、差し絵は優美で、父の蔵書のほとんどを占める何百冊という植物関係の本と同様に、細かいところまでがつぶさに美しく描かれていた。

「どうやら最近、おまえの知的興味は広がってきたようだな」父は扉を閉めながら言った。「先週水槽を買ってやったのも無駄だったわけだ。そろそろ話し合わなければならない時期が来たようだ」

ラテン語の医学書と差し絵のはいった指南書はまだ書斎にある。いつの日か自分の息子に渡してやるつもりだ。

サディアスはヴィクトリアに目を向けた。「私にどうしてほしいのか、よくわからないんですが、ヴィッキー伯母さん」

ヴィクトリアは不穏な物腰で顎をつんと上げた。「まずは昨日、あなたがミス・ヒューイットをこの家に連れてきたことは驚きだったと言わざるをえないわ」

サディアスは身動きをやめた。「その点、はっきりさせておきましょう。大伯母であるあなたには愛情と深い敬意を抱いています。しかし、ミス・ヒューイットを侮辱することは許しません」

「ふん、今となっては侮辱してもしかたないわ。すでに害はなされてしまったのだから」

怒りと凍りつくような罪悪感がサディアスの心を切り裂いた。「いったいなんの話をしているんです？」

「きっとあなたもそこまで無神経ではないわよね、サディアス。あなたのことは生まれたときから知っているもの。もっとちゃんとした人間だと信じていたのよ」

「ミス・ヒューイットではなく、私を侮辱するおつもりですか？」

「わたしだけじゃなく、グリブズ夫妻や、料理人や、新米メイド見習いのちびのメアリーにいたる使用人みんなが、昨日の晩、温室で何があったのか知らないとでも思っているの？」

サディアスは雷に打たれたような気がした。「昨日の晩、戻ったときには家は寝静まっていた」

「だからといっていつあなたが家に戻ってきたか、みんなが知らないということじゃないわ」ヴィクトリアはきっぱりと言った。「午前二時よ」

「くそっ」ほとんど声に出さずに彼は毒づいた。リオーナの評判に疵をつけることになるとは考えもしなかったのだった。

「あなたのお父様の使用人のなかには、赤ん坊のころからあなたを知っている者もいるわ」ヴィクトリアは恐ろしげな口調で言った。「今朝、彼らにどう思われたかしらね？ ミス・ヒューイットはこの家に来た最初の晩に温室に連れこまれて穢《けが》されたのよ」

「くそっ」サディアスは再度毒づいた。それ以上に気のきいたことばは何も浮かばなかった。ほんの少し前には柄にもなく陽気な気分で、いい一日になると思っていたのに。楽観的に考えるといってもこんなものだ。

「それで今、あのかわいそうな若いご婦人は部屋に閉じこもっているわけ」ヴィクトリアはつづけた。「恥ずかしくて朝食に階下《した》に降りてこられないから。きっと自分は穢れてしまったと思っているわ。涙が涸《か》れるほどに泣いているにちがいない」

「彼女の犬に喉を嚙み切られずにすんでありがたいと思わなくてはならないようですね」サディアスはうんざりして言った。

それから立ち上がり、机をまわりこんでドアへと向かった。

ヴィクトリアがすわったまま振り向いた。「どこへ行くつもり？」

「二階へ行ってリオーナと少し話をしてきます」

「寝室でふたりきりになるつもりじゃないでしょうね。わたしや使用人がいる家ではだめよ。まだ足りないっていうの？」

サディアスはドアのところでドアノブに手をかけて足を止めた。「その質問は本気でおっしゃってるわけじゃないですよね」

ヴィクトリアは舌打ちをした。「あなたが急いで二階に向かう前にもうひとつ話しておきたいことがあるの」

またも不吉な予感がサディアスの全身に走った。「なんです？」

「今度はじめて開かれる春の舞踏会のことは忘れてないでしょうね？」

「ヴィッキー伯母さん、今、春の舞踏会のことなど、思いつきもしませんでしたよ。正直、そんなものどうでもいい」

「ソサエティに属する地位の高い会員はみんな出席するんだから、あなただって出席するのよ」

「今朝私がリオーナと話をしようとしていることと、それがなんの関係があるんです？」

「あなたの心づもりによるわ」

「なんの？」サディアスは詰問した。堪忍袋の緒が切れかけていた。

ヴィクトリアは貴婦人らしく鼻を鳴らした。「その舞踏会にミス・ヒューイットを連れていくつもりかどうかということよ」

「くそっ、そういうことか。ヴィッキー伯母さん、忘れているといけないから言いますが、私は今、非常に危険な宝をとり戻そうと必死なんです。相手はそれを手に入れるためにすでにふたりの人間を殺している男です。おまけに女の喉をかっ切ることに喜びを覚えている人間の姿をした怪物の身元を探ろうと努めてもいる。誰かを春の舞踏会に連れていくかどうかで悩んでいる暇はないんです」

ヴィクトリアの眉が上がった。「昨日の晩、女を誘惑する暇はあったようだけど」

サディアスはそれに答えたら、自分が何をしでかすか自信がなかった。そこで何も言わずにドアを開け、書斎から出て階段を一度に二段ずつ上がった。

リオーナの寝室の閉じたドアの前まで達すると、強くノックした。

「おはいり、メアリー」とリオーナが応じた。

彼の苛立ちは消えなかったが、張りつめていた気持ちは多少ゆるんだ。リオーナの声は涙声ではなかったのだ。

サディアスは慎重にドアを開けた。リオーナは窓のそばの書き物机についていた。その姿を見て、胸がしめつけられ、呼吸が苦しくなった。リオーナは黄色のリボンの縁どりのついた若草色のドレスを身につけていた。袖が長く、襟がつまった床まで届く長さのフランス製のそのドレスは、どこをとっても慎ましやかなもので、着ていて楽な室内着だった。ひもをきっちりしめたり、コルセットをつけたりする必要のないドレスだ。サディアスの母のようなおしゃれな女はなんのためらいもなく、室内着姿で朝食に降りてきた。

しかし、その室内着ははやりはじめたころには大きな波紋を引き起こした。批評家たちはその着やすいスタイルをこきおろし、ゆったりとしたそのデザインがひいてはモラルの低下を招くとまで主張した。サディアスはそのときはじめて、それが堅苦しい連中にショックと怒りをもたらしたわけを理解した。ゆったりとしたそのドレスが女の体にそって揺れる様子には、どこか官能的なものがあるのを否定できなかったからだ。少なくとも、今目の前にいる女の体から垂れているこのドレスには、ひどく官能を刺激された。

ほかの男にはこのドレスを着ているリオーナを見せたくないとサディアスは思った。たとえ襟がつまっていて袖が長いドレスであっても。

「トレイはドレッシング・テーブルの上に置いておいて」とリオーナは言った。読んでいる革表紙の日誌から目を上げようとはしなかった。「それから、料理人にお礼を言っておいてちょうだい」

サディアスは胸の前で腕を組み、ドアの側柱に肩をあずけた。

「お礼なら自分で言うんだね」と彼は言った。

リオーナははっとしてすわったまま振り向いた。目を大きく見開いている。「サディアス。いったいここで何をしているの？」

「いい質問だ。きみは朝食の席で使用人はもちろん、ヴィッキー伯母さんと顔を合わせたくないので朝食を部屋に運ばせることにしたそうだね」

「まさか、そんなのばかばかしいわ」

「自分の身が穢れてしまったので、寝室でひとり泣き濡れているという話だったが」

リオーナは眉をひそめた。「そんなこと、誰が言ったの？」

「大伯母だ」

リオーナは顔をしかめた。「そう。きっと親切で言ってくださったのね。なんだかとても気まずいわ」

「われわれふたりともそうさ」

リオーナは目をぱちくりさせた。「どういうこと？」

「評判が危機に瀕しているのはきみだけじゃない。伯母も使用人たちもみな、昨日の晩私がきみに無理やり言うことを聞かせたと考えている」

「なるほど」リオーナは日誌をそっと閉じた。「それは申し訳ないわ。朝食を部屋に運ばせるなんてささいなことがそんな騒ぎを引き起こすなんて思いもしなかった。すぐに着替えて階下《した》へ降りるわ」

「助かるよ。それで私の評判が救われるとは思えないが、少なくともひとりでみんなと対決せずにすむ」

リオーナはほほ笑んだ。「必要とあらば、あなたはきっとひとりでどうにかできるはずよ」

「たぶんね。でも、そうするぐらいなら、まだましと思えることがいくつもある」

「たとえば」

「歯を二本ほど抜いてもらうのさ」

リオーナは笑った。

「もうひとつ」サディアスは背筋を伸ばしてつけ加えた。「朝食の席で陪審員に直面する前に、書斎できみに話しておきたいことがある」

「ええ」

リオーナは顔を輝かせた。「水晶のことで何かわかったのね?」

「そうじゃない。いくつか質問があるんだ」

リオーナはすぐさま警戒心をあらわにした。「どんな質問?」

「大伯母がきみの純潔についてとやかく言ってくる直前に頭に浮かんだんだが、近年のオーロラ・ストーンの来し方についてはきみが誰よりも詳しいんじゃないかと思ってね。ケイレブ・ジョーンズや私よりも詳しいのはたしかだ。われわれが見つけた報告書は最新のものでもほぼ四十年前の日付になっている。きみは最後に水晶を目にしたのは十六のときだと言ったね。つまり十年か十一年前のことだ、そうだろう?」

「十一年よ」内にこもって外界を遮断するようなまなざしのせいで目の光が少しばかり失われた。「あなたの役に立つような話ができるかどうかわからないわ」

「それは私にもわからない。ただ、調査の仕事を通してひとつ学んだことがあるとすれば、ごくささいな情報がときに有用だとわかることもあるということだ。私が知っているなかでオーロラ・ストーンを使えるのはきみひとりだ。そのせいできみにはほかの者にはわからないことがわかるはずだ。きみが水晶使いになったことはきみの家族の歴史と関係あるはずだが、それについて詳しく聞きたいな」

ぞっとしたようにリオーナは身動きをやめた。「詳しく？　ほんとうにそれが必要なの？」

「ああ、そうだ。私の調査方法はどこか原始的でね。〝ヘビが見つかるまで岩を引っくり返してみる調査〟と呼んでいる。それでもそれが驚くほど有効だったりする。できるかぎりの情報を集めることがこの調査方法の基本だ」

「わかったわ」

「階下《した》で待っている」

サディアスはそっとドアを閉めると、廊下を階段へと向かった。どうして自分のことばにリオーナが軽いパニックに襲われたのだろうと訝りながら。

21

リオーナは持っているなかで一番堅苦しいデザインのドレス――暗い金色のストライプのはいった赤茶色のドレス――に身を包み、髪をきっちりとシニョンに結ってピンでとめた。鏡に映った姿は気に入らなかった。厚いヴェールのついた帽子をかぶる口実がないのが残念ね、と胸の内でつぶやく。サディアスに顔を見られないとわかっていれば、もっと気楽かもしれなかった。が、それもやはり助けにはならないだろう。

昨晩、こういうときが来ることはわかっていたはずよと自分に言い聞かせる。しかし、楽観主義の人生哲学のせいで、その可能性についてくよくよ考えまいとしたのだった。

廊下のどこかから小さな鳴き声が聞こえてきた。ドアを開けると、フォッグが待っていた。オオカミの目でじっと飼い主を見つめてくる。飼い主の苦悩を知ってなぐさめに来たかのようだった。

軽く犬の頭を叩き、耳の後ろをかいてやる。「わたしのことは心配いらないわ。わたしが何者か明かしたら、ミスター・ウェアはきっとショックを受けるでしょうけど、そんなのたいしたことじゃない。重要なのは水晶を見つけることよ。絶対にとり戻さなければならないわ。石を見つけるのに役立つ情報をわたしが持っているとしたら、それはそれよ。知っているすべてを彼に話すことにする」

フォッグを脇に従えて、リオーナは廊下を渡った。階段の上まで行くとメアリーの姿が見えた。小太りのメイドは持っている重そうなトレイにもかかわらず、勢いよく階段を昇ってくる。その様子からは押し隠せない興奮が伝わってきた。

メアリーはリオーナに気づき、当惑して階段を昇る足を止めた。

「気が変わりなすったんですか？」と訊く。

「ええ、そうなの」リオーナは明るい笑みを浮かべてみせた。「こんなすてきな朝なんですもの、部屋でひとり本を読んで過ごすのはもったいないわ。ほかの人と朝食をともにしたほうがいいと思って」

メアリーの顔が隠しようのない落胆にゆがんだ。

「かしこまりました」

そう小声で言うと、意気消沈して階段を降り、厨房の方角へと姿を消した。

帆をふくらませていた風を奪ってしまったようね、とリオーナは思った。家政婦や料理人やその他の使用人たちを、昨晩この家の主人に穢された気の毒な客人についての噂話でたのしませるのもここまでよ。そのご婦人は恥辱のあまり小さくなって寝室に隠れるか弱い女じゃないわ。世知長けた女なの。

この小さな出来事が不思議と気分を高揚させてくれた。肩を怒らせてリオーナは階段を降り、書斎の開いたドアのところでしばし足を止めた。

「あまり長くかからないんでしょうね、ミスター・ウェア」厨房まで聞こえるといいと思いながら、できるだけ芝居がかった声で呼びかけた。「とてもおなかが空いていて、早く朝食にしたいの」

サディアスはペンを置いて立ち上がった。おもしろがるように口をゆがめている。

「それほど長くはかからないさ、ミス・ヒューイット。私もきみに負けず劣らず早く朝食の席につきたいと思っている。今朝は私も食欲があってね。たぶん、昨日の晩よく眠れたせいだと思うんだが」

声が遠くまで響くよう彼は声を張りあげる必要はなかった。少しエネルギーを加えるだけでよかったのだ。そのことばは書斎を抜け、廊下へとこだました。フォッグが突然警戒するように身をこわばらせ、小さく鳴いた。

リオーナはサディアスを睨みつけ、声をひそめて言った。「わざと声を張りあげるのはやめて」

「悪いね」サディアスはドアのところまで来てリオーナがなかへはいるとドアを閉めた。「きみの真似をしただけなんだが。たまにきみが演技の才能があるところを見せるのには気づいていたんだ」

リオーナには自分が赤くなっていることがわかっていたが、彼が机に戻るころには、スカートの襞にもきっちり折り目のついた状態でおちついて椅子に腰を下ろしていた。その足元にフォッグが寝そべった。

サディアスは机の端にななめに腰をかけ、片足を床についた。険しい顔をつかのま明るくしていたおもしろがるような色は消え失せていた。まじめで真剣な表情がそれにとってかわっている。

「水晶について知っていることを何もかも話してくれ」彼は口を開いた。「それから、きみの家族の水晶へのかかわりも」

「父のことは知らないの」リオーナは言った。「とても小さいころに亡くなったので。わたしは祖母と母に育てられたわ。ふたりとも水晶使いの仕事で家計を支えていた。わたしの一族の女はみな水晶使いの能力があるのよ。母と祖母は悪くない暮らしをしていたわ。きっとお気づきでしょうけど、ずいぶん前から心霊的なものを求める傾向が強まる一方だから」

「ショーをやって金を稼いでいるペテン師や詐欺師連中とちがって、きみのお母さんとお祖母さんは本物だったわけだ。ほんとうに水晶を使うことができた」

「十三歳になるころには、わたしの能力も芽を出しはじめたの。水晶使いの能力があることもわかった。母と祖母は水晶を扱うこつを教えてくれたわ」

「きみのお母さんとお祖母さんはアーケイン・ソサエティの会員だったのか？」サディアスが訊いた。

「いいえ」リオーナはそこで間を置き、慎重にことばを選んだ。「ソサエティのことは知っていたけど、どちらも会員には志願しなかった」

「どうして？」

「たぶん、単に会員になる意義がわからなかったんでしょうね」リオーナはすらすらと答えた。「ソサエティは昔から母たちのような能力にはいい顔をしなかったから」

「おそらくそうした態度はソサエティに伝わる古い伝説から来るんだ」

「女妖術師のシビルの伝説ね。ええ、知ってるわ」

「じっさい、ソサエティ内では彼女は〝処女妖術師のシビル〟として知られている」

リオーナは眉を上げた。「彼女が純潔だったかどうかなんて、そんな大昔のこと、きっとどうでもいいことでしょうに」

サディアスはかすかな笑みを浮かべた。「ソサエティの創設者であるシルヴェスター・ジョーンズにとってはどうでもいいことではなかった。彼女は彼の求愛を拒絶したらしい」

「彼女を責められて？　どう考えても、彼は女が夢見るようなロマンティックな男じゃなかったわけだし」

「それについては反論できないな」サディアスはそっけなく同意した。「きみのお母さんとお祖母さんがソサエティにかかわりたくないと思った理由は理解できる。残念ながら、ソサエティは昔から伝統とか伝説とかにこだわりすぎるきらいがあるからね」

「ええ、そうね、母と祖母はそうではなかった」

「ふたりはオーロラ・ストーンをどうやって手に入れたんだい?」

「若いころに母が見つけたのよ」

「見つけた?」サディアスが少々抑揚のなさすぎる声でくり返した。

リオーナは冷たい笑みを浮かべてみせた。「そのとおり」

「どこか地面に転がっていたとでも?」

「いいえ、たしか、ほこりっぽい骨董品屋に転がっていたのよ」

「もっと複雑な事情があるという気がするんだが」

「あるとしても、母は教えてくれなかった。ある日、店の前を通りがかったら、感覚がうずくような気がしたんですって。それで店のなかにはいったら、オーロラ・ストーンがあったというわけ。すぐさまその石だとわかったそうよ」

「きみの話をそのまま信じるよ。つづけて」

リオーナは記憶を再度かき集めた。「しばらくは三人の暮らしはとてもうまくいっていた。やがて祖母が亡くなったわ。それから二年後の夏、わたしが十六になった年に母が馬車の事故で亡くなった」

「気の毒に」サディアスはやさしく言った。

リオーナは重々しく小さく会釈した。「ありがとう」手は身を押しつけてくるフォッグの頭に載せたままだった。「母は隠遁《いんとく》生活を送る裕福な顧客を訪ねた帰りに馬車で駅に向かっていた。嵐の日だったんだけど、馬車が崖から川に転落してしまったの。母は馬車から外へ出られず、溺《おぼ》れてしまった」

「ひどいな」

「そのとき母はオーロラ・ストーンを持っていたの。顧客にそれを使って治療を行ってくれと特別に頼まれていたから」

サディアスの表情がごくわずかに険しくなった。「石がなくなったのもその日かい？」

「ええ。きっと盗んだ人間は、かかわりのある者に石も川でなくなったと思わせられると踏んだのね。でも、わたしはそんなこと一瞬たりとも信じなかった」

「お母さんの顧客が水晶を盗んだことを隠すために事故をしくんだと思っているんだね？」

「当時はそう考えたわ。そう、その人はアーケイン・ソサエティの会員だったの。それだけでわたしには充分な証拠だった。水晶とその力を知っているとしたら、ソサエティの会員だけでしょうからね」

「お母さんの顧客はなんという名前だったんだ？」

「ラッフォード卿よ」リオーナは深々と息を吸った。「きっと彼がオーロラ・ストーンを持っていると思ったわ。それで、家探ししてやろうと決めて、メイド募集の広告に応募したの」

はじめてサディアスは途方に暮れた顔になった。「なんてことだ、きみは母親を殺したと思われる男の家に雇われたっていうのか？　そこまで愚かな――」彼は顎をこわばらせてことばを止めた。「まあ、デルブリッジの家へ使用人の恰好をして忍びこむのもそれと同じぐらい危険なことだったが」

「じっさい、あれよりは簡単だったわ。メイドに姿を変えるというのはね。とくに下っ端のメイドの場合。まったく問題なく雑用係の仕事を手に入れることができた。ご存じのとおり、使用人のなかでも一番の下っ端よ」

「楽だったはずはないな」

「そうね。でも、おかげで家のどこにいるのを見られても言い訳ができた。何日か用足しの壺をきれいにしたり、床を磨いたりして過ごしたわ。でも、何も見つからなかった。石の気配はどこにも感じられなかった」

「見破られることはなかったんだね?」とサディアスは訊いた。

「ええ。ラッフォードはえらく年寄りで病弱な紳士だった。わたしがメイドをやめてすぐに亡くなったわ。結局、馬車の事故をしくんだのは別の誰かだったんだって結論を出さざるをえなかった」

「きみのお母さんがラッフォードと会う予定でいるのを知った誰かが、彼女を亡き者にして石を奪う絶好の機会だと考えたんだな」

「ええ。それからしばらくは水晶を探すこともできなかった。すぐにすっからかんになってしまったから」

「お母さんの顧客を引き継いだんじゃないのか?」

「結局、人って夢のようなとても個人的なことを十六の小娘なんかには相談したがらないのよ」

「なるほど」

リオーナは肩を怒らせ、自分の話に意識を集中させた。「母を埋葬して、実りなくラッフォード卿の調査を終えるころには、ひとりも顧客は残っていなかった。おまけに悪辣《あくらつ》な葬儀屋に母が遺してくれたお金をほとんど巻き上げられたわ。だまされたんだけど、それを証明する方法はなかった」

サディアスは身動きひとつせず、内心の思いの読めない顔でリオーナを見つめていた。

「それは大変だったね」

「ええ」リオーナはサディアスの肩越しに窓の外へ目を向けた。「世のなかって女がちゃんとした職業に就くのがむずかしいようにできているのよ。それなのに、これほど多くの女が街角に立つのはなぜだろうとみんな首をひねるの」

「言っておくが、その問題についての講義は不要だ。うちの一族の女たちが定期的にその問題を持ち出してくれているからね」

「ほんとうに街角に立たなければならないかしらと思っていたときに、エドワード叔父様が現れたの」

「エドワード叔父さんとは？」

「唯一残された親戚よ。母方の一族の人。母が亡くなったときにはアメリカを旅していたわ。どこにいたのかわからなかったので、母の事故については手紙や電報で知らせることもできなかった。でも、何カ月かしてイギリスに戻ってくると、すぐに会いに来てくれた。すぐさまわたしが経済的に困窮しているのを見てとって、いっしょに暮らそうと言ってくれたの」

「叔父さんはオーロラ・ストーンのことは知っていたのか?」

「もちろんよ。はっきり言わなかったかしら。石は一族に代々伝わるものだったの」

「そうでなかったときを除けばね」サディアスは腹が立つほど淡々とした口調で言った。

リオーナは相手を縮み上がらせるような目をサディアスに向けた。彼は気づかない振りをしてうながした。

「叔父さんのことを教えてくれ」

リオーナはため息が出そうになるのをこらえ、話をつづけた。「正直言って、当時は叔父のこと、あまりよく知らなかったの。子供のころにはめったに会わなかったし。ほとんど訪ねてきてくれることもなかったから。母と祖母が叔父のことを好いているのは知っていたけど、完全に認めているわけじゃないこともわかっていた」

「それはどうして?」

「何よりも、叔父が役者だったから。この国かアメリカでいつも旅暮らしだったわ。おまけに女関係でもいろいろと噂があった。でも、公平に言うと、わたしが見たところでは、女の関心を惹くのに叔父はあまり苦労していなかった。目立つ外見のとっても魅力的な男だったから。女は蜂が蜜に惹き寄せられるように叔父に惹きつけられていたわ」

「きみにはやさしくしてくれたのか？」

「ええ、もちろん」リオーナはかすかな笑みを浮かべた。「叔父なりにわたしのことをとても気に入ってくれていたから」

「そうだとしたら、今、叔父さんはどこに？」

リオーナはフォッグに目を落とした。「またアメリカを旅してまわってる」

「アメリカのどこだ？」

リオーナは指をフォッグの毛にうずめた。「わからない」

「叔父さんはきみをひとり残してアメリカに発ったのか？」

リオーナは顔をしかめた。「わたしだってまだ十六ってわけじゃないのよ。今は自分の面倒は自分で見られるわ」

「最後に叔父さんと別れたのは？」

リオーナは言いよどんだ。「二年ほど前」

「それから便りはあったのか？」

「サンフランシスコの警察から、叔父がホテルの火災で亡くなったって電報を受けとったわ。一年半ほど前のことよ」

サディアスはしばらく黙りこんだ。リオーナが目を上げると、思いめぐらすような目で見つめられていた。

「叔父さんが亡くなったことを信じていないんだね」と彼は言った。

「たぶん、信じたくないだけよ。エドワード叔父様が唯一残された身内だから。自分にひとりも縁者がいないなんて想像しがたいわ」

「わかるよ。エドワード叔父さんとの暮らしについて聞かせてくれ」

「あなたの調査にとって重要なこと？」

「わからない」サディアスは認めた。「でも、さっきも言ったが、なんであれ情報がほしいんだ」

「ちょっとこみいった話になるわ」とリオーナは言った。

「話してくれ」

「わたしが水晶使いの能力を母から受け継いでいること、叔父も知っていたの。一族に受け継がれている仕事をいっしょにやっていこうと言われたわ。叔父がマネージャーを務めるということで──」

「顧客が若い人間を信用したがらないという事実はどうやって克服したんだ？」

「さっきも言ったけど、エドワード叔父様は舞台に出ていた経験があるの。それで、わたしをおしゃれな未亡人にしたてあげることを思いついたわ。厚いヴェールまでかけさせて。顧客はわたしのことをもっと年上で成熟した女だと思った。衣装のせいで謎めいて見えることも気に入ったのよ」

サディアスはおもしろがるような顔になった。「きみの叔父さんは自分のすべきことを心得た人だったんだな」

「ええ。それがとてもうまくいったので、二十代になってからもわたしは未亡人の振りをつづけたわ」

「仕事は繁盛したのかい？」

「ええ、何年かはとてもうまくいった」そこで口をつぐむ。「つまり、エドワード叔父様が投資の計画を思いつくまでは」

サディアスはわずかに目を細めた。「投資の計画？」

「これだけはほんとうだけど、叔父はアメリカの西部でひと財産作れると本気で信じていたの。とくに金鉱で」

「金鉱ね」サディアスはおうむ返しに言った。

リオーナにはサディアスの心の内は読めなかったので、急いでつづけた。「顧客の予約をとりつけていたのはエドワード叔父様だったから、彼には顧客と話す機会が豊富にあったわ。それで、未開の西部で金鉱を掘る計画が大きな利益をあげるものだと顧客たちを説得したの。すぐにも何人かの紳士がその計画に投資すると言い出した」

サディアスの口の端がゆがんで上がった。「それで、今から二年前になつかしきよきエドワード叔父さんは顧客の金を数十万ポンド持ってアメリカに渡り、それ以降音沙汰《おとさた》がないというわけか」

リオーナは身を硬くした。「きっとそのうち利益を手にして戻ってくるわ」

サディアスの笑みが深くなった。「きみはエドワード・パイプウェルの姪《めい》なのか」

リオーナは顎をつんと上げた。「ええ、そうよ」

サディアスの目が今にも笑い出しそうに輝いた。「ドクター・パイプウェルがアーケイン・ソサエティのもっとも裕福な会員たちから金をふんだくるのに手を貸した女というわけだ」

「叔父は彼らのお金を盗んだりしていないわ」突然激しい感情にとらわれてリオーナは言った。「投資の計画はまじめなものだった。うまくいかなかったのは叔父のせいじゃない」

しかし、そんなことを言っても無駄だった。サディアスが笑いだしていたからだ。あまりに激しい笑いで、おそらくは何を言っても聞こえていなかったにちがいない。サディアスは身を折り曲げながら、大声をとどろかせて笑った。

フォッグが首を一方に傾けながら、興味津々でその様子を眺めていた。リオーナはどうしていいかわからず、じっと身動きせずにすわっていた。

書斎のドアが開いた。

「いったい何事なの?」とヴィクトリアが訊いた。

サディアスは目に見えるほどに努めて自制心をとり戻し、ヴィクトリアに荒々しい笑みを浮かべてみせた。

「別にたいしたことじゃありません、ヴィッキー伯母さん」と答える。「リオーナといっしょに朝食の席に向かうところでした」

「ふうん」ヴィクトリアは疑うような目をリオーナにくれると、廊下に戻った。ドアが小さくばたんと音を立てて閉まる。感心しないと思っているのがはっきりわかるような閉め方だった。

リオーナはサディアスに目を向けた。「あなたがドクター・エドワード・パイプウェルの姪と親密な関係をつづけたくないと思ったとしても当然よ」

サディアスは笑いのせいでまだ目をきらめかせながら机から立った。「きみがパイプウェルの縁者だとしても私には関係ない。叔父さんの計画で金を失ったわけじゃないからね」

そう言って手を伸ばして彼女を椅子から引っ張り起こし、顎を上向かせた。

「サディアス？」

「このままふたりの親密な関係をつづけたいということ以外、何も考えられないよ、ミス・ヒューイット」

濃厚なキスがふたりを包むエネルギーに火をつけた。彼に手を離されると、リオーナは身を支えるのに机の端につかまらなければならなかった。

サディアスは満足しきった様子でまた笑みを浮かべた。「そろそろ朝食の席につく時間じゃないか？」

22

リオーナは恐る恐る寝室のドアをノックした。

「あなたなの、ミス・ヒューイット？」ヴィクトリアがそっけなく事務的な声で呼びかけてきた。

「おはいりなさい」

ためらいながらリオーナはドアを開けた。会いたい相手ではなかった。ちょっとケイレブ・ジョーンズと会ってくると言ってサディアスが家を出たあとに呼びつけられたのだった。リオーナは母の日誌を持ってフォッグといっしょに庭に出ていた。ベンチにすわって日誌を読んでいるときに若い雑用係のメイド、メアリーが現れた。

「レディ・ミルデンがお会いしたいとのことです」メアリーは警戒するようなまなざしをフォッグに向けた。フォッグは庭の塀の土台のところに生えた草のにおいを嗅ぎまわっている。「お部屋にいらしていただきたいとおっしゃっています」

正式なお召しと言ってよかった。

リオーナはドアのところに立ち、小さく優美な書き物机に向かっているヴィクトリアに目を向けた。

「わたしとお話しになりたいということですが？」リオーナは礼儀正しく言った。

「ええ。廊下に突っ立っていないで、なかにはいってドアを閉めてちょうだい」

まるで使用人にでもなった気分でリオーナは命令に従った。

「話というのは個人的なことなの」ヴィクトリアはきっぱりと言った。

もうたくさんとリオーナは胸の内でつぶやいた。つまるところ、この家の客になるというのはわたしの考えではない。

「ミスター・ウェアとわたしの関係についてでしたら――」リオーナは冷ややかに言った。

「お話しするつもりはありません」

ヴィクトリアは顔をしかめた。「そのことについては何も口出しするつもりはないわ。あなたたちふたりが恋人同士になることははっきりわかっているんだから。それとはまったく別のことよ」

「そうですか」リオーナは当惑して言った。

「たしかあなたは悪夢とか不眠を癒す専門家みたいなものだったわね」

リオーナは昨晩遅く、ヴィクトリアの部屋のドアの下からランプの明かりがもれていたことを思い出した。

「安眠をさまたげる負のエネルギーに対処する能力は持っています」リオーナは用心深く認

めた。

「よかった。あなたの治療を受けたいの」

リオーナは唾を呑みこんだ。「でも――」

「今すぐ」

「その――」

「何か問題でも、ミス・ヒューイット？」

「え、いいえ、問題はありません」リオーナはあわてて答えた。「ただ、ちょっと、わたしのこと、認めてくださっていない気がしていたものですから」

「それとこれとは関係ないわ。今はわたしのこと、お客だと思ってちょうだい」

リオーナは今の状況をありとあらゆる角度から考えてみたが、逃げ道はなかった。少なくとも臆病者の白旗を立てる以外には。〝観客のことはこちらの意のままにしなければならない。観客の自由にさせてはだめだ〟

「わかりました」精一杯専門家らしい声を出してリオーナは言った。「どんな問題を抱えていらっしゃるんですか？」

ヴィクトリアは立ち上がった。これまでにないほどに凛《りん》とした姿勢だったが、朝の陽光に照らされた顔には数多くの皺やくまが刻まれているのがわかった。窓辺に寄って立つ姿からは疲労感がにじみ出ている。

「夫が亡くなってからずっとあまりよく眠れないの、ミス・ヒューイット。ランプを消しても目が覚めたまま横になっているわ。ときには何時間も。眠りに落ちても悪夢に悩まされるし」ヴィクトリアは片手でカーテンをつかんできつくにぎった。「泣きながら目覚めることもあるわ。ときには――」

「ときには？」

「ときには目覚めなければいいのにと思うこともある」ヴィクトリアは小声で言った。

そのことばにこめられた苦痛と悲しみが、ヴィクトリアに対するリオーナの苛立ちと警戒心を脇に押しやった。またたくまにヴィクトリアはリオーナの顧客となった。

「わたしのところに相談に来る人もそういう人が多いですわ」とリオーナは静かに言った。

「きっとわたしのこと、弱い人間だと思ってるでしょうね」

「いいえ」とリオーナは答えた。

「わたしは年寄りよ、ミス・ヒューイット。でも悪くない人生を送ってきたわ。健康と、残りの人生を心地よく過ごせる家を与えてくれる家族に恵まれてきたことはとくに幸運だった。どうして安眠できないのかしら？　どうにか目を閉じたとしても、悪夢に悩まされるのはなぜなのかしら？」

リオーナは母の日誌をにぎりしめる手に力を加えた。「どんな人生にも失うことはつきものですわ。長生きすればそれだけ失う悲しみに耐えなければならないこともふえます。それが世のあり方ですから」

ヴィクトリアは首をめぐらしてしばらく考えこむようにリオーナを見つめた。「あなたはまだ三十歳にもなっていないのに、すでに失う悲しみを知っているようね」

「ええ」

ヴィクトリアは外の庭に目を戻した。「これだけ長く生きていると、失った人は合計したら驚くほどの数になるわ。両親を見送り、兄と愛する夫を失って、娘のひとりとその子供が出産のときに亡くなった。友達も大勢亡くなった」

「年をとってから不眠に悩まされるのは、それまでに失ったものが積み重なったせいだとわたしの母は信じていました。その負のエネルギーの重さのせいで神経がやられてしまうんです。前向きに考えることでそれに抗わなければなりません」

「前向きに考える?」

「わたしたちのような水晶使いは考えることが力を持っていることを知っています。考えること自体がエネルギーを産むんです。負のエネルギーも同様の形で産み出されます。負のエネルギーに対抗するのは正のエネルギーです。夜に目が覚めたまま横たわっているときにはどんなことを考えていますか?」

ヴィクトリアは身をこわばらせた。が、やがてゆっくりと振り向いた。毒を吸った晩にサディアスが見たような幻覚をヴィクトリアが見ているわけでないのは明らかだったが、同じぐらい厄介でとりつかれたような感じがあった。

「昔のことを考えているわ」レディ・ミルデンは小声で答えた。「自分が犯したまちがいをすべて思い出すの。こうすればよかった、ああすればよかったってね。亡くなった人のことも考えるわ」

「水晶をとってきます」とリオーナは言った。

23

一時間後、リオーナは椅子に背をあずけ、小さな書き物机の反対側に腰を下ろしているヴィクトリアに目を向けた。ふたりのあいだにあるテーブルに置かれた青い水晶が、どちらもエネルギーを注ぎこまなくなったことで、急速に輝きを失っていた。

「終わったらへとへとになるって忠告しましたけど——」リオーナはやさしく言った。「大丈夫ですか？」

「ええ、ただとても疲れただけ」ヴィクトリアは水晶を見て眉をひそめた。「甥《おい》が毒にやられた晩に甥を救ってくれたときにもこの業を使ったの？」

「そのこと、彼に聞いたんですか？」

「正気をとり戻してもらっただけじゃなく、おそらくは命も救ってもらったって言っていたわ」

「使ったのはちがう水晶ですが、そう、やり方は同じです。ミスター・ウェアは大きな力を発していましたから、その負のエネルギーを追い散らすことはお互いにとって少しばかり大変なことでした。でも、やり遂げましたけど」

ヴィクトリアは眉を上げた。「じっさい、どちらにとってもとても危険だったんじゃないかって印象を受けるんだけど」

「いいですか、レディ・ミルデン、わたしにはあなたが不眠や悪夢を解消するお手伝いはできますが、その裏に隠されている憂鬱《ゆううつ》の種をとり除くことはできません」

ヴィクトリアは肩を怒らせた。「少し眠れて悪夢を見なくなれば、自分の感情は自分でどうにかできるわ」

リオーナはどこまで踏みこんでいいのかわからずにためらった。「個人的なことに首を突っこみすぎたら申し訳ないのですが、少し前にあなたのエネルギーの流れを変えたときに、あなたが大きな超能力の持ち主であることに気づいてしまいました」

ヴィクトリアはしかめ面をした。「一族に代々伝わるものだと思うわ。父母の両方の側から」

「この仕事に就いてから、多くの人の夢のエネルギーの流れを変えてきました。そのなかには強い感覚の持ち主も大勢いました。あなたのような人です、レディ・ミルデン」

「それが何か？」

「これまで見てきたところ、そういう大きな能力の持ち主が、能力の使いどころがないために、ひどくふさぎこんだり、憂鬱にとらわれたりすることも多いんです」

「そう」

「そういう人が人生にある程度の幸せや満足を感じるためには、情熱を注げるものを見つけなければなりません」

ヴィクトリアはショックを受けたように顔をしかめた。「いったいなんの話をしているの？言っておくけど、不適切な関係を求める気持ちなんてわたしにはこれっぽっちもないですからね」そう言って口を引き結んだ。「そういうことをするのはあなたぐらいの歳の女だけよ。いずれにしても、わたしは夫を深く愛していたから、心のなかのあの人をほかの人にすりかえようなんて思わないわ」

リオーナには自分の顔が真っ赤になっていることはわかっていたが、言いはじめたことは最後まで言いきろうと決心してつづけた。

「性的な情熱のことを言っているわけではありません、レディ・ミルデン。でも、家族に対して感じるような愛情ともちがいます。わたしが言っているのは、何かをして自分の心の飢えを満たすということです。強い超能力の持ち主はふつう、自分たちの情熱がその能力とどうしようもなく結びついているとわかっているものです」

「あなたがなんの話をしているのかほんとうに見当もつかないわ」

「ミスター・ウェアは調査の仕事をしています。その仕事のおかげで彼は催眠術の能力をいい形で利用できています」

ヴィクトリアは小さく鼻を鳴らした。「別にそれで脚光を浴びなくてもいいってわけね」

「ええ、そうです。重要なのは、彼が自分の超常的な一面のはけ口を見つけてそれに満足しているということです」

「あの子は〝幽霊〟って呼ばれているのよ」ヴィクトリアは小声で言った。

「誰がそう呼んでいるんです？」ぎょっとしてリオーナは訊いた。

「貧民街の人たちや、情報提供者や、彼に調査してもらいたくても料金が払えない人たちよ。正直に言って、私設の調査員としての仕事をはじめるまではあの子、ほんとうに幽霊になりかけていたんじゃないかって思うわ」

「まさか、彼が自分で自分に害をおよぼすのではと恐れていらしたわけじゃないですよね？」

「そうじゃないわ。あの子は強すぎるほどの意志の力の持ち主ですもの」ヴィクトリアはきっぱりと言った。「そういう意味では家族を傷つけたりもけっしてしない。でも、あなたが言うように、情熱を注ぐものを見つける前は、しだいに自分の殻に閉じこもるようになっていたの。あの子の両親は鬱々としている息子のことを心配しはじめていたわ。人生を生きているというよりは、ただやり過ごしているように見えたから」

「わかります」

「あの子にとっては自分の能力のせいでいろいろなことがむずかしくなっていたの」ヴィクトリアは言った。「彼があいう能力を持っていると知っているほかの人たちは、いっしょにいて居心地の悪い思いをすることが多いわけ。だからこそ、あの子にはあまり友人が多くないの」

「そうですか」

ヴィクトリアはリオーナをじっと見つめた。「結婚相手が見つからないのもあの子の能力のせいよ。当然のことだけど、声の力だけで完全に意のままにされそうな男の人と結婚したがるご婦人はいないもの」

「ええ、その、大変だってことはわかりますわ」リオーナはそっけなく答えた。サディアスが結婚相手を見つけるのに大変な思いをしているということは一番避けたい話題だった。彼女は急いで話題を元に戻そうとした。「この家の外にあるすばらしい温室は彼のご両親の植物に関する能力のたまものだって聞きましたわ。ご両親が情熱を注いでいるものだと」

ヴィクトリアは躊躇したが、やがてうなずいた。「ええ、そう言っていいでしょうね。妙なことね、これまでサディアスの仕事やあの温室をそういうふうに考えたことはなかったわ」

「ご家族のことはとてもよくわかってらっしゃるはずです。ご家族に個人的に情熱を注ぐものがなかったらと想像してみてくださいな」

「まったく想像できないわ。サディアスに調査の仕事がなかったり、チャールズとリリーに温室がなかったとしたら、そう、みんなどんなふうになってしまうか、考えるのも耐えられないぐらいよ」

「たぶん、鬱に沈みこんでしまうかもしれない?」とリオーナがやさしく言った。

ヴィクトリアはため息をついた。「そうかもしれないわね。それなのに、わたしはそれを趣味とか遊びと考えていたんだわ」

「あなたの能力がどういうものか、お訊きしてもいいですか?」

ヴィクトリアの表情がこわばった。「残念ながら、わたしの能力は役に立たないものよ」

「どういうことです?」

ヴィクトリアは立ち上がり、ベッドへ行って横になった。頭を載せた枕を直し、目を閉じた。「昔から持っていた能力は、いい呼び方が見つからないんだけど、〝似合いかどうか見極める能力〟ってわたしは呼んでいるわ」

「聞いたことのない能力ですね」

「不運なことに、わたしにとってはごくふつうのことなの」ヴィクトリアは腕で目を覆った。「婚約しているカップルや夫婦を連れてきてくれれば、すぐにそのカップルが似合いかどうか言いあててあげる」

「とても変わった能力だわ」

「しかも、さっきも言ったけど、まったく役に立たない能力よ」

「それがわかりません。どうして役に立たないんです?」

ヴィクトリアは目の上から腕を下ろし、リオーナに目を向けた。「結婚しているカップルに、あなたたちは大きなまちがいを犯したと教えてあげてもあまり意味がないじゃない。ほとんどの人にとって離婚なんて問題外だし。とくに子供がいる場合は」

「でも、結婚を考えているカップルの場合は？　自分たちが似合いの夫婦になるかどうか知りたいんじゃないかしら」

「ばかばかしい。最初のうち、強く惹かれ合って互いに夢中になっているカップルは、自分たちが似合いかどうかなんてことに耳を貸そうとはしないわ」

リオーナは眉をひそめた。「どうしてでしょう？」

ヴィクトリアはまた腕で目を覆った。「だってふつうは、情熱とか、美しさとか、お金とか、社会的地位とか、孤独から逃れたい思いとか、そういったもっと目先のものにとらわれて目がくらんでしまうものだからよ」

孤独。二年前にわたしがウィリアム・トローヴァーに関心を持ったのはそのせいだったのだと、リオーナは胸の内でつぶやいた。当時はあまりにひとりぼっちだった。少なくともフォッグを飼う前は。誰かにウィリアムとの結婚はまちがいだと忠告されたとしても、はたしてそれに耳を傾けようとしただろうか？

「わかります」リオーナは静かに言った。「そういった事柄が重きを占めることはありえますから」

「ともに危険な冒険をすることでも激しい情熱が呼び起こされる場合があるわ」ヴィクトリアがそっけなく言った。

リオーナは鼻に皺を寄せた。「わたしとミスター・ウェアの関係についてどうしてもお説教をせずにいられないお気持ちでいること、わかっていましたわ」

「心配しないで。さっきも言ったけど、時間を無駄にするつもりはないから」

リオーナはにっこりした。「それはとてもありがたいことです。それで、あなたの〝似合いかどうかを見極める〟能力についてですけど」

「それが何？」

「思ったんですけど、一番の問題はあなたがご自分の能力をすでになんらかの形で付き合っているカップルに対して使っていることですわ」

ヴィクトリアは顔をしかめた。「そんな能力をほかにどう使えるっていうの？」

「そうですね、ほんとうかどうかはわからないんですけど、叔父のエドワードがいつも言うんです。人ってお金を払わずに受ける助言はありがたがらないって」

ヴィクトリアはぴたりと動きを止めた。「なんてこと、わたしにお見合い業でもはじめろっていうの？」

「商売をはじめようなんて思う必要はないんです」リオーナはあわてて言った。「ある種の相談役になったらいいんじゃないかと思って。もちろん、誰にもわからないように行う必要はありますが」

「そうは言っても」

「たぶん、どこかの社交の輪であなたが似合いの結婚相手を探している人の相談に乗ると噂を流せば、助言を求める人が押し寄せてくることになると思いますわ」

「なんて突飛な提案なの」ヴィクトリアは言った。「ところで、今朝サディアスと話したんだけど、あの子、今週末にはじめて開かれるアーケイン・ソサエティ主催の春の舞踏会にあなたをエスコートするつもりよ」

「え？」

「新しい会長のゲイブリエル・ジョーンズとその花嫁がホスト役を務めるの。会長夫妻はソサエティの会員たちがもっと交流すべきと思っているようね。そう、それが正しい判断かどうかはわからないけれど、ソサエティの責任者は今やゲイブリエルで、彼がソサエティに変化をもたらそうとしているのは明らかだわ」

「レディ・ミルデン、わたしが参加するのが賢明とはどうしても思えませんわ」

「ゲイブリエルはソサエティがあまりにも伝統にとらわれすぎて考え方が偏狭になっていると考えたの。長年秘密にされてきたことが多すぎるとも思っているわ。会員たちにもっと互いに交流してもらいたいというわけ。組織運営におけるくだらない制約を現代的なものに変えていくという意味も含めて。ソサエティのありとあらゆる階級の会員、つまり、ジョーンズ一族のすべての人間が参加を求められているの」

「わたしはジョーンズ一族じゃありません」

「ええ、でもサディアスは一族よ」

「え？」リオーナは子供の本に出てくるうさぎの穴に落ちていくような感覚にとらわれた。

「サディアスがジョーンズ一族ですって？　そんなのありえない。彼の姓はウェアのはずですわ」

「母方がジョーンズ一族なの。親族の多い家系よ」

「なんてこと」リオーナは驚きのあまりほかにことばを見つけられなかった。「なんてこと。ジョーンズ一族だったなんて」

「なじみのドレスメーカーに伝言を送っておいたわ」ヴィクトリアはつづけた。「今日の午後二時にあなたのドレスのデザインを携えて訪ねてくることになってる」

リオーナは散り散りに乱れそうな思考をまとめようともがいた。「レディ・ミルデン、失礼に聞こえたら申し訳ないんですけど、アーケイン・ソサエティの舞踏会に参加するなんて、しかも、ジョーンズ家の一員といっしょに参加するなんて、論外ですわ」

ヴィクトリアはまた目の上から腕を下ろした。「まったく、ミス・ヒューイット、わたしの甥と不適切な関係を結ぶつもりでいるなら、少なくとももっと冷静沈着な態度を学ばないとね。そうやって恐怖に駆られて口をぽかんと開けている顔は魅力的とはまったく言えなくてよ」

「レディ・ミルデン――」

「悪いけど、そろそろ寝ることにするわ」

24

二時少し前、書斎に足を踏み入れたサディアスを彼女が待っていた。彼女の姿を見るやいなや、サディアスは自分が嵐に直面することになるのを悟った。

リオーナはどこへ行くにも持ち歩いているように見える古い革表紙の本を下ろし、ソファーにすわったまま彼をにらみつけた。

「いいところにお帰りになったわ」

おもしろがるような顔でサディアスは手を伸ばし、挨拶しようと寄ってきたフォッグを撫でた。「ご婦人からそういうやさしい出迎えのことばをかけてもらうと、家族のもとへ帰ってきた男の胸は温もるものだな、フォッグ?」

フォッグはにやりとして彼の手をなめた。

リオーナの縦皺《たてじわ》が深くなった。「冗談を言っている場合ではないわ」

「わかった、別のやり方をしよう」

サディアスはソファーのところへ行ってリオーナを引っ張り起こし、音を立ててキスをした。それから、彼女に抗おうと思う暇も与えずに手を離した。リオーナは一瞬ぼうっとなってソファーに腰を戻した。その間を利用してサディアスは机の向こうの安全地帯に避難した。

「さて」と椅子に腰を下ろして言う。「こんな魅力的な歓迎を受ける何を私はしたのかな?」

「今朝あなたが出かけているあいだにあなたの大伯母様とお話ししたの。あなたがソサエティの春の舞踏会にわたしをエスコートするつもりだと聞いたわ」

サディアスは椅子に背をあずけた。「たしか大伯母がそんなようなことを言っていた気がするな」そう言って眉を上げげた。「それが問題かい?」

「もちろんよ。そんな正式な催しにあなたといっしょに参加するわけにはいかないわ」

リオーナの予期せぬ激しいことばを聞いて、サディアスは心の奥底で何かがよじれる気がした。今の今まで春の舞踏会のことは水晶泥棒との決死の戦いにおける次なる一手としか考えていなかったのに、それが突然個人的な問題になった。くそっ、リオーナは私の恋人だ。女というものは派手なドレスを着て恋人とのダンスをたのしむものじゃないのか。

派手なドレス。当然だ。すぐにわかってしかるべきだった。リオーナに舞踏会用のドレスを買う金があるはずはない。

「きっと大伯母がちゃんとしたドレスをみつくろってくれるはずだ。それが心配の種なら」とサディアスは言った。

「偶然だけど、そろそろドレスメーカーが訪ねてくるころよ」リオーナは手で払うしぐさをした。「ドレスのことなんてどうでもいいの」

「だったら、いったい何が気がかりなんだい?」

「レディ・ミルデンがはっきりおっしゃっていたけど、春の舞踏会はソサエティにとって重要な社交の催しになるそうね」

「非常に重要だ。出席は義務と言ってもいい」

「そうだとしたら――」リオーナはきっぱりと言った。「わたしの叔父の計画に投資した人も大勢出席するはずよね」

「ああ、それが問題か」サディアスは多少ほっとして椅子の背にもたれた。リオーナは私にエスコートされることではなく、パイプウェルの姪と気づかれることが怖かったのだ。それならどうにかできる。

「大丈夫、心配はいらない」彼は請け合った。

「おかしくなってしまったの? 投資をした人たちはみな、二年前はわたしのお客だったのよ。わたしだと気づいたら、誰かが警察を呼ぶわ。わたしの評判を考えてくれなくても、ご自分の評判は考えたほうがいいわね。レディ・ミルデンはあなたもジョーンズ家の人間だとおっしゃっていた」

「母方がね」

「あなたの名前がわたしとの関係で新聞に載ったりしたら、一族の方々はきっとぞっとされるわ」

サディアスは笑った。「私の一族はそんなことぐらいでぞっとしたりはしないね」

「サディアス、わたしは大まじめに言っているのよ」

「叔父さんといっしょのときにはいつも厚いヴェールをつけるように気をつけていて、客の治療も暗くした部屋で行っていたと言っていたじゃないか」

「誰しも多少謎めいたものが好きだからとエドワード叔父様がいつも言っていたから」

「それはたぶんそうなんだろうが、きみに未亡人の恰好《かっこう》をさせたのは、問題が起こったときにきみを守ろうとする叔父さんなりのやり方だったんじゃないかな」

リオーナはつかのまその可能性を考えて目をぱちくりさせた。「そういうふうに考えたことはなかったわ」

「きっときみの叔父さんはきみの素性を伏せておくことに現実的な理由があるとは言わなかったんだろう」

リオーナはため息をついた「もしかしたら、そういう心配もしていたのかもしれないわね」

「でも、投資した人間が誰もきみの顔を見ていないのはたしかだろう？」

「ええ、たしかよ」

サディアスは両手を広げた。「そういうことなら、舞踏会で誰かに見とがめられることを心配する理由はないわけだ。率直に言って、たとえ治療のときに顧客に顔を見られていたとしても、別に問題はないと思うけどね」

「どうしてそんなことが言えるの？」リオーナは当惑して尋ねた。

サディアスはにっこりした。「人というのは自分の見たいように物事を見るものだからさ。きみが見とがめられる心配はないと思う理由は単純だ。パイプウェルの姪が彼の一番の被害者の甥と腕を組んで春の舞踏会に現れるだけの神経の持ち主だとは誰も思わないからさ」

「なんですって？」

「トレノウェス卿を覚えているかい？　最初にパイプウェルを疑って警告を発し、スキャンダルの引き金となった紳士だ」

「なんてこと、あなたの叔父様だったの？」

「母方のね」

「どうしましょう」リオーナはめまいを起こしたようにソファーの隅に背をあずけた。「叔父様はトレノウェス卿に数千ポンドも投資させたわ」

「いいほうに考えれば――そう、きみはいつもそれが一番だと言うよな――叔父は損害にうまく耐え忍ぶことができた。裕福な男だからね。パイプウェルは彼の銀行口座よりもプライドにより大きな打撃を与えたんだ」

リオーナは顔を両手にうずめた。「なんて言っていいかわからないわ」

「私のエスコートで春の舞踏会に参加すると言えばいいさ」

リオーナは訝しむような目をしてゆっくりと顔を上げた。「どうしてそんなにわたしを舞踏会に参加させることに固執するの？」

サディアスは身を乗り出し、机の上で腕を組んだ。「正直に言って、今朝大伯母に言われるまでは、それほど優先順位の高いことじゃなかったんだ。でも、その後、気が変わった」

「どうして？」

「オーロラ・ストーンをとり戻す助けになるかもしれないからさ」

一瞬リオーナは雷に打たれたかのようになった。

「サディアス？」リオーナははっと立ち上がり、机のそばに駆け寄った。机に両手をつくと、興奮に目を輝かせて身を乗り出した。「春の舞踏会に参加することは水晶を見つける計画の一部なの？　どんなふうに？」

サディアスはリオーナの高揚したやさしいオーラにひたりながら、また椅子に背をあずけた。言い表せないほどの興奮を与えてくれるオーラだ。

「さっきケイレブと話をして戻ってきたところなんだが、彼は混沌《こんとん》としたなかにパターンを見出す能力の持ち主だ。それが極論すぎるという人もいるが、たとえそうだとしても、彼の能力であることに変わりはない」

「ええ、ええ、つづけて」

「近年、彼はさまざまな調査を行ってきた。きみも知ってのとおり、あの石は過去二百年のあいだに何度も持ち主を変えてきたが、ケイレブによると、そこにはあるパターンがあるそうだ」

「どんなパターン」

「まず、石の持ち主はみなアーケイン・ソサエティとなんらかの関係がある」

「当然よ。石の歴史を知らない人が伝説を知っているはずはないもの」

「そうだ。おまけに、過去に石を探し求めた人間はみな異常な執着心を持つ収集家だった」

「もしくはわたしの一族の人間ね」リオーナはわざとらしく言った。

サディアスはうなずいた。「もしくはきみの一族の人間だ。要するに、みな個人的に収集を行っている者たちだ。今回は状況がちがうとケイレブは感じているらしい」

リオーナがぴんときたという顔をした。「あまりに多くの人が亡くなっているから」

「それもある。しかしもうひとつ、これまではデルブリッジもほしい収集品を手に入れるためとはいえ、人殺しまではしなかったということがある」

「あなたたちが知るかぎりにおいては」

「われわれが知るかぎりにおいては」とサディアスも認めた。「わかっているのは、デルブリッジが今や水晶のためなら人殺しも辞さないということだ。みずからは水晶の力を利用できないとしても」

「つまり、どうしてこの石をそこまでほしいと思うのかが問題になってくるわけね？」

「ああ。ケイレブはそこにはもっと重要な何かが隠されているにちがいないと確信している。オーロラ・ストーンの問題が、ソサエティのもっとも暗い秘密であるシルヴェスター・

ジョーンズの秘薬の製法を再度盗み出そうとする試みにつながっているんじゃないかとね」

「そう」

「最近までその秘薬は伝説でしかなかったんだが、数カ月前、シルヴェスターの墓が発掘され、そのなかから秘薬の製法が見つかったんだ」

「なんてこと」畏怖《いふ》の念をありありと顔に浮かべてリオーナはささやいた。「全然知らなかったわ」

サディアスはうなじの産毛が逆立つ気がした。椅子の肘を手でつかんで身を押し上げるように立つと、窓のところへ行って外の温室を見やった。

「秘薬の製法が見つかるやいなや、それを盗もうとする試みがなされた」サディアスは言った。「ゲイブリエル・ジョーンズと今彼の奥さんになっているご婦人がその企てをくじいたんだ。そのときはそれで問題に片がついたとみなされた。少なくとも製法の盗難の件は解決した。盗みを計画した異常な男は命を落とした」

「それは絶対にたしかなの？」リオーナは疑わしそうに訊いた。

「それについては疑う余地はない。ゲイブとヴェネシアの両方がそいつが死ぬのをまのあたりにしたんだから。ただ、ケイレブは、いわばパンドラの箱が開けられてしまったのだと思っている。最初の試みがあやうく成功しかけたことで、別の誰かをあおることになってしまったわけだ」

「そう考えるのもまったく理にかなっていないわけでもないと思うわ」リオーナは言った。

「でも、オーロラ・ストーンがシルヴェスターの秘薬の製法とどう関係しているっていうの?」

サディアスは首をめぐらした。リオーナは呆然《ぼうぜん》と彼を見つめていた。

「わからない」と彼は認めた。「ケイレブが絶対にたしかだと思っているのは、この新たなたくらみに加担している人間は、デルブリッジのようにアーケイン・ソサエティでも地位の高い人間だということだ。もはや彼を止めるだけではだめだ。ほかの人間の身元も明らかにしなければ」

それでわかったというようにリオーナは目を輝かせた。「そしてソサエティの地位の高い会員はみな春の舞踏会に出席するというわけね」

「今のところケイレブと私はどちらもそう考えている」

リオーナは眉根を寄せた。「でも、たくらみに加担しているのが誰か、どうやって明らかにするの? その人たちの誰かが水晶を持ってきていたら、近くに寄ればわたしにはそうとわかるけど。でも、泥棒がかしこまった舞踏会にオーロラ・ストーンを持ってくるとは思えないわ」

「たしかに。外套のポケットにはすっぽりはいるだろうが、夜会服に隠すには大きすぎるからね。服のラインが崩れてしまう」

リオーナはかすかな笑みを浮かべた。「ジョーンズ一族の人間らしい考えね」

「なんだって?」

リオーナはサディアスのネクタイと銀と縞瑪瑙《しまめのう》のカフスにちらりと目を向けた。「エドワード叔父様が言っていたの。ジョーンズ一族の男たちはスタイルが垢抜《あかぬ》けているので有名だって」

サディアスは肩をすくめた。「血のなせる業さ。仕立て屋に好かれるのもたしかだ。しかし、目下の問題に話を戻そう。舞踏会に参加する目的は、デルブリッジ以外に誰がこの新たなくらみに加担しているのか暴くことだ」

「どうやって暴くの？」

「舞踏会のある時点で、ゲイブリエル・ジョーンズにオーロラ・ストーンがアーケイン・ソサエティに戻ってきたと正式な発表をしてもらう。オーロラ・ストーンはソサエティでは伝説となっているから、舞踏会に出席している者の多くはその知らせを聞いて喜ぶはずだ」

リオーナの口の端がゆっくりと上がった。「でも、デルブリッジと盗難にかかわっている人間はきっとパニックに襲われる」

「パニックは独特のエネルギーを引き起こすからね。はっきりした痕跡を残すはずだ。そういった恐怖の痕跡を感じとる能力にすぐれた信頼できる会員も何人か舞踏会に参加する」

「どんな能力を持っているとそんなことができるの？」

「じっさいにはいくつか種類がある。パニックは感知するのがもっとも容易なエネルギーだ。とても強くて基本的なものだからね。私でも感じとれるほどに。たぶん、パニックに襲われている人のそばにいたら、きみでも感じるはずだ。隠すのがとてもむずかしいエネルギーなんだ」

「共犯者が誰かわかったところで、どうするの？」とリオーナが訊いた。

「ハンターの能力を持った人間が彼らを追い、舞踏会のあとにどこへ行って何をするかを突きとめる。大丈夫、共犯者たちには尾行していることは絶対に気づかれないから。運がよければ、悪党のうちのひとりが石のありかに連れていってくれることだろう。それがうまくいかなくても、少なくとも、今よりはずっと情報も多く手にはいる」

「言いかえれば、舞踏会は共犯者を見つけるための罠になるのね」

「そうだ」サディアスは答えた。「そしてきみはわれわれの罠がうまく作用するよう協力するために舞踏会に参加する。私といっしょに舞踏会に参加することがなぜ重要なのかこれでわかったかい？」

リオーナの高まる興奮があたりに多大なエネルギーを産み出したせいで、フォッグがしきりに鳴き、鼻を彼女の手に押しつけた。

リオーナは謎めいた笑みを浮かべながら犬の毛をくしゃくしゃにした。

「そういうことなら絶対に参加しなければ」と彼女は言った。

25

朝の間での話し声が廊下の端の書斎まで聞こえてきた。ドレスメーカーのマダム・ラフォンテインはよく通る甲高い声の持ち主で、おそらくはパリよりは港に近い界隈《かいわい》からの移民らしい、最悪のフランス風アクセントの英語を話した。

「……ノン、ノン、ノン、ノン、ミス・ヒューイット。マッシュルーム・シルクはだめ。絶対だめ《アブソルモン・パ》。許しません。地味すぎるグレーですわ。あなたの髪にも目にも全然合いません。木工品のなかにうもれてしまいたいんですか？」

サディアスはペンを置き、彼のところに避難してきていたフォッグに目を向けた。犬は窓辺にすわってものほしそうに庭を眺めている。

サディアスは立ち上がった。「おまえが家から出たいと思う気持ちもわからないではないな。いっしょにおいで」

フォッグは甲高い声に閉口して耳を寝かせながら、急いで彼のあとを追った。

「ヴェールつきの帽子ですって？　おかしくなってしまったんですか、ミス・ヒューイット？　舞踏会でヴェールをつける人なんていません。わたしのドレスと合わせることはありえません。髪飾りとして認められるのは宝石でできた花ぐらいですわ。髪《レ・シュヴー》といえば、モード、メモをとっておいて。舞踏会の日にはミス・ヒューイットの髪を結うのにミスター・デュクスンをこちらに送るように。わたしのドレスに見合うおしゃれなスタイルを作り出せるのは彼だけですからね」

サディアスはひとりにんまりした。大丈夫だとあれほど言ったのに、どうやらリオーナは春の舞踏会になんとか変装して参加しようとあがいているようだ。負けは確実に思われたが。

サディアスは厨房のドアを開け、フォッグを庭に出してやった。書斎に戻る途中、朝の間のドアのところで足を止め、少しばかり愉快な思いで大騒ぎの様子を眺めた。リオーナがこれほどに困窮しきっているのを見るのははじめてだった。人殺しの現場から逃げるときですら、ここまで困った顔はしていなかった。

その場を支配しているマダム・ラフォンテインはエレガントなドレープを持つダークブルーのドレスに身を包んだ険しい顔の女で、朗々たる声に似合わず、体格は小柄だった。カーペットやテーブルの上に広げた生地のサンプルのあいだに立ち、困惑顔のふたりの助手たちに指示を出している。片手に持ったたたんだ扇を、オーケストラでも指揮するように振りまわしながら。

「じゃあ、その煙色《アロール》のサテンは脇にやってくださいな、ミス・ヒューイット」マダム・ラフォンテインはリオーナの手の節に鋭く扇を振り下ろした。

「いたっ」リオーナは急いでグレーの生地サンプルをとり落とした。

「マダム・ラフォンテインの言うとおりよ」ヴィクトリアがテーブルの反対側の端からきっぱりと言った。「もっと輝きのある色合いのものにしないと」

「そのとおりですわ、レディ・ミルデン」マダム・ラフォンテインはさすがというまなざしをヴィクトリアに向けると、扇を助手のひとりに向けた。「琥珀《こはく》色のシルクを持ってきて。ミス・ヒューイットの独特の目の色にぴったりのはずよ」

その生地がとり出され、テーブルの上に広げられた。サディアスが久しぶりに見るほど生き生きとした様子のヴィクトリアがマダム・ラフォンテインと意見を言い合おうとそばに寄った。ふたりは宝の地図でも見るように、琥珀色のシルクに目を注いだ。

「ええ、ぴったり《ウィ・パルフェ》」マダム・ラフォンテインは宣言した。「もっとも優美で繊細なプーフにしてさしあげますわ。それにもちろん、裾は長く引いて」そう言って自分の指先にキスをした。

その瞬間、リオーナはドアのほうに目を向け、サディアスの姿を見つけた。彼は捨て鉢になったリオーナの顔を満足そうに見つめると、小さく手を振って部屋の入口を離れた。フォッグと同じくらい家から出たくてたまらなかったのだ。

通りに出て二輪馬車を見つけると、乗りこんで腰を下ろし、ここ一時間ばかり頭を占めていた興味深い新しい謎について考えをめぐらした。その謎が明るみに出たのは、今回のことも創設者の秘薬の製法を盗もうとする危険な連中が相手なのだというケイレブ・ジョーンズの考えをリオーナに話したときだった。

リオーナは数多くの質問を浴びせてきたが、訊かなかった重要な質問がひとつだけあった。そのことに興味を抱いた人なら当然訊くと思われる質問だ。

誰かに人殺しまでさせるほど危険で力のあるその秘薬が、どんな性質のもので、どんな効力を持つものかを彼女は訊かなかった。その理由として唯一考えられるのは、すでに答えを知っていたからということだ。

その秘薬がどういうものかを知っているのはソサエティでもかぎられた数人だけだ。リオーナがどうやってそれを知ったのかという疑問に胸が焦れる気がした。

26

「わたしは結婚コンサルタントになることにしたわ」とヴィクトリアが宣言した。
サディアスは食べていたサーモンとポテトから目を上げた。「今なんと？」
長いテーブルの中央に席をとっていたヴィクトリアは挑戦するような顔を甥に向けた。
「聞こえたはずよ」
「聞こえはしましたよ」サディアスは礼儀正しく答えた。「ただ、意味がわからなくて」
「アーケイン・ソサエティの会員のなかには、自分にぴったりの結婚相手を見つけるために
わたしの特別な能力を必要とする人がいるんじゃないかと思ったの。そう、強い能力を持つ
人はそういうことにおいてはとても大変な思いをするものだから。たとえば、あなたがそう
よね」
サディアスは説明を求めてリオーナに目を向けた。「この会話で私が何か聞き逃している
ことがあるようだが」

リオーナはにっこりした。「すばらしい考えだと思うわ。あなたの大伯母様には良縁をとりもつ才能があるんですもの」

「なるほど」とサディアス。

「わたしの立場も、良縁を見つけてあげるのに役立つしね」ヴィクトリアはつづけた。「つまるところ、わたしは生まれてこのかたずっとアーケイン・ソサエティの会員だったのだから。それに、結婚してジョーンズ家の人間にもなった。つまり、ソサエティのどの階級においてもすばらしい人脈を持っているということよ。誰を誰に紹介すればいいのか判断するためにそれぞれについて調査することもできるわ」

「おもしろい考えですね」サディアスは用心深く言った。「コンサルタント業をはじめたことをどう宣伝するおつもりです?」

「人づてに。大丈夫、すぐに噂《うわさ》は広がるわ」

「たしかに」とサディアスは言った。ヴィクトリアの計画を知ったら母がなんと言うだろうと考えると愉快になった。

「良縁を求める人たちが登録できるしくみを作るつもりよ」ヴィクトリアは言った。興奮して顔全体を明るく輝かせている。「面談を行って資料を作るの。すぐに顧客が押し寄せて手がまわらなくなるにちがいないってミス・ヒューイットは確信しているわ」

大伯父の葬儀以来、大伯母がこれほど何かに夢中になる姿を見るのははじめてだった。その変化だけでもリオーナには感謝しなければなるまい。サディアスはリオーナにほほ笑みかけた。

「きっとミス・ヒューイットの言うとおりでしょう」と彼は言い、ヴィクトリアに目を戻した。「しかし、正直言って、あなたが仕事をはじめるとは想像もしませんでしたよ、ヴィッキー伯母さん」

「ミス・ヒューイットが言うには、人ってお金を払わないかぎり、助言を受けてもありがたがらないんですって」

サディアスは笑った。「ミス・ヒューイットはよくわかっている」

27

リオーナははっと目を覚まし、薄れつつある悪夢の最後の断片が消えてくれるのを待って、しばし身動きせずに横たわったままでいた。それから、悪夢に支配された眠りから自分を呼び覚ましたのがなんなのか見極めようとゆっくり身を起こした。

物陰から低いうなり声が聞こえてきた。そのフォッグの警告はこれがはじめてではないことにリオーナは気がついた。

「なあに?」リオーナは上掛けを脇に押しやって立ち上がった。「何かあったの?」

フォッグは窓のところで窓枠に前足をかけていた。月明かりを受けて頭は黒いシルエットに見える。リオーナは犬のそばに寄った。犬の体に触れると、毛皮の下の筋肉が緊張にこわばっているのがわかった。

ふたりは庭を見下ろした。一瞬、リオーナの目には変わったことは何もないように見えた。が、やがてちらちらと明かりが見えた。誰かが茂みのなかを歩いているのだ。片手に小さく火をともしたランタンを持っている。フォッグを撫でていたリオーナの指が止まった。

「誰かが家に忍びこもうとしているのね」リオーナは言った。「知らせてこなければ」

しかし、ドアへと踵を返そうとしたところで、厨房から出てきたもうひとつの人影がランタンを持った人影のもとへすばやく歩み寄るのが見えた。

「サディアスだわ」リオーナはフォッグに言った。「いったいどうなっているの？」

下では落ち合ったふたりが短くことばを交わしている。ランタンを持った男は来た道を戻り、夜の闇のなかに消えていった。サディアスは家に戻った。

リオーナは寝室のドアのところへ急ぎ、そっとドアを開いた。フォッグがそのすぐ後ろをついてきて、細く開いたすきまに鼻を突っこもうとした。聞こえるか聞こえないかの足音が一階の床から響いてくる。サディアスが玄関ホールにはいってきたのだ。

リオーナはドアをもう少し広く開けた。フォッグがさっと廊下に飛び出し、階段へと駆けた。リオーナはフックにかけてあったローブを手にとってそのあとを追った。

リオーナが階段の上に到達するころには、フォッグは階段の下でサディアスのまわりを興奮して飛びまわっていた。どちらも階下《した》の燭台のぼんやりとした明かりに照らされている。サディアスは黒いリネンのシャツ、黒いズボン、ブーツ、デルブリッジの博物館で出くわした晩に着ていた黒く長い上着といういでたちだった。

リオーナの胸で警鐘が鳴った。彼女はローブの襟をつかみながら、右手で手すりにつかまって階段を駆け降りた。サディアスは階段の下の陰になったところで彼女を待っていた。

「出かければ、犬ときみを起こしてしまうとわかってしかるべきだったな」と彼は言った。

「こんな時間にどちらへお出かけなの？」リオーナは最後の一段で足を止めた。「庭にいたあの男は誰？ ランタンを持っていた人は？」

「パインを見たのか？」サディアスはほほ笑み、指の裏で彼女の頬を撫でた。「私と同じで眠りが浅かったんだな」

「サディアス、お願い、どうなっているの？」

サディアスは手を下ろした。「説明している暇はない。明日の朝、何もかも話して聞かせるよ」

断固とした態度と切迫感に、リオーナは何を言っても彼を止めることはできないだろうと悟った。

「いっしょに行ってもいいのよ」と急いで言ってみる。

そう聞いて彼は一瞬ぎくりとした様子になったが、やがてゆがんだ笑みを浮かべた。「ああ、そうだね。でもきみは行かないんだ」

「だったら、フォッグを連れていって」

「フォッグの仕事はきみを守ることだ。私のことは心配しなくていい。大丈夫だから。こういったことには多少経験がある」

「これって調査の仕事と何か関係があること？」

「ああ」

サディアスは身を乗り出し、彼女にどこか有無を言わさぬキスをした。きみは私のものだ、それを忘れないようにとでもいうように。

しばしの後、サディアスは夜の闇のなかに出てドアを閉めた。

28

男の本名はフォックスクロフトと言ったが、誰からもレッドと呼ばれて久しく、母親以外で本名を覚えている者などいないのではないかと思われるほどだった。針金のようにやせていて、赤毛でずる賢く、生まれたときからずっと街のもっとも危険な界隈で生き永らえてきた男だ。その勘は研ぎ澄まされていて、路地で自分を待ちかまえていた男とはじめてかかわりを持ったときから、雇い主となったその男が危険な人物であることを察知していた。

そう判断するのはむずかしいことではなかった。街のこの界隈の暗い路地で人と会うことを恐れない紳士は、きわめて危険かどうしようもないばか者かのどちらかだったからだ。二年ほど前にはじめて会ってからまもなく、レッドは雇い主がけっしてばか者ではないと判断した。そうだとしたら、残る選択肢はひとつだけだ。

レッドは街灯が投げかけるぼんやりとした明かりのなかで足を止め、路地をのぞきこんだ。誰かがいる気がしたが、はっきりとはわからなかった。

「そこにおられるんで？」レッドは用心深く訊いた。

「ああ、レッド、ここだ。伝言は受けとった。知らせがあるとか？」

その声はつねに嵐の前に遠くでとどろく雷を思わせた。低く不気味な声。レッドは紳士の顔を見たことがなかったため、顔を思い描くことはできなかった。名前も知らなかった。しかし、夜の街でその男は〝幽霊〟として知られていた。

ときどき自分はほんとうに死人のために働いているのかもしれないと考えると、背筋が寒くなることもあったが、死人が生者よりも払いがいいということは、少なくともこの場合、否定できない事実だった。レッドは家で待つ六つの口に食料を運ばなければならなかった。

「ええ」と言ってレッドは街灯の明かりのもとという安全地帯を離れ、路地の入口に近寄った。「居酒屋で噂されているんですが、今晩また女がひとり死に、昨晩はひとり行方不明になったそうです」

幽霊はしばしの沈黙で応じた。幽霊が闇に溶けて消えてしまったのではないかとレッドが思いはじめるほど長い沈黙だった。

「その女たちの名前と住所は？」と幽霊は訊いた。

「死んだほうはベラ・ニューポートです。ダルトン・ストリートに女が借りている部屋の地下に、真夜中の怪物が残していったままの状態で今も放置されているそうです。見つけた男は自分がやったと疑われるのが怖くて警察を呼べなかったようです。女はほかの女たちと同様、喉をかっさばかれていました」

「もうひとりは？　行方不明のほうだ」

「アニー・スペンスです。ファルコンの前の路上で商売している女ですよ。居酒屋の亭主が言うには、夜じゅう居酒屋の前の街灯の下に立っていたそうです。しかし、客を二階に連れていくことはなかった。居酒屋もそうだったが、女の商売も繁盛してないなと思ったそうです。亭主は居酒屋を早く閉めて、女にちょっとばかりおたのしみはどうだと訊くために表に出たんですが、女の姿は消えてました。亭主は女の身をひどく案じていましてね。客ととんずらするような女じゃないって言うんです」

「いなくなった日の夕方早い時間にどちらかの女が男と話しているのに気づいた人間は？」

「ベラ・ニューポートについてはわかりません。ただ、アニーのほうは、居酒屋の亭主によると、ここ何日かときどき自分の様子をうかがっている紳士がいると自慢していたそうです。えらくエレガントな紳士だが、ちょっとばかり内気なせいで女に声をかけられずにいるようだと言っていたとか」

「ありがとう、レッド」

その瞬間、薄い霧のなかから馬車が現れ、そばを通り過ぎた。レッドは闇に包まれた路地から目を離さずにいた。暗闇がかすかに動いた気がしたが、確信は持てなかった。がたごという馬車の車輪の音と馬の蹄《ひづめ》の音が、たとえ足音がしたとしても、それを隠してしまっていた。

馬車がまた霧のなかに姿を消すころには、そこにいるのは自分だけだとレッドにはわかっていた。ゆっくりと前に足を踏み出す。いつものように封筒が敷石の上に置いてあった。なかにはいっている金があれば女房に新しいボンネットを買ってやれる。ベッシーは喜ぶにちがいない。女房は幽霊の助手という旦那の新しい仕事をよしとはしていなかったが、収入には満足していた。

レッドはふくらんだ封筒を上着の内ポケットに入れ、速足で家に向かった。熱い紅茶を飲み、暖かい暖炉の火の前に腰を下ろせば、自分が死人のために働いているのではないと確信が持てることだろう。

闇に包まれたあばら家の前には警察の見張りもおらず、表に野次馬も集まっていなかった。どうやらベラ・ニューポートが殺されたことはまだ警察に通報されていないらしい。しかし、すでに裏社会で噂が流れているとすれば、警察に知れるのも時間の問題だ。自分にあまり時間が残されていないことはサディアスにもわかった。

今いる通りには自分だけしかいないことを確認しようと、五感を鋭くしてじっと耳を澄ました。ほかに誰かがいる様子はなく、音もしなかった。エネルギーが動く気配もない。少なくとも彼にわかるものは。

満足してサディアスは石造りの入口の陰から出て鉄の手すりをつかみ、通りより一段低くなっている古い建物の玄関先に降り立った。頭上の街灯の明かりでその小さなスペースにごみや枯葉が吹きだまっているのがわかった。

かさこそと何かが動きまわる音がした。まもなく、餌探しを邪魔されて不満そうなネズミが二匹石段に現れ、手すりの下へ姿を消した。

日中、階段下の厨房へ明かりと空気をとり入れるための狭い窓は、この時間真っ暗で部屋のなかは見えなかった。サディアスは手袋をはめた手でドアの取っ手をまわしてみた。取っ手は楽々とまわった。

ドアを開けるとすぐに、死臭が鼻を打った。サディアスは片腕を上げて上着の袖で鼻と口を覆った。

一瞬敷居の上で立ち止まり、おぞましい空気に慣れるための時間をとった。しばらくして、街灯の明かりが窓からまったくなかに射していないことに気がついた。

ドアを閉め、マッチをすると、すぐさま窓ガラスが外の光を通さない理由がわかった。キッチンの床に敷いてあったらしいしみのついた布で窓が覆われていたのだ。さらには、小さく切られた布がドアの上のほうに釘で打ちつけられ、ガラスのパネルを覆っていた。

殺人者は殺しの前に周到に準備をしたのだ。犠牲者をつけまわして。

死体は厨房のテーブルの上にあった。縄でしばられ、さるぐつわをかまされている。ブロンドの髪と色あせたドレスは喉の無残な傷から飛び散った血でびしょ濡れだった。

サディアスはいやいやながらベラ・ニューポートの死体のそばに寄った。真夜中の怪人の犠牲者の死体を検分するのははじめてだった。

女がナイフで切られて殺されたという事実には心の準備ができていた。ほかのふたりの犠牲者も同様の手口で殺されたという噂が出まわっていたからだ。結局ナイフは犯罪社会でもっとも好まれる武器なのだ。銃とちがって音もせず、効率もよく、やすやすと手にはいる。サディアスが予期していなかったのは、死体のそばのテーブルの上に小さな頬紅入れが置いてあったことだった。

29

「ベラ・ニューポートも、デルブリッジの邸宅で見つけた気の毒な女の人を殺したのと同じ男に殺されたっていうの?」リオーナはたった今耳にしたことが信じられなかった。が、すぐに、サディアスが真夜中の怪物が犯した殺人事件を調査していると知って受けたショックから自分がまだ立ち直っていないのだと思った。

ヴィクトリアは口をぽかんと開けてサディアスを見つめている。「真夜中の怪物がデルブリッジのパーティーに招待されていたっていうの? パーティーの客だったって?」

「招待状を受けとっていたかどうかはわかりません」サディアスはうなじを手でこすった。「ただ、あの晩あそこにいたのはたしかですね。そいつがここ数週間にわたって私が行方を追っているハンターであるのもたしかです」

午前五時を少しまわった時間だった。三人は書斎に集まっていた。リオーナとヴィクトリアはガウンをまとっている。朝食の準備のために起きていた料理人のひとりがお茶とトーストのトレイを送ってよこしていた。リオーナが思うに、ほかの家だったらどう考えても奇妙な状況に、この家の使用人たちはまったく動じていないようだった。

すわっていないのはサディアスだけだった。黒いシャツにズボン、ブーツといういでたちで窓辺に立っている。まわりには目に見えないエネルギーが絶えず沸き立っていた。少し前に彼が部屋にはいってきたときから、フォッグがそれを感じとっていた。今、犬はサディアスのそばを離れず、彼が歩くとついてまわった。

「展示室で見つけた死体のそばに頬紅入れがあったのを覚えているかい、リオーナ？」サディアスが訊いた。「きみが靴の爪先で蹴飛ばしたものだ」

リオーナは顔をしかめた。「あなたの手から逃れようとしたときに何かを蹴ったのは覚えているけど――」ヴィクトリアに興味津々のまなざしを向けられているのに気づいて、突然リオーナはことばを止めた。それから急いで咳払いをした。「つまり、爪先で何か小さなものを蹴ったことは覚えているわ。あなたがそれを拾い上げてたけど、わたしはなんであったか見てないの」

「頬紅入れさ」サディアスは机のところに戻り、小さなピンクのバラをあしらった、白い磁器の入れ物を手にとった。「ベラ・ニューポートの死体のそばで今夜見つけたのもこれによく似ていた」

三人は頬紅入れに目を注いだ。ヴィクトリアがサディアスに目を戻した。

「頬紅入れがあったからって何がおかしいの？」ヴィクトリアは訊いた。「その気の毒な女の人は娼婦だったって言ってたでしょう。そういうことを生業《なりわい》にしている女の人は化粧をするものだとみんな知っているわ」

サディアスは眉根を寄せた。「そういう生業の女？　化粧をするのは娼婦だけだとでも？」

ヴィクトリアはリオーナに目を向けた。

リオーナは咳払いをした。「女優も化粧はしますわ」

「それにもちろんフランス女も」ヴィクトリアは分別をわきまえているといった様子で言った。「でも、イギリスのご婦人はさりげない美容品しか使わないわ。顔を純粋な天然水で洗って、きゅうりかレモンのスライスを使ってパックをする人もいるでしょうけど、それだけよ」

「まあ、たまにクリームや卵白のはいった栄養クリームを肌に塗る人もいるでしょうけど」とリオーナがためらうように言った。

「でも、頬紅みたいに低俗なものは使わないわ」ヴィクトリアはきっぱりと言った。

サディアスは腰に手をあてた。「信じられないな。舞踏会ですべてのご婦人たちが唇やら頬やらを赤くしているのが、日々天然水で顔を洗ってきゅうりのパックをしているからだなんてぬけぬけと言うわけですか？」

「そういう若々しい顔色になるためのヒントを載せている婦人雑誌もあるわね」ヴィクトリアがしぶしぶ認めた。「そう、ごくささやかなごまかしにすぎないけど」

「どんなヒントです？」とサディアスが食い下がった。

リオーナはお茶のおかわりを注ごうと身を乗り出した。「舞踏会へ行く前に唇を強く噛んだり頬をきつくつねったりすると効果的というような助言よ」

サディアスは苛立ったように顔をしかめた。「ばかばかしい。自分でもよくわかっているだろうに。化粧品や美容用品の製造者はイギリスで大儲けしている。彼らが女優や娼婦や、たまさかやってくるフランス人旅行者だけに製品を売って財産を作ったなんて言わないでくれよ」

それに答えるのはヴィクトリアにまかせ、リオーナは黙ってお茶を飲んだ。

「わかったわ、サディアス」ヴィクトリアは口を引き結んで答えた。「イギリスのドレッシング・テーブルの上にもたくさんの頬紅入れが載っていることは認めるわ。でも、この部屋を出たら、そのことについてはひとことも口に出してはだめよ。わかった?」

リオーナは笑みを隠した。「イギリスのご婦人の評判はあなたにかかっているわ」

サディアスは髪を手で梳《す》いた。「ご婦人が化粧品を使うかどうかについてこんな嘘八百がまかりとおっているなんて信じがたいな」

ヴィクトリアはお黙りというような目をくれた。「品位を保った女が寝室でひとりでいるときに何をしてよくて何をしてはいけないかをとやかく言っているわけじゃないの。はっきりさせておきたいのは、化粧品を使うのはひどく下品だと思われているということよ」

リオーナはその意味をよく考えてからヴィクトリアに目を向けた。「犠牲者が娼婦であることを殺人者がはっきりと示したいと思ったら、現場に頬紅入れを残していくかもしれませんね」

ヴィクトリアはうなずいた。「そう、その女が街娼であることを告発する象徴的な方法になるわ」

サディアスの目の隅の皺が少し深くなった。「ベラ・ニューポートの場合、殺人者は入れ物を残しておくだけにとどまらなかった。犠牲者の顔に大量の頬紅をなすりつけている」

ヴィクトリアはぎょっとして甥を見つめた。「殺人者がその人の顔に頬紅をなすりつけたっていうの？　死ぬ前に犠牲者自身がつけたんじゃないのはたしかなの？」

「頬紅をつける前に怪物が血をぬぐわざるをえなかった部分がありましたから」サディアスは静かに答えた。

「なんてこと」ヴィクトリアは身震いした。

リオーナは顔をしかめた。「デルブリッジの博物館にいた女の人はどうだったの？」

「彼女の場合はわからないな」サディアスは答えた。「きみも覚えているだろうが、明かりがとぼしかったし、死体をよく調べる暇がなかった」そう言って手に持った頬紅入れをしげしげと眺めた。「しかし、この頬紅が現場にあったことから、女を殺したのが真夜中の怪物であることはかなりたしかと言っていいと思う」

「デルブリッジ卿の家のお客が」ヴィクトリアは驚愕《きょうがく》して首を振った。「でも、どうしてそんなことをするの？　そういう行動をとる理由がわからないわ」

「娼婦を斬り殺すのに理由なんてありませんよ」サディアスは指摘した。「犯人は殺しをたのしんでいるんでしょう。おそらく現場に頬紅入れを残していくのはそいつにとってサインを残すのと同じなんです」

「その男、正気じゃないわ」リオーナはささやいた。

「気が変なのさ、たぶん」サディアスも同意した。「ただ、頭は悪くない。知恵が働くんだな、これまで人目につかずにすんでいる」

「その怪物がハンターだというケイレブ・ジョーンズのことばが正しいとしたら、これまで見つからずにきたとしても不思議はないわね」ヴィクトリアが言った。

サディアスは小さな入れ物を見つめつづけていた。「夜ごとちがう獲物を選ぶハンターのようだな。わからないのは、なぜパターンを変えるかだ」

リオーナは眉を上げた。「デルブリッジの博物館で死んでいた女の人のことを言っているの？」

「ああ」サディアスは机の横に寄りかかった。「なんにせよ、われわれが見つけたあの女がふつうの街娼でなかったのはたしかだ。しゃれた女で、娼婦にしても高級娼婦だったことはまちがいない。なお興味深いことに、スコットランド・ヤードの友人によると、あの女が殺されたことはまだ警察に通報されていないそうだ」

「デルブリッジが犯罪を隠蔽しているのね」リオーナが言った。

「殺人は隠しきれないわ」ヴィクトリアが小声で言った。

「今回の場合はそうじゃないようですね」とリオーナ。

「いずれにせよ、まだ暴かれていないというだけだ」とサディアスが言い直し、ヴィクトリアに目を向けた。「もっと情報を集めなければ。それも急いで。助手がいてもいいんですが、ヴィッキー伯母さん」

ヴィクトリアは目をみはった。「わたしに調査を手伝ってほしいというの？」

「その気がおありなら」とサディアス。「危険がないことは保証します」

いつになく活力に満ちて、ふだんはいかめしいヴィクトリアの顔が輝いた。「この恐ろしい人殺しに正義の鉄槌《てっつい》をくだせるなら、喜んでお手伝いするわ。でも、わたしに何ができるというの？」

「伯母さんは化粧品にずいぶんと詳しいようですね。今日の午前中に買い物に出かけてもらって、この頬紅入れを売っている店を突きとめられるかどうかやってみていただきたい。どうやらかなり高価なもののようです。そう考えれば、こうしたものを売っている店もかぎられてくるはずだ」

「ええ、そうね」ヴィクトリアはまだどこかぼうっとしながら言った。「たしかにこういう高級な化粧品を売っているお店ならいくつか心あたりがあるわ」

「わたしは何をしたらいいの？」リオーナがサディアスに言った。「あなたとあなたの大伯母様が調査に出かけているあいだ、ここでじっとドレスの試着を待っているなんていやよ」

サディアスはにっこりした。「今日はいっしょに訪ねたい人がふたりいる。最初のひとりはたぶん、殺人者に会ったことがあり、その人となりを詳しく教えてくれる人物だ」

「ほんとうに？　すばらしいわ。誰なの？」

「きみがかなりよく知っている人物だよ」

リオーナは信じられないという目をした。「真夜中の怪物に会ったことがある人物とわたしが知り合いだっていうの？」

「残念ながらね」とサディアスが答えた。

30

「おいおい、ミセス・レイヴングラス、前にも言ったが、その犬を私の診察室のなかに連れてはいることはできないよ」ドクター・チェスター・グッドヒューが机の後ろで立ち上がり、苛々とフォッグを見つめた。「衛生的ではないからね」

「そうかもしれない」とリオーナは言って、帽子についた黒いヴェールの陰で笑みを浮かべた。「でも、あなたが最近送りこんできてくれている悪質な顧客のおかげで、自分の身を守るすべが必要であることがわかったので」

自分が侮辱されていることに気づいていないフォッグは前足を伸ばして床に寝そべり、グッドヒューに揺るがないまなざしを向けた。

サディアスはリオーナとフォッグの後ろから診察室にはいった。静けさと影という目に見えない外套《がいとう》に身を包み、そばに立ってじっと医者を見つめている。リオーナが思うに、顔にはフォッグそっくりの表情が浮かんでいる。どちらも、ただひたすらグッドヒューの喉に噛みついてやりたいという顔だ。

グッドヒューはそこではじめてサディアスに気づいた。

「失礼いたしました」医者は急いで言った。「そこに立ってらっしゃるのに気づきませんで。きっと〝グッドヒューの男性用強壮剤〟の特別販売についてお尋ねにいらしたんでしょうね。すぐにお相手いたしますから」

「急がなくていい」とサディアスは言った。その声には部屋を不穏な空気で満たすだけのエネルギーがこめられていた。「私はこのご婦人の連れだ」

グッドヒューは真っ青になった。見るからに必死におちつきをとり戻し、リオーナに顔を振り向けた。「顧客の質がどうのとは？」

「とり決めがあったはずよ、ドクター・グッドヒュー」リオーナはぴしゃりと言った。「そちらはわたしのところへ水晶による治療のために送りこんでくる顧客が人品卑しからぬ人たちであることを保証することになっていた。その見返りとしてわたしからかなりの額の紹介料をとっているわ。でも、一昨日送りこんできたミスター・モートンという紳士は、わたしがちがう類《たぐ》いの仕事もしていると信じているようだった」

グッドヒューは顎を引いた。目はおどおどとフォッグとサディアスを見比べている。「なんの話をしているのか見当もつかないが」

リオーナは机に二歩近づいた。「モートンはわたしが男の人の神経組織のとどこおりを解消する治療も行っていると思っているようだった。どうして彼はそういう印象を受けたのかしら?」

リオーナが動くやいなや、フォッグが立ち上がり、小さくうなった。グッドヒューはぎょっとした様子で後ろに飛びすさった。体が壁に激しくぶつかった。

「なんの話をしているのかまったくわからないな」彼はどうにかことばを押し出した。「モートンがどう思いこんでいたにせよ、私のせいではない」

「いいえ」リオーナが言った。「モートンがはっきり言っていたもの。彼の悪夢は男の体液がたまっているせいだってあなたに診断されたそうよ。そのたまった体液が神経にストレスを与えて悪夢を産むんだって」

「きっと彼が誤解しただけだ」

「あなたが親密な状況での一時間の個人治療を約束したって言っていたわ」

「だから? そういう状況できみは水晶を使った治療を行っているんじゃないのか? 客とふたりきり、親密な状況で」

「わたしの治療がどういうものか、わざとまちがった期待をモートンに抱かせたことは自分でもよくわかっているくせに。おまけに、わたしの特別な奉仕に追加料金までふっかけたそうね」

「なあ、いいかい、最近顧客はだいぶ少なくなってきているんだ——きみにもそれはわかっているだろう、ミセス・レイヴングラス」

「それとわたしを娼婦として売りこむこととどういう関係があるの?」

グッドヒューは両手を広げた。「私は独自性を売り物にしようとしただけだ」

「独自性？　あなたは娼館の主人の役割を演じただけよ」

「モートンには私の紳士用強壮剤が効かなかったんだ。はっきり言って彼はきみの水晶を使った治療にもあまり乗り気でなかった。心霊能力なんてくだらないことは信じないと言ってね。何か斬新なことを思いつかないと、顧客を失うことになりかねなかった。水晶による治療が悪夢に効くという以外に特別なことは何も言っていない」

「ミスター・モートンがそれ以上を期待していたのはたしかだけど」

「だからといって私のせいじゃない」

「そうだとしたら、どうして追加料金を請求したの？」

グッドヒューは身を起こして肩を怒らせた。「われわれ両方のためさ。そろそろ料金を見直すころあいだと思ったんだ。受けとった追加料金の半分はきみに渡すつもりでいた」

「嘘ばっかり。自分が料金を釣り上げていることすらわたしに知られまいとしていたくせに。男性液がたまっていると診断した客はほかにどのぐらいいるの？」

「おちつくんだ、ミセス・レイヴングラス」グッドヒューは両手をひらひらさせた。「きみのところにそういう客を送りこもうと思いついたのはつい最近だ。これだけは言っておくが、まずは私の強壮剤をためしてみてうまくいかなかった客しか紹介していない」

リオーナはさらに一歩机に近づいた。「ほかに何人いるの、グッドヒュー？」

グッドヒューは咳払いをし、ネクタイをゆるめてサディアスのほうにおどおどと目を向けた。「それほどには」

「何人？」

グッドヒューは降参したようだった。「ふたり。モートンが最初だ。ふたり目の紳士の予約は今日だ」

サディアスが動き、わざとゆっくりと机のほうに歩み寄った。「予約帳を見せてもらおうか、グッドヒュー」

グッドヒューは眉をひそめた。「なぜだ？」

「あと何人、男性液がたまっているせいでいやらしい夢を見る客がわたしの治療室にやってくるのか知りたいからよ」リオーナが冷たく言った。

「言っただろう、そういう客の予約はあとひとりだけだ」グッドヒューは恐る恐る机に戻り、革表紙の手帳を開けた。「自分で見てみるといい。さっきも言ったが、今週は予約が少ないんだ」

サディアスは手首をすばやく返して予約帳を逆さにした。そして、リオーナとふたり、その週の予約を示すページを見下ろした。女性客の予約が三件はいっていたが、男性はふたりだった。モートンともうひとり。

サディアスはグッドヒューに冷たいまなざしを据えた。「ここ一週間でミセス・レイヴングラスを紹介した男はこのふたりだけか？」

「ああ、ふたりだけだ」グッドヒューは小声で答えた。

サディアスは水曜日と書かれた欄を指で差した。「スミスはいつ予約を入れた？」

「一昨日」

「午前か午後か？」サディアスが尋ねた。

グッドヒューは言いよどんだ。「たしか、午前の遅い時間だった。なあ、それが重要なのか？」

サディアスはその質問を無視した。「どういう人物だった？」

グッドヒューはわざとらしく薄い両方の肩をすくめた。「歳は二十代後半。髪は淡い色だった。とてもエレガントなタイプで、女たちがえらくハンサムだとみなすような紳士だ」そう言ってリオーナをねめつけた。「どこにもいかがわしいところのない紳士であるのはたしかさ」

「どんな装いをしていた？」サディアスが訊いた。

「高そうな」グッドヒューが簡潔に答えた。

「上着は薄い色か、濃い色か？」

「覚えていない」

「宝石は身につけていたか？　指輪は？　スティックピンは？」

グッドヒューの顔が強情な色を帯びた。「なあ、ほんの数分しかここにいなかった客についてそんなに詳しく覚えているわけがないだろう」

「いや、グッドヒュー」サディアスは言った。今度は一言一句に催眠術の力をこめている。

「ミスター・スミスと名乗った客についてきみは何から何まで思い出すんだ」

リオーナは幽霊に遭遇したかのように身震いした。サディアスがその能力を向けているのは彼女に対してではなかったが、その場に渦巻くエネルギーは感じとれたのだ。フォッグもそうだった。犬は小さく鳴き、グッドヒューからけっして目を離さなかった。

机の向こうでグッドヒューは人間の形をした銅像と化した。目を中空に向けている。その顔から感情が消えた。

「思い出す」と抑揚のない声で言う。

サディアスは容赦なくグッドヒューからスミス氏についての詳細を引き出した。終わるころには、リオーナにも疑う余地のないことがわかっていた。淡いブロンドの髪からステッキまで、クリーヴズ夫人がヴァイン・ストリートで見かけた男の様子とぴったり符合する。より近くでスミスを見たグッドヒューはさらに詳しく男について説明できた。

「……縞瑪瑙のついた大きな銀の指輪を右手にしていた」彼はのろのろと言った。

「……ステッキには鷹《たか》の首の形に彫られた銀の取っ手がついていた……」

「……目はとても薄いブルーグレーで……」

尋問が終わると、サディアスはリオーナに目を向けた。まだ熱く燃えているその目には底知れぬものがあった。その炎を見つめすぎると、自分も炎のなかにはいっていきたいという思いに抗《あらが》えなくなるのではないかという気がするほどに。

「彼はマリゴールド・レーンにあるきみの治療室へ行き、きみがそこを出るまで張りこんでいたんだ」サディアスは言った。「それから家まできみのあとをつけ、家探しの機会を狙って待った」

リオーナは身震いした。「その男は人を殺すのをたのしむような人間よ。きっとミセス・クリーヴズとわたしが家にいるあいだに押し入らなかったのは、フォッグがいたからにすぎないわ。フォッグがいなかったら――」

リオーナは最後まで言うのがいやでことばを止めた。

ふたりはフォッグに目を向けた。フォッグはどうしたのと訊くように目を見返してきた。

リオーナは犬の毛を撫で、サディアスのほうを振り向いた。「ほんとうにミスター・スミスが真夜中の怪物だと思う？」

「私が思うに疑念の余地はないな」サディアスはドアのほうを振り返った。「おいで。次の約束に向かわなければ。デルブリッジの博物館で死んでいた女の名前を知る必要がある」

リオーナは机の向こうで身動きひとつせずにいる男をちらりと見やった。「ドクター・グッドヒューはどうなるの？」

「彼がどうだって？」サディアスは診療所の玄関のドアを開けた。「永遠にああやって立っていればいい」

「このまま放置はできないわよ、サディアス。妖術がとけるまでどのぐらいかかるの？」

冷めかけていた目がまた熱くなった。

「くそっ、これは妖術じゃない」

リオーナはその激しい反応に虚をつかれた。

「ごめんなさい」そう言ってフォッグといっしょにドアへと急いだ。「怒らせるつもりはなかったの」

サディアスは厚いヴェール越しになかを見通せるかのようにリオーナを見た。

「私は妖術師じゃない」と穏やかな声で言う。

「もちろんちがうわ」とリオーナも言った。「妖術なんてものはないのよ。わたしが妖術ってことばを使ったのは比喩《ひゆ》的な意味でだわ」

「どういう意味でもそのことばは使ってほしくないな」サディアスは歯を食いしばるようにして言った。「私に関して言う場合は。私は催眠術師だ。強力な催眠術師であるのはたしかだが、それは心霊的な能力ではあっても、超能力とは言えない」

「ええ、わかってるわ、でも――」

サディアスは凍りついたようになっている男に顎をしゃくった。「催眠術には妖術めいたところは少しもない。催眠術師としての能力を使って一時的に彼の五感を麻痺《まひ》させているだけだ。催眠術師の多くはさまざまな程度までそれができる。その状態になると、催眠術をかけられた人間は言われたとおりに動かされることになるが、それと妖術とは別物だ。催眠術はある種の波長を操作するだけのことなんだ」

リオーナは突如として理解した。

「黒魔術に手を染めていると非難されているのはあなただけじゃないから安心して」と静か

に言った。「リトル・ティックトンで仕事をしているときに、わたしのやっていることは邪悪なことだと一度ならず司祭にお説教されたものよ。そんな仕事はやめるようにと強く言われたわ。祖先の女たちは秘密裡に水晶を使わなければならなかった。さもないと逮捕されて火あぶりの刑に処される危険があったから。自分は魔女や女妖術師の世界をなくすために神から使命を受けた身だと考える狂信的な人間たちから命からがら逃げ出した者も少なくなかった。今だって、ソサエティ内には、水晶使いはカーニバルの曲芸師と変わらないと考える人がいるわ」

サディアスはさらに数秒間気を張りつめ、身動きひとつせずにその場に立っていた。が、やがて緊張の糸がほどけたようだった。目が冷静になる。

「ああ」サディアスは言った。「わかってくれたんだな。きみははじめからわかってくれていた。さあ、ここを出よう」

リオーナは咳払いをした。「ほんとうにドクター・グッドヒューをこのままにしてはいけないわ、サディアス。正気に戻らなかったらどうするの？　誰かがはいってきて、彼が心臓発作を起こしたとか麻痺状態におちいっていると勘ちがいしたら？」恐ろしい考えが心に浮かんだ。「ああ、もしかして死んでしまったなんて思われたらどうしよう。まだ生きているのに？　そういうぞっとするような話を聞いたことがあるわ。みんなに死んでいると思われて生きたまま埋葬された人の話」

サディアスは一瞬オオカミのような笑みを浮かべ、またリオーナをぎょっとさせた。「想像力が豊かだと言われたことはないかい?」

リオーナは眉をひそめた。「長年ほかの人の夢をあやつってきたせいよ、たぶん。サディアス、ドクター・グッドヒューのことはあまり好きじゃないけど、催眠状態で放っておくべきじゃないと思うわ。自分じゃどうしようもできないんだから」

「おちつくんだ。私が催眠状態を解く特別な指示を与えなくても、催眠の効果は数時間で薄れる。催眠術の問題は——心霊的に強化された催眠術であっても——結局は催眠状態が薄れてしまうということだ。今回のような場合には困ったことだが」

「解いてあげて」苛立ちを募らせてリオーナが言った。「このままの状態でいたらあぶないわ。泥棒がはいってきたらどうするの?」

サディアスの口がゆがんだ。「わかったよ。グッドヒューの男性用強壮剤一年分を求めてロンドンじゅうを駆けずりまわっている泥棒がそんなに多いとは思えないが。それでも、きみの気がやすまるなら、解いてやろう」

「ありがとう」

サディアスの声がやわらかく部屋じゅうに響きはじめ、やがて無限の力を持つ大海のように部屋を満たした。「グッドヒュー、おまえは時計が十五分を打ったら目覚めるのだ。わかったか?」

「はい」グッドヒューが答えた。

サディアスはリオーナの腕をとって玄関の石段へと連れ出した。

リオーナは肩越しに振り返った。「催眠状態にあるときに自分が話したこと、覚えているのかしら？」

「いや、私が戻って思い出せと指示しないかぎりは」サディアスはまた笑みを浮かべた。今度は満足げで愉快そうだった。「しかし、最近紹介を受けた客についてきみがひどく不愉快な思いをしていることは覚えているはずだから、安心していい。フォッグのこともすぐには忘れないだろうしね」

リオーナはため息をついた。「こういうことがあった以上、この問題に片がついたら、紹介してくれる代理人を変える必要がありそうね。しばらくはお客の数も激減するわ」

31

その日の午後三時、ふたりは面会の約束を得てブルーゲート・スクエアにやってきた。フォッグはいっしょではなかった。ウェア家の庭に置いてこられたのだ。

ふたりは最新のスタイルで装飾された大きな書斎に通された。高い窓にかけられたダークレッドのカーテンが金色のひもでしばって束ねられている。床には赤と青と金色の繊細な花模様のカーペットが敷かれている。壁紙はそれと同じ色使いの細かいストライプ模様だ。

アダム・ハロウが磨きこまれた大きな机の端にけだるく優美に腰をかけている。

ピアース氏は机に向かってすわっていた。背は高くないが、がっしりとした体格で、そのたくましい外見は波止場にいてもなじみそうだった。黒い髪には白いものがちらほらまじりはじめている。輝く青い目はリオーナとサディアスを見つめていた。

暖炉の前のカーペットの上には大きな猟犬が寝そべっていた。リオーナはフォッグをともなえない一番の理由はその犬だとサディアスに説明していた。シーザーは自分の縄張りにほかの犬がはいることを許さなかったのだ。

犬は年寄りらしい威厳をただよわせながら立ち上がり、ぎごちない足どりで客を出迎えた。

「こんにちは、シーザー」リオーナは手袋をはめた手で犬の耳を礼儀正しくかいた。

シーザーはサディアスのほうに顔を向けた。彼も同様に挨拶すると、大きな犬は満足して暖炉の前の居場所に戻り、また寝そべった。

ピアース氏は机の後ろで立ち上がった。

「ミス・ヒューイット」ブランデーと葉巻をたしなむ者の声で言う。「いつもながら、お会いできて光栄です」

リオーナは温かい笑みを浮かべた。「今日会ってくださってありがとうございます、ミスター・ピアース」

「当然ですよ。おすわりください」ピアースはそう言ってサディアスに会釈した。「ミスター・ウェア」

「ミスター・ピアース」サディアスは男らしいそっけなさで会釈を返すと、アダム・ハロウにも同様に会釈した。「ミスター・ハロウ」

アダムの口がつまらなそうな笑みの形にゆがんだ。「最近はどこへ行っても必ずあなたにぶつかるな、ウェア」

「偶然とは奇妙な力を持つものだからね」とサディアスは応じた。

アダムは苦痛を顔に浮かべた。「偶然なんて信じないね。あなたのアーケイン・ソサエティのお仲間たちもそうだろうが」

サディアスはかすかな笑みを浮かべた。「そういうことなら、きみが私を始末するのにもっと思いきった手段に出る気にならないよう祈るしかないな」

ピアースの眉がおもしろそうに上がった。「あなたを始末するのはかなり大変そうな感じだ」

しかし、大変であってもまるでなじみのないことでもあるまいとサディアスは胸の内でつぶやいた。「あなたにそういう骨折りが必要な事態にならないよう、最善を尽くしますよ」と声に出して言った。

ピアースは声を殺して笑った。「お互いよくわかり合えたようですな。おすわりください」

書斎のドアが音もなく開いた。若い従者がお茶のトレイを持って現れた。それを低いテーブルの上に置くと、ピアースに目を向けた。

「ありがとう、ロバート」ピアースは言った。「あとはいい」

サディアスはロバートの繊細な顎の線と体にぴったりした制服のふくらはぎのカーブをまじまじと眺めた。書斎へと導き入れてくれた執事もそうだったが、従者もまた男の服を着た女だった。ピアースの家の者は全員、男として暮らす女のようだ。

ピアースはリオーナに目を向けた。「お茶を注いでいただけますかな?」

「喜んで」リオーナは身を乗り出してティーポットを手にとった。

アダムが机の端から降り、リオーナがカップに注いだお茶をくばりはじめた。ピアースにカップを渡すときには、目立たないごくささやかな素振りではあったが、かすかに親密さが感じられた。サディアスはふたりがいっしょにいるのをはじめて見たときから、恋人同士だろうと思っていたが、今日その推測が確信に変わった。

「さて」ピアースが言った。「ご要望どおり、デルブリッジのパーティーに参加していた客のリストを用意しました。好奇心で訊くのを許してもらえるなら、リストをお渡しする前にそれを必要とする理由をお訊きしたいものですな」

リオーナはティーポットを置いた。「あの晩わたしたちが死体を見つけたご婦人の名前がリストに載っているんじゃないかと思って」

「ああ、そのことならアダムから聞いています」ピアースは眉根を寄せた。「名前さえ知らない女の死について調べているのはなぜですかな？」

サディアスは椅子に背をあずけた。「彼女を殺した人間が、最近少なくともふたりの娼婦を殺している人間と同一人物ではないかと疑う理由があるからです」

アダムは驚いて彼を見つめた。「新聞が真夜中の怪物と呼んでいる悪魔のことを言っているのか？」

「ああ」サディアスは答えた。「私は殺人者を見つけるようアーケイン・ソサエティから雇われている身だ」

ピアースは興味を惹かれた様子だった。「それで、どうしてソサエティがそうした殺人事件に関心を？」

「殺人者がある危険な能力を持っていて、警察にはやつをつかまえることができないだろうと思われるからです」

「なるほど」ピアースはそれほど驚きもしなかった。「それで、ソサエティはその殺人者をつかまえなければならないと義務感に駆られたわけですな？　なんとも高尚なことだ」

「必ずしも世のため人のためというわけではありません」サディアスはそっけなく言った。「もちろん、ソサエティでは殺人者がそうした能力を持つせいで警察には阻止できない事件を起こすのを懸念してはいますが、万が一そいつが警察に逮捕されたりしたら、そいつの持つ超能力が報道機関に暴かれるのではないかと恐れる気持ちもあるわけです。そうなれば、新聞やゴシップ誌が大々的に騒ぎ立て、一般大衆の考え方に強い影響を与えかねない」

「ああ、たしかに、それでわかりました」ピアースは納得したようにまたうなずいた。「そうやって暴かれた場合にどうなるかを恐れているわけだ」

「たいてい世間は超能力というものを疑ってかかるか、興味津々で見るかのどちらかですから」サディアスは言った。「最悪の場合、強い力を持つ人間を詐欺師とみなすこともある。そういう人間はよくてもいんちきくさい治療を行う者や曲芸師としかみなされない」

アダムがまた机の端に腰を載せた。「でも、真夜中の怪物がそういう危険な超能力を持っていると喧伝《けんでん》されれば、世間の反応はきわめて敵意に満ちたものとなる。真に力を持った者を含め、霊能力を持つと主張する者たちを十把ひとからげに扱いかねない」

「当然ながら、アーケイン・ソサエティはそういうことが起こらないようにしたいと思っている」サディアスは穏やかに言った。

ピアースとアダムは目を見交わした。深いところでわかり合っている者同士の目だ。

「世間がそういう反応を見せることで、それなりの社会基準にかなっていないとみなされる者たちが生きにくい思いをするのはたしかですな」ピアースが静かに言った。

「わたしたちに力を貸してくださいます？」とリオーナが訊いた。

「客のリストをお渡ししましょう」ピアースは机の引き出しを開け、紙を一枚とり出した。

サディアスは椅子から立ち、その紙を受けとった。名前に目を走らせる。「どうやってこのリストを手に入れたかは訊かないでおきましょう」

ピアースは肩をすくめた。「別にお話ししてもかまいません。たいしてむずかしいことはなかった。デルブリッジが催し物を開く場合は秘書を雇うんだが、たまたまその秘書が私の秘書の友人だったわけで」

リオーナはにっこりした。「世間は狭いんですね」

アダムがにやりとした。「上流階級に雇われる私的な秘書の世界はたしかに。彼らは雇い主の社交の輪よりもずっと狭く緊密な関係を築いている」

サディアスはリストをよく調べた。「名前の大半はデルブリッジの男の客のものだ。真夜中の怪物の名もこのなかにあるんでしょう。しかし今はご婦人の名前に注目したい。ご婦人の名前は十あまりある」

「高級な夜の女たちばかりですな」とピアースが言った。

「そのうちのひとりはもはやこの世にいない」サディアスが応じた。「人が殺されていたことは通報されていないが、リストに載っているほかの女たちのなかに仲間のひとりがいなくなっていることに気づいている者がいるかもしれない。高級娼婦の世界もまたかなり狭いものだから」

ピアースは椅子に背をあずけた。「重要なことかどうかはわからないが、あの晩あそこにいて、そのリストに名前が載っていない女がひとりいます」

サディアスはそれを聞いて目を上げた。「誰です?」

「デルブリッジの愛人です。劇場でいっしょにいるのを見たことがあります。正式に紹介されたことはないが、並はずれて美しい女だった。その女については誰もよく知らない。しかし噂はあります」

「どういう噂ですの?」リオーナが訊いた。

「かつて女優だったと言われています。加えて、あまりデルブリッジに貞節な愛人ではないという噂も聞いたことがある」

リオーナはサディアスに目を向けた。「展示室で死んでいた女はあの晩、あいびきの約束をしていたようだったわ」

「デルブリッジの愛人は彼の庇護《ひご》を受けながら、つかのまの関係を山ほど結んでいるという噂を聞いたことがあります。相手はすべて古代の遺物を収集している紳士だとか」

サディアスはピアースに目を向けた。「そしてデルブリッジはほかの方法では入手できない収集品を盗む嗜好《しこう》がある。競争相手の収集品を手に入れるのに愛人を利用する習慣があったのかもしれない」

「男が目的を達するのに美しい女を使うのは今にはじまったことじゃありません」とピアースは言った。

「デルブリッジは自分でエスコートするつもりだった愛人にわざわざ正式な招待状を送ったりはしなかったかもしれないわね」とリオーナが言った。

「もしくは、彼女がその晩、命を絶たれるとデルブリッジには前もってわかっていたために、リストから名前をはずしておいたとか」サディアスが静かに言った。「捜査の手がはいった場合に、彼女があの晩、邸宅内にいたという正式な記録を残しておきたくなかったわけだ」

しばしの後、ふたりはピアースの家をあとにした。雇った馬車が表で待っていた。サディアスは馬車に乗るのにリオーナに手を貸した。濃い紫色のドレスのスカートが彼の腕にこすれて音を立てた。ストッキングを穿《は》いたきれいな曲線の脚がちらりと見え、サディアスはなんともそそられる思いに駆られた。脚はすぐにペティコートのふわふわとした襞の下に隠れた。温室での出来事がよみがえり、五感が焼かれる気がした。サディアスの体が内側からきつくこわばった。

彼はリオーナのあとから馬車に乗りこんで扉を閉め、向かい合う席に腰を下ろすと、リオーナがスカートの凝った襞や縁飾りを直すのを眺めた。

「ご婦人がときおり男の服を着るほうが楽で便利と思う気持ちもわかるな」と彼は言った。「しかし、男の立場から言わせてもらうと、ドレスをまとったご婦人の姿には称賛すべき点がおおいにある」

リオーナは冷ややかな笑みを浮かべた。「女の立場から言わせてもらうと、選択肢を持つということにも称賛すべき点がおおいにあるわ」

馬車が重々しい音を立てて進み出した。サディアスは振り返ってピアースのしゃれたタウンハウスに目を向けた。「ピアースの人生にかかわっている女は、みな男の服を着て暮らすためにドレスとペティコートを身につける選択肢を放棄しているようだな」

「使用人たちもみな女だって気づいたの?」リオーナは驚いて訊いた。

「ああ」

「どうしてわかったの?」

サディアスは肩をすくめた。「当然と思われるものを一度疑い出すと、仮面の下に隠されたものが見えてくるものさ」

リオーナは彼の視線を追ってタウンハウスの玄関に目を向けた。「おもしろいのは、仮面の下に隠されたものが見える人がどれほど少ないかということよ。ミスター・ピアースやアダムや彼らと親しいヤヌス・クラブの会員たちは定期的に男の恰好で出歩いているけど、これまで誰にも気づかれていないようよ」

「私が興味をそそられるのは、彼らが男に扮した女だという事実じゃない」とサディアスは言った。

「何に興味をそそられるの？」

サディアスはにっこりして片方の脚を伸ばし、偶然を装ってリオーナの紫色のドレスに触れた。

「今セント・ジェイムズ・ストリートにあるクラブでブランデーと葉巻をたしなんでいる紳士たちが、ロンドンでもっとも裕福で誰よりも謎めいた罪深い貴族のひとりが女だと知ったときにどんな反応を見せるかさ」

32

静まり返った部屋に足を踏み入れたデルブリッジの全身に熱い興奮の波が走った。この瞬間を何カ月も待っていたのだ。

古びた石造りの部屋には窓がなかった。外の霧と同じようにどんよりと、不気味な力が四つの壁のなかに垂れこめている。

邪悪なエネルギーのオーラは想像の産物ではなかった。研ぎ澄まされたデルブリッジの五感は、部屋のなかで渦巻く強い超常的なエネルギーを感知していた。そのエネルギーは大きな蹄型のテーブルについている五人の男から発せられていた。みな高い能力を備えた面々だ。

ひとりとして知っている顔はなかった。〝エメラルド書字板《タブレット》学会〟という名前しか知らない陰謀組織の第三分会《サード・サークル》に属する五人の会員は、不可解な錬金術の記号を刺繍《ししゅう》した頭巾つきのローブを身にまとっていた。みな顔が陰に隠れるように頭巾を深くかぶり、顔が半分隠れるマスクまでしていた。四人のマスクは銀色で、会長らしき五人目のマスクは金色だった。

「よくいらした、デルブリッジ卿」会長が言った。マスクのすきまからのぞく目がきらりと光る。「エメラルド書字板学会のサード・サークルの会員はきみからの献納品をたのしみにしている」

デルブリッジの血管が重々しく脈打った。水晶が献納品でないことは互いにわかっていた。それは入会金だった。この男たちから課せられた任務を自分ははたしたのだ。自分が彼らと同席する価値のある人間であることをみずから証明したわけだ。

「お望みのオーロラ・ストーンを携えてきました」とデルブリッジは言った。

突然部屋のなかで欲望と情欲――それ以外に言い表すことばがなかった――が燃え上がるのがわかった。はじめからこの五人がオーロラ・ストーンを喉から手が出るほどにほしがっていることはわかっていた。運がよければ、この石が彼らにとってそれほどに重要な理由もやがては明らかになることだろう。

「サード・サークルに献納品を見せてくれ」と会長が抑揚のない口ぶりで言った。

若干大げさな手つきで、デルブリッジは上着のポケットからヴェルヴェットの袋をとり出した。五人から興奮のささやきがもれた。

その瞬間をたのしみながら、デルブリッジはカーブしたテーブルへと歩み寄り、会長の前に袋を置いた。

「つつしんでお納めいたします」と彼は言った。

袋を手にとった会長の金のマスクがまたきらりと光った。ほかの四人とデルブリッジは会長がひもをほどいて石をとり出す様子をじっと見守っていた。会長は石をテーブルの上に置いた。薄明かりのなか、水晶は輝きもせず、なんの変哲もない石にしか見えなかった。つかのまためらうような静寂が流れた。

「あまりそれらしく見えないな」五人のうちのひとりが感想を述べた。

若干の不安がデルブリッジの神経を逆なでした。この水晶がオーロラ・ストーンであることにまちがいはない。絶対に。すべてを——とくにソサエティでの立場という重要なものまでを——危険にさらして手に入れたものだ。秘密のクラブに入会するために異常な科学者や冷血な殺人者と手を結んだということがおおやけになったりしたら、身の破滅はまぬがれない。手にしている富と人脈を考えれば、刑務所送りにはならないかもしれないが、醜聞は死ぬまでついてまわることだろう。

会長は石を手にとり、てのひらに載せて掲げた。マスクの下で、薄い唇の端が満足げに上がった。「力は感じられるぞ」

「力を持つ水晶は多い」会員のひとりがつぶやいた。「われわれが求めている石だとどうやったら証明できる?」

会長は立ち上がった。「もちろん、実験を行うのだ」

会長が石の床を横切ると、鉄と鉄が軽く触れ合う音がした。厚手のローブの下に昔風の鎧《よろい》でも身につけているかのようだった。身震いがデルブリッジのうなじの産毛を揺らした。

会長は剣を携えているのだろうか。その可能性を考えてデルブリッジは思わずごくりと唾を呑みこんだ。この連中は失敗を大目に見てくれはしないだろうと直感が告げた。

水晶が期待したものとちがっても、その場で私の命を奪うわけにはいかないはずだとデルブリッジは自分をなだめた。私はデルブリッジ卿だ。申し分のない人脈を持つ一族で、上流階級に属している。

それはそうだが、最近人脈豊富なふたりの紳士を真夜中の怪物に襲わせたにもかかわらず、人を殺した罪には問われなかった。この連中にも同じことができないと誰に言える？　おちつくのだ。彼らには望みのものを渡したではないか。本物のオーロラ・ストーンを。おまえもすぐに彼らの一員だ。

会長は古い石の壁に開いたアーチ型の低いドアの前で足を止め、着ている長いローブの内側から鍵をとり出した。鉄の触れ合う音のもとはこれかとデルブリッジは胸の内でつぶやいた。会長はローブの下に剣を持っていたわけではなく、たくさんの鍵をぶら下げた鉄の鎖をつけていたのだ。そうとわかってデルブリッジは心底安堵《あんど》した。

「そうだ、試してみなくては」男のひとりが声を殺して言うと、勢いよく立ち上がった。「それで金庫を開けられるかどうかによって、デルブリッジ卿が本物の石を持ってきたのかどうか即座にわかるというわけだ」

ほかの者たちもすばやくあとに従った。一瞬、デルブリッジは自分が忘れ去られたのかと思ったが、会長が再度振り向き、冷たく刺すようなまなざしを向けてきた。

「いっしょに来てくれ。われわれとともに自分の骨折りの成果をその目にするのだ」

恐怖を表に出してはならないとデルブリッジはみずからに言い聞かせた。

「おおせのままに」と、冷静で丁重な態度を保とうとしつつ言った。

彼らは狭い入口からさらに小さな部屋へはいった。会長がランプをつけた。デルブリッジは好奇心と恐怖の入り混じった思いで部屋のなかを見まわした。この部屋も古代そのままの様子だ。やはり窓はなかった。デルブリッジは鉄張りのどっしりした扉に目をやった。頑丈な鍵がついている。この小さな部屋はおそらく堅固な保管庫として使われていたのだろう。

部屋の中央に敷かれた厚手のカーペットの上に大きな鉄の金庫が置いてあった。古いもののようだ。十七世紀後半ぐらいのものかとデルブリッジは判断した。アーケイン・ソサエティの創設者、シルヴェスター・ジョーンズの時代。サード・サークルはシルヴェスターと関係のある遺物を手に入れたのだろうか？　興奮が全身に走り、不安をいくぶん消し去った。創設者の秘密はソサエティのなかでは神話や伝説のようになっていた。

ランプの明かりが金庫の湾曲した上部を覆う金箔《きんぱく》に反射してきらめいた。金箔には文字や記号が刻まれている。記号のいくつかが錬金術に関するもので、文字はラテン語とギリシャ語であることはデルブリッジにもわかったが、その意味はわからなかった。秘密の暗号か。古代の錬金術師は秘密主義で有名だった。

金庫には鍵がなく、ふたを示すような線も見あたらなかった。中央の部分に黒っぽいガラスのようなものが張られた深いくぼみがある。

会長はデルブリッジに目を向けた。「きみの表情からして、この古代の金庫の価値について多少の知識はあるようだな」

「これはシルヴェスター・ジョーンズのものだった金庫ですか？」デルブリッジは思わず畏怖の念にとらわれながら訊いた。「少し前にアーケイン・ハウスで盗まれたという噂がありました」

「これはアーケイン・ハウスから盗まれたものではない」と会長は答えた。

デルブリッジが感じていた強烈な不安が多少やわらいだ。「そうですか」

会長は謎めいた笑みを浮かべてみせ、「これは創設者のものではなかった」と小声で言った。「そうではなく、彼の大きな秘密に通じていた人間のものだったのだ。その秘密がこのなかにしまわれているとわれわれは信じている」

デルブリッジは眉をひそめた。「シルヴェスターの敵ということですか？」

「もっとも偉大なる好敵手、処女妖術師のシビルだ」

雷に打たれたようになってデルブリッジは金庫をじっと見つめた。「シビルはアーケイン・ソサエティの数ある伝説のひとつにすぎないと思っていました。実在の人物だったと？」

「ああ、もちろん」会長は手に持った古代の本を示した。「実在の人物だ。これは彼女が遺した手帳の一冊だ。長年探しつづけて、ようやくアーケイン・ソサエティの年老いた会員の書斎で見つけた。その会員の死によって手に入れることができた」

元の持ち主の死は自然死ではあるまいとデルブリッジは思った。

「もちろん、手帳に書かれているのはすべて女妖術師の秘密の暗号だ」会長はつづけた。「ここ十年というもの、私はその解読に時間をつぎこんできた。そして解読に成功し、金庫の所在を知ることができたのだ」

「なかには何が?」デルブリッジはまさかと思いながら訊いた。「もしかして、創設者の秘薬の製法の写しが?」

「ああ」頭巾をかぶった男のひとりが苛々と答えた。「手帳によると、シビルは製法を盗み、その金庫のなかに隠したそうだ」

「わからないのですが――」デルブリッジはまわりの仮面姿の男たちを見まわして言った。「まだなかを見ていないのですか?」

「残念ながら、これまで見ることはかなわなかったのだ」手帳を持つ会長の手に力が加わった。「金庫は独特の方法で封印されている。金箔に刻まれた但し書きによると、金庫を無理やりこじ開けようとすれば、なかの秘密は破壊されるそうだ」

デルブリッジは眉根を寄せた。「では、どうやって開けようと?」

会長はヴェルヴェットの袋を掲げてみせた。「シビルの但し書きには、オーロラ・ストーンが鍵になるとある」

またも興奮がデルブリッジの全身に走った。ようやく自分がサード・サークルに渡した贈り物のとてつもない重要さがわかったのだ。石を持ってくれれば別室のテーブルに席を与えると約束されたのもむべなるかな。この連中にとって何よりも重要な鍵をもたらしたのだから。彼らが自分たちでは手に入れられなかった鍵を。デルブリッジは自分のオーラが変化し、より強く脈打つのを感じた。力がさらなる力を得たのだ。

会長は持っていた手帳をローブを着た別の男に渡した。それからオーロラ・ストーンをさげ持った。一瞬、その場の全員が色のないくすんだ水晶を見つめた。

ひどくきちょうめんな手つきで、会長は金庫のてっぺんの黒いガラスのくぼみに石をはめこんだ。かちっと音が聞こえた。石は台座にぴたりとはまった。そこにおさまるために作られたもののように。

デルブリッジは息を呑んだ。会長を含む全員が同様に息を呑む気配があった。

何も起こらなかった。

つかのま張りつめた沈黙が流れた。デルブリッジの額《ひたい》に玉の汗が浮かんだ。

「開かない」と誰かがつぶやいた。

みなデルブリッジに目を向けた。デルブリッジは恐怖のあまりしばし感覚が麻痺したようになるのを感じた。が、意志の力でどうにかおちつきをとり戻した。

「これがお望みの石であるのはまちがいありません」彼はできるだけ冷静に言った。「あなた方にはわからないかもしれないが、私には力を感じることができる。その石で金庫を開けられないからといって、それは私のせいではない」

会長は片手でオーロラ・ストーンを包み、つかのま神経を集中させた。「きみの言うとおりのようだ。石の力が共鳴しているのがわかる。金庫に触れてその力がさらに強まったようだ。しかし、エネルギーは集まらず、混沌としている。どうやらシビルの但し書きの最後のことばはほんとうだったようだな。箱を開けようとする者をひるませることだけが目的だと思っていたんだが」

「但し書きにはなんと?」とデルブリッジが訊いた。

「『オーロラ・ストーンを意のままに扱える者のみがこの金庫を開けることができる』」会長は但し書きのことばを読んだ。

「だったら、それが答えだ」ほかの男が興奮した口ぶりでささやいた。「金庫を開けるためには、水晶のエネルギーをうまく引き出して導かなければならないのだ」

会長は身を起こし、デルブリッジに険しいまなざしを注いだ。「きみはオーロラ・ストーンを持ってきてくれたが、水晶を扱う能力を持つ人間を見つけなければ、これも無用の長物でしかない」

数分間張りつめていたデルブリッジの緊張が解けた。彼は会長に冷たい笑みを向けた。

「もっと早くおっしゃってくだされればよかったのに。水晶を持ってくるという任務を与えてくださったときに。オーロラ・ストーンを扱える女を喜んで連れてまいりましょう。それでご満足ですかな?」

「この金庫を開けられる女を連れてきなさい。そうすれば、サード・サークルの六番目の椅子はきみのものだ」と会長は言った。

33

「彼女の名前はモリー・スタブトン」サディアスが言った。「デルブリッジのパーティーの晩から誰も彼女の姿を見ていない。今日、同業者の女から彼女の人となりを聞いてきた。リオーナと私が展示室で死んでいるのを見つけた女であることはまちがいない」

夕方になろうとする時刻だった。三人はまた書斎に集まり、手に入れた情報を交換していた。サディアスは夜の訪れを待ちきれない思いでいた。その晩やるつもりでいることがあったからだ。

「ミス・スタブトンは社交界には属していなかったようね」とヴィクトリア。「それでも、彼女が殺されたことに新聞が気づかずにいるのは驚きだわ」

「私のスコットランド・ヤードの友人によると、死体が見つかっていないからだそうです」サディアスが言った。「ただ、高級娼婦の世界の知り合いのあいだでは噂が広まっている」

リオーナはサディアスに目を向けた。「彼女の友人や同業者たちは彼女の身に何があったと思っているの？」

「今はデルブリッジが嫉妬《しっと》に駆られてあの晩彼女を殺し、死体を隠したという憶測が飛び交っている」サディアスは窓辺に寄った。「その推測にもある程度の根拠はあるしね」

「根拠ってどんな？」とリオーナが訊いた。

「モリー・スタブトンが属している社交の輪では、彼女にほかにも恋人がいたことは広く知られていたんだ。しかし、あの殺され方と頰紅入れが置かれていたことからして、真夜中の怪物に殺された可能性のほうが高いと思う」

ヴィクトリアが眉をひそめた。「そうね。デルブリッジには何度も会ったことがあるけど、どちらかと言えば好みのうるさいタイプだという気がしたわ。そういう身の毛もよだつような殺人に手を汚そうとは思わないんじゃないかしら。殺した人間は犠牲者の返り血を浴びたにちがいないもの」

サディアスは机の端に腰をかけ、腕を組んだ。「そうでしょうね。それに、ほかの証拠からもわれわれの推測が正しいことがわかる。ミス・スタブトンにほかにも裕福な恋人がいたことについては、彼女の知り合いはみな意見を同じくしているが、彼女がそうしていたのはデルブリッジを喜ばせるためだったと言う人間もいる」

フォッグの頭を撫でていたリオーナの手が止まった。「どうして自分の愛人にほかの男と関係を結んでほしいなんて思うの？」

ヴィクトリアは軽蔑《けいべつ》するように鼻を鳴らした。「わたしぐらい長生きするとね、ミス・ヒュ―イット、そういった類いのことにおいて倒錯の程度に限度がないことがわかるものよ」

リオーナは目をぱちくりさせ、頬を赤らめた。「なんてこと。つまり、デルブリッジは想像して喜んでいたかもしれないってことですの？　自分の愛人とほかの男が――」リオーナはそこでことばを止め、最後まで言わずに手を曖昧《あいまい》に振って終わりにした。

「デルブリッジ卿が自分の愛人がほかの男とベッドをともにするのを眺めることをたのしむような人間だったのかと訊きたいの？」ヴィクトリアが冷静にしめくくった。「そうよ、そういう意味で言ったの」

リオーナは唾をごくりと呑みこんだ。「常軌を逸しているわ」

「まったくだ」サディアスは顔をしかめて言った。「しかし、今回の場合、デルブリッジに観淫症のそしりはまぬがれさせてやれると思うよ。彼は収集にとりつかれている。ミス・スタブトンが情事を持ったほかの紳士もやはり収集家だった」そのことばを強調するように間を置く。「彼女が最後に愛人としたのはブルームフィールドとアイヴィントンだった」

リオーナの目が興奮して見開かれた。「毒の蒸気で殺されたふたりだわ」

「そのとおり」サディアスが言った。「デルブリッジは愛人を使ってこのふたりの男の収集品を手に入れようとした。オーロラ・ストーンの盗難の噂が出まわりはじめたのは、ブルームフィールドの死後だった。彼こそがデルブリッジに盗まれる前の最後の所有者だったわけだ。そのことはケイレブが調べてくれた。ブルームフィールドは十一年ほど前に石を手に入れたようだ」

リオーナは身動きをやめた。「だったら、わたしの母を殺したのはブルームフィールドだと?」

サディアスはフォッグがさらにリオーナに強く体を押しつけるのを見守った。「そのようだな」とやさしく言った。

「これだけの年月——」リオーナはささやいた。「母を殺した人間を見つけることができずにいたのに。その人間が別の殺人者のおかげで死んでいたなんて」

サディアスが驚いたことに、ヴィクトリアがリオーナのほうに身を寄せて、手を軽く叩いた。

「突飛な形ではあるけど、正義がなされたのよ」ヴィクトリアは静かに言った。

「ええ」とリオーナは応じた。すばやく目をしばたたく。「ええ、おっしゃるとおりですわ」

サディアスは組んでいた腕をほどき、ポケットに手を突っこんでハンカチをとり出した。そして何も言わずにそれをリオーナに差し出した。

「ありがとう」リオーナはそう言ってきれいな四角いリネンで目をおさえた。

「ブルームフィールドはデルブリッジに負けず劣らず収集にとりつかれていた」サディアスはつづけた。「きわめて人嫌いで隠しごとの多い人間としても有名だった。石を持っていたこともずっと秘密にしていたんだ。とはいえ、少なくともほかの収集家のひとりはそのことを知っていたようだな」

ヴィクトリアは顔をしかめた。「アイヴィントンのことを言っているの?」

「ええ。お忘れかもしれないが、先に毒を盛られたのはアイヴィントンです。おそらく、ブルームフィールドが石を持っていることを明かしてから殺されたんでしょう。デルブリッジは石のありかを調べた痕跡を消そうとした」

リオーナは片手でハンカチをにぎりつぶした。「ふたりの男に毒を盛ったのがモリー・スタブトンだと？」

「ちがう」サディアスは答えた。「きみに遭遇する前に行っていた調査で両方の家の使用人に話を聞いたんだ。主人が死んだ晩に客はなかったとみなはっきり答えた。どちらの男も自分のベッドでひとりぐっすり眠っていたが、目覚めたときにはおかしくなっていたというわけさ」

ヴィクトリアはわかったというようにうなずいた。「殺人者は気づかれずに被害者の寝室に忍びこんで殺しを実行した。ハンターの能力ね」

「娼婦たちを殺しているのと同じハンターだ」とサディアスは言った。

「でも、昨日の晩、また殺人があって、それとは別の娼婦が行方不明になっているという噂があるわけでしょう」リオーナが指摘した。「ハンターが今デルブリッジ卿に雇われているとしたら、なぜまた娼婦殺しをはじめたのかしら？」

サディアスはリオーナに目を向けた。「あんな残酷で非情なやり方で女を殺すような人間はあきらかに異常者だ。デルブリッジは人殺しを雇ったわけだが、それはときおり好みの獲物を襲わずにいられない悪魔だったというわけさ」

リオーナは身震いした。「おっしゃる意味はわかるわ」

ヴィクトリアはしかめ面をした。「わたしがデルブリッジだったら、そんな信用ならない人間を雇ったりしたら心配でしかたないわね。このハンターはたしかに役に立つのかもしれないけど、頬紅入れから判断して、犯罪の現場に手がかりを残さずにいられないようだもの」

「頬紅入れと言えば――」サディアスが言った。「売っている店については何かわかりましたか?」

ヴィクトリアはとり澄ました顔を作った。「もちろん。思ったとおりフランス製だったわ。そのふたつの頬紅入れはウィルトン・レーンの小さいけどとても高級な店で売られたものよ。ちなみにとっても高価なものだったわ」

リオーナは興奮を覚え、ヴィクトリアのほうを振り返った。「それを買った人物については?」

「男の人だった」とヴィクトリア。「でも、残念ながら探している犯人じゃないと思うわ。店の主人によると、灰色の口ひげを生やした長い白髪まじりの髪の人だったらしいから」

「きっと変装ですよ」リオーナが急いで言った。

ヴィクトリアは眉を上げた。「そうね、そうかもしれない」

「店の主人はほかには何か言ってませんでしたか?」とサディアスが訊いた。

「その人はとても立派なステッキを持っていたそうよ」ヴィクトリアが答えた。「銀の取っ手がすばらしかったって言ってたわ。鷹の頭をかたどっているものだったんですって」

サディアスの全身を満足感と不安が駆け抜けた。「次の犠牲者のために真夜中の怪物が買い物をしたわけだ」

34

モリー・スタブトンが借りていたタウンハウスは、人の住んでいない家に特有のうつろな静けさに満ちていた。部屋に住んでいた人間の感情の残滓《ざんし》を感知する特別な能力を備えた人間がいることはサディアスにもよくわかっていた。そういう能力を持つ人々は壁にしみついたさまざまな感情の種類や強さを判別することができる。しかし、それとはちがう能力の持ち主でも、独特の空虚感は感じられるものだ。

サディアスは裏口のホールにしばし静かに立ち、五感を鋭くして耳を澄ました。新しいエネルギーの残滓はなかった。少なくともモリーも家政婦は雇っていたはずだ。もしかしたらメイドや料理人も。しかし、この家で働いていた使用人たちは雇い主が戻ってくることはなさそうだと判断したのだろう。荷物をまとめて出ていったにちがいない。

おそらくはモリー・スタブトンの死に関する噂も耳にしたのだ。雇い主たちと同じように、使用人たちも噂を広める。デルブリッジの邸宅は何マイルも離れたところにあるが、ふたつの家の使用人たちは雇い主たちの関係に気づいていたはずだ。社会のどの階級においても、ゴシップというものは自由に飛び交うものだ。ヴィクトリアが言っていたように、〝殺人は隠しきれない〟わけだ。

その家にいるのが自分だけだとわかってほっとすると、サディアスは整然と捜索にかかった。今晩ここへ来ることについてリオーナと激しい言い争いをしたのは少し前のことだった。

「危険すぎるわ」とリオーナは言った。

「きみがデルブリッジの邸宅に忍びこんだ晩ほどじゃないと思うね」と彼は言い返した。

「けんかになるたびにそのことを持ち出すのはやめていただきたいわね」

「それは無理だ。あそこできみを見つけたことはなんとも動転する出来事だったから」

「あの一件はわたしがこの手のことにすぐれているという証拠よ。わたしもいっしょに行くわ」

「いや、だめだ」とサディアスは答えた。「人がふたりになれば、危険も二倍になる」

「モリー・スタブトンの家で何を探すつもりなの?」

「この目で見ればわかるはずだ」

その最後のことばにリオーナはさらに不安を募らせたようだったが、それは真実でもあった。何か見つかるものがあったとしても、何を見つけようとしているのか彼自身にもわからなかったのだ。しかし調査員として仕事をしてきたなかで、たいてい手がかりは見ればそうとわかった。残念ながら、そのことを必ずしも筋道立てて説明できるとはかぎらなかったが、それは別の問題だ。犯罪の解明にやみくもに手がかりを探すという方法をとるならば、できるだけ多くのものを調べる必要がある。

カーテンはすべてきっちりと閉められていた。サディアスは明かりをつけ、厨房と家政婦の小さな部屋をすばやく調べた。どちらも多少なりとも手がかりとなりそうなものは皆無だった。小さな応接間もしかり。

サディアスは正面の玄関ホールに出て一度に二段ずつ階段を上がり、二階に向かった。二階には寝室がふたつあった。ひとつは着替え室に使われていたようだ。ふたつの大きな衣装ダンスには高価そうなドレスや靴や帽子やペティコートがぎっしりつまっていた。背の高い引き出しタンスの上に鎮座ましましている宝石箱は空だった。使用人たちが出ていくときに持っていったのか、それともデルブリッジが愛人に贈った宝石を回収させたのだろうか。

サディアスは隠し引き出しがないかと衣装ダンスを探り、床に埋めこまれた金庫がないかとカーペットを引きはがした。そこで捜索できることはすべてやったと満足すると、つづきのドアから寝室へ向かった。

十分後、ベッドのマットレスの下に書きかけの手紙を見つけた。再度明かりをつけて手紙を読んでみる。

親愛なるJ

わくわくするようなお知らせがあるの……

音はしなかったが、家のなかでどんよりとした空気が動く気配があった。寝室のドアからざわつくような空気が流れこんでくる。

サディアスは明かりを消した。五感を研ぎ澄ませ、家のなかに自分ひとりではなくなったと告げるエネルギーの脈動を探ろうとする。

重く混沌とした超常的な熱いエネルギーの波が五感にぶつかってきた。家に忍びこむ際にまったく音を立てなかったことからも、侵入者がハンターであることは明らかだった。

真夜中の怪物がやってきたのだ。

〝……オーロラ・ストーンの力は諸刃の剣である。最大限慎重に、極限の状態でのみ使わねばならない。石の霊的なエネルギーを自由に扱える水晶使いは、そのエネルギーに呑みこまれる危険を冒すことになる。もっとも強靭《きょうじん》な人間のみが、このエネルギーを扱うべきである。

一番の危険は、石を意のままにできるほど力の強い水晶使いが、その力のせいで石を癒しの道具から武器へと変えてしまうことである。

こうした力を持つ人間の手に落ちると、石は犠牲者を白昼の悪夢の世界へ追いやるために利用されることもある……〟

電気によるショックのように神経に障る恐怖がリオーナの五感を打った。サディアスが恐ろしい危険にさらされているのだとわかって肺のなかの空気が押し出せなくなる。母の日誌が手から落ち、ベッドのそばの床に転がった。

フォッグがラグから立ち上がり、ベッドのそばに駆け寄った。小さく声を発している。

「大丈夫よ」とリオーナは言った。

極度の不安感はやわらいでいた。少なくとも息はまたできるようになった。それでも、フォッグのほうに伸ばした手は震えていた。大丈夫とフォッグの頭を撫でる代わりに、リオーナは両手で犬を抱きしめ、毛に顔をうずめた。

不吉な感覚は残っていて、目に見えないかすみのように小さな部屋を満たしていた。

「神経のせいよ」リオーナはみずからを力づけるように犬に語りかけた。「最近気が張りつめることが多かったから」

フォッグはリオーナの手をなめ、黙ってなぐさめるように顔を押しつけた。

「わたし、何をごまかしているのかしら」リオーナは上掛けを押しやり、足を振り上げて床につけた。「こわいのよ。あの人が危険にさらされているのに、わたしにできることは何もない。今夜、あの人をひとりであの家に行かせるべきじゃなかったんだわ」

しかし、止めることなどできなかった。

また全身に恐怖が広がる。

サディアスからモリー・スタブトンの住所は教えてもらっていた。

〝ブロードリブ・レーンの二十一番地だ。それなりの人間が暮らす静かな界隈さ。私のことは心配しなくていい。大丈夫だから〟

リオーナは考えもせずに立ち上がると、衣装ダンスのところへ向かった。引き出しを開け、デルブリッジの邸宅に忍びこんだ晩に着ていたシャツとズボンをとり出した。

35

真夜中の怪物はサディアスの予想どおり、まったくの異常者というわけではなかった。むらのある不安定なオーラには狂気が感じられたが。それは怪物が狩りをしているため、めらめらと熱く燃え盛っていた。

すっかりおかしくなってしまっている人間に催眠術をかけることはきわめてむずかしい。そういう人間のエネルギーは激しく変化し、予測不可能な波形を描くからだ。錯綜《さくそう》した精神そのものが催眠状態にはいることを困難にしてしまう。たとえ催眠術が心霊エネルギーで強められていても。

今夜問題となるのは、真夜中の怪物がどの程度おかしくなっているかだ。

サディアスは見つけた手紙をポケットに入れ、ベッドの後ろにまわりこみ、開いたドアと自分とのあいだにベッドが来るようにした。暗闇で目がきき、捕食動物並みに動きがすばやく獰猛《どうもう》な男に対して、マットレスとキルトではあまり防御にならないかもしれないが。

サディアスはポケットから拳銃を出し、入口の薄暗い長方形へと銃口を向けた。廊下で影が動いたが、入口には誰も姿を現さなかった。一撃で運よく片をつけるというのは無理のようだ。

廊下の男が笑い声をあげた。その声は少々大きすぎ、興奮しすぎていて、引きつけ笑いのように聞こえた。妙な電気が走って火がつき、空気がぱちぱちと音を立てたかのようだった。

「きっと武器を持っているんだろうな、ウェア」怪物が言った。「でも、あんたもアーケイン・ソサエティの一員だ。私のような能力を持つ男には拳銃などあまり役に立たないことはわかっているはずだ」またもいまわしい笑い声がした。「そう、私はハンターだ。あんたが持つ能力を教えてくれないか？　あんたがハンターでないことはわかる。一度別のハンターに会ったことがあるからな。すぐさま互いの本性はわかった。ちなみにそいつはすでに死んでいる。私のほうが力が上だったのだ」

怪物は自分の力を吹聴したいと思っている。いや、それよりも、獲物に力を見せつけて脅す必要があるのだ。狙った獲物にはできるかぎりの恐怖を味わわせるのが重要だからだ。アーケイン・ソサエティの一員以上に、ハンターが危険な存在であることを認識し重視する者がいるだろうか？

怪物がしゃべらずにいられないというのはいいことだとサディアスは胸の内でつぶやいた。じっさい、そこにしか望みはないかもしれない。運がよければ、この奇異な会話がけだものを殺しへと駆り立てる強迫的な衝動の本質を明らかにしてくれるだろう。有能な催眠術師はそういう知識を利用することができる。

「あんたは新聞で真夜中の怪物と名づけられた人間だな」サディアスは言った。目は入口からけっして離そうとしなかった。

「おもしろい呼び名じゃないか？〈ザ・フライング・インテリジェンサー〉紙の記者が授けてくれた名前だ。ある意味あたっていることは認めざるをえないな。私が誰であるかようやく気づいたときに女たちの顔に浮かぶ表情を見るといい。みな私のことはゴシップ紙で読んだことがあるんだ。恐怖に駆られた女の顔はなんともいえず美しい」

最後のことばを発するときに怪物の声が少し変化し、まるで愛撫でもするような調子を帯びた。一瞬、怪物が発するむらのあるエネルギーの流れが一定の波形を描いた。女の恐怖を想像することが彼を突き動かす衝動とつながっているのだ。そうした恐怖が怪物に力を与えていた。

「女たちが美しいなら、どうして死んだあとに頰紅を塗ってやる？」サディアスは訊いた。

「みな安っぽい娼婦だからさ。そういう女は顔を塗りたくるものだ。そんなことは誰でも知っている。化粧をするのは娼婦だけだ」

怒りのエネルギーの波が高く跳ね上がったが、またつかのまおちついた。頰紅が衝動と結びついており、怪物は殺しについて考えるたびに神経を集中させることができるのだった。怪物のエネルギーが一定の波形を描くのが、狂気の海に深く沈んでいるときだけというのは奇妙な皮肉だった。

しかし、そうした狂気のなかでほんの数秒エネルギーの流れが明確になる瞬間があれば充分だった。サディアスは銃口を入口に向けつづけた。会話がうまく運ばなければ、撃てるのは一発だけだ。そしてその一発でしとめなければならない。けがを負わせるだけでは、怪物を止めることはできない。このゆがんだ精神状態の怪物は。

「まだあんたの能力がどんなものか教えてくれてないな」と怪物は言った。突然、クラブで隣り合わせ、世間話を交わしているかのような声音になった。

「あんたもほんとうの名前を教えてくれていない」サディアスはやさしく言い、間を置いた。「それとも、仲間にも怪物と呼ばれているのか？」

「わかったよ、ウェア。こんなときにユーモアのセンスを発揮するとはすばらしい。名前はランシングだ。しかし、あんたには聞き覚えはないだろう。知り合いではないからな」

「そう聞いて驚きだ。あんたはデルブリッジの社交の輪にいるわけだろう。彼はちゃんとしたクラブのすべての会員だ。きっとわれわれも何かの機会にすれちがったことぐらいはあるはずだ」

「私はきみが属する社交の輪には属していない」怒りがランシングのオーラを激しく燃え立たせた。「デルブリッジのもしかりだ」

「先日の晩、デルブリッジのパーティーに招かれていたじゃないか」

「ふん。彼は自分のお上品な社交の輪の端に私が引っかかっているのを我慢しているだけのことさ」ランシングの声が酸で焼かれたように苦々しさを帯びた。「彼にとっては苛立ちの種だが、私の力を借りたいとなれば、払わなければならない代償だ」しばしの間。「あの晩、女を見つけたのはあんただな?」

「モリー・スタブトンか? ああ。殺したのがあんたのしわざだという印にも気づいた。頬紅入れだ」

エネルギーが燃え立った。「さっきから頬紅のことばかり持ち出すのはなぜだ?」

「興味があるからさ。あの死体はどうしたんだ? 不思議でしかたなくてね。ああいった殺人は新聞で大々的にとり上げられたはずだ。あんたが犯したほかの殺人事件と同様に」

「雨がやんでから、森のなかの墓石のない墓に埋めてきたよ。誰にも見つからない場所だ。探す人間もいないだろうが」

「しかし、展示室の死体のそばにもあんたは頬紅入れを置いた」

「あの女もほかの女と同じ安っぽい売春婦だったからさ」

「聞いた話ではそれほど安くはなかったようだが。彼女はデルブリッジの愛人だった」

「彼がどれだけ宝石やドレスを貢いだとしても関係ないね。あの女はほかの娼婦となんら変わらない娼婦だった。だから娼婦として殺してやったのさ」

「デルブリッジは反対しなかったのか?」

ランシングは忍び笑いをもらした。「始末しろと指示したのは彼だぜ。女の役目は終わったからと」

「屋敷に客があふれている晩に自宅で殺させるとは少々奇妙に思えるな」

「パーティーのあと、ここへ連れ帰って始末しろと言われていた。でも、女が私を疑い出したのに気づいてね。だからあの展示室で殺すしかなくなったというわけだ」

「デルブリッジは気に入らなかっただろうな」

ランシングは笑った。「怒り狂ったが、私に対しては癇癪《かんしゃく》を起こさないほうがいいとわかっていた。怒っているのを見るのはおもしろかったな。彼が私の主人というわけではないと思い知らせてやれた」

「彼がいつかあんたのことも用ずみと思うかもしれないが、それは気にならないのか？」

「モリーとちがって私の代わりは誰にもできないからな。デルブリッジにもそのことはわかっている」

「言いかえれば、あんたは彼にとって役に立つ道具にすぎないということだ」

「そうじゃない」ランシングは怒鳴った。「私はデルブリッジよりもずっと大きな力を持っている。私はより上等な人間なんだ」

「それでもあんたはデルブリッジの命令に従っている。ただの道具として働かされているようにしか思えないな」

「私の主人は私自身だ、この野郎」ランシングの声が甲高くなった。「私が命令に従うとデルブリッジに思わせておくほうが好都合だというだけのことだ。しかし、最後には私がすべてを手に入れる。いいか？　デルブリッジがえらくほしがっているサード・サークルの会員の椅子も含めてな」

「サード・サークルとはなんだ？」

「デルブリッジは自分が何をもくろんでいるか私が気づいていないと思っている」ランシング は質問が聞こえなかったかのように話しつづけた。エネルギーが激しく脈打ち、より暗く、より安定した波長を刻むようになった。「母が酔っ払いの娼婦だったから、私にはなんの価値もないと思っているんだ」

「あんたの母親は娼婦だったのか？」サディアスは話題がまるで学術的な興味をそそるものであるかのように冷静に考えこむような口調を保った。「デルブリッジがあんたを内輪の社交の輪に入れたがらない理由もそれではっきりするな」

「母は尊敬すべき女だったが、地位と権力を持つデルブリッジと同類の男のせいで街に出ざるをえなくなったんだ」ランシングは叫んだ。「そのクソ野郎は母をはらませて捨てた。母は生き延びるために娼婦になるしかなかったんだ」

「それで、あんたは娼婦になった母親を憎んだ。自分が娼婦の子になったということで」

「ちくしょう、私は紳士の息子だ」

「しかし、父親が母親と結婚しなかった以上、正式にそれを主張はできない。それどころか、母親は酔っ払いの娼婦となり、あんたもともに貧民窟《ひんみんくつ》へと引きずり降ろされた。娼婦を殺すたびに、あんたは自分をおとしめた母親を罰しているんだ」

「あんたは自分が何を言っているのかわかっていないのさ。私が殺すのは自分の力を強め、自分こそが、あんたやデルブリッジやイングランドのいわゆる紳士連中より生まれつきすぐれた、高度に進化した人間だと証明するためだ」

「あんたは人間のふりをしているけだものにすぎない」

「やめろ」ランシングは金切り声をあげた。

闇のなかでエネルギーが熱く脈打った。

「真にすぐれた人間、自分が紳士の権利と特権を有すべきと信じている人間は、獲物に自分と同等の者を選ぶはずだ」サディアスはやわらかい口調で言った。「自分の母親と同じ無力な娼婦などを殺したりはしない」

「口を閉じやがれ」

「あんたがやっているような狩りのどこに力を証明するものがある？　武器も持たない女の喉をかっ切るのに特別な能力など必要ない。そういう殺しはあんたが犠牲者よりもずっと下等な生物だと証明するだけだ」

「そういうことを口にするのはやめろ」

「デルブリッジはあんたの本性を見抜いているんだな。あんたが用ずみとなったら、貧民窟へ送り返す算段だ。貧民窟こそがあんたにぴったりの住まいのようだから」

ランシングは咆哮《ほうこう》をあげた。喉から出てきた人間のものとは思えない奇妙な声は咆哮としか言いようがなかった。同時に、オーラも燃え立った。

サディアスは拳銃を入口に向け、身がまえてはいたものの、反応が少し遅かった。怪物は獲物に襲いかかるヒョウのようにすばやく入口から飛びかかってきた。

サディアスは廊下の薄暗い明かりを受けて一瞬見えた黒い人影に引き金を引いた。

しかし、銃は轟音《ごうおん》を発し、静寂を破ったものの、ランシングに弾丸《たま》があたらなかったことはたしかだった。瞬時に人影は消えた。殺人者は部屋のなかにはいり、暗闇に姿を隠して獲物を狙っていた。

ランシングがまた忍び笑いをもらした。声は衣装ダンスの脇の暗がりから聞こえてくる。

「これは楽すぎるな。どうして逃げない？　そうすれば多少はたのしみもふえるのに」

ランシングは暗闇に姿を隠していたが、オーラは強く規則的に脈打っていた。血に飢えた欲望が解き放たれる。それがほかのすべてのエネルギーを覆い隠すほどになった。残忍で獰猛な欲望は非常に強く、そのエネルギーは一定の調子で脈打っていた。

サディアスは話しはじめた。ひとことひとことに催眠術の力をこめて。

「おまえは動けない、ランシング。オオカミを前にしたウサギだ。恐怖に凍りついた子ジカだ。手足はもはや自分の言うことをきかない」

衣装ダンスのそばで動く気配がなくなった。サディアスは話しつづけながら明かりをつけた。

「今夜は殺しはできない。おまえは無力だ」

明かりが揺れ、衣装ダンスのそばの暗がりに凍りついたように立つランシングの姿が見えた。サディアスは銃身を上げ、ランシングの心臓に狙いをつけた。が、引き金を引く前に、ランシングの顔が恐怖にゆがんだ。それと同時にオーラもひどく不規則な波形を描き出し、催眠状態が破られた。

突然催眠状態から解かれたランシングはハンターらしい速さでドアへと突進した。しかし、もはやけだものの本能に突き動かされているわけではなかった。パニックに呑みこまれている。

「止まれ」サディアスは命令した。しかし、パニックは不規則で制御不可能な狂気の形を描いていた。もともと正気を失っている人間のパニックはとくにそうだ。

ランシングはドアから外へ飛び出し、ハンターらしい超常的な速さで廊下へ姿を消した。

サディアスはそのあとを追ったが、つかまえるすべがないことはわかっていた。

ランシングが階段を降りる足音が聞こえるかと耳を澄ましたが、聞こえてきたのは背後の廊下でドアが開く音だった。サディアスははっと振り返り、近くの燭台に火をつけた。ランシングがドアの向こうへ姿を消すところだった。

サディアスは拳銃をかまえてあとを追った。恐怖に駆られ、追いつめられたハンターは、殺しの本能に駆られているときと同じぐらい危険だ。

開いたドアのところまで来ると、そこは家の最上部へと昇る狭い階段につづいていた。ランシングは混乱して逃げ道を誤ったか、はたまた原始的な本能によってより高い場所へ昇ろうという思いに駆られたのか、階下《した》の通りへ降りるのではなく、屋根へと昇っていったのだ。

階段の上のほうで足音がした。サディアスは片手で壁を探りつつ、慎重に階段に足を踏み出した。五感を研ぎ澄ませ、ランシングの錯乱したエネルギーの行方を見極めようとする。階段のてっぺんでもうひとつのドアが開いた。夜の空気が階段に流れこんでくる。ランシングが屋根の上に出たのだ。

サディアスはそのあとを追った。パニックに駆られたハンターの恐怖が少しゆるんだ。怒りとけだものの本能がまた支配的な力となっている。

サディアスは屋根に出た。ランシングは少し離れたところにいた。顔は恐ろしい仮面のようにゆがんでいる。怪物は飛び降りようと身がまえて身を硬くしていた。

「おまえは動けない、ランシング。私がおまえの手を後ろに押さえるあいだ、おまえはじっとそこに立っているんだ。それから、おまえはスコットランド・ヤードへ行き、自分が真夜中の怪物だと白状する」

しばし催眠術の指令は効力を発揮した。ランシングは凍りついたように突っ立ったままでいた。サディアスは急いで前に歩み出た。今度ばかりは撃ち損ねないように充分近くに寄る必要があった。

しかし、ランシングの生存本能は、生まれ持った能力と不安定な精神状態から力を得て、ふたたび催眠状態を打ち破った。

ランシングは叫び声をあげ、石の胸壁に飛び乗ると、夜の闇のなかに飛び出した。

おそらくは隣接する家の屋根の上に飛び移るつもりだったのだろうが、そうだとしたら、怪物は最悪の失敗を犯した。通りに面した屋根の端から飛び出してしまったのだ。

遠吠えのような悲鳴が長く聞こえたと思うと、すぐさまぞっとするような静けさにとってかわった。

36

その静寂も長くはつづかなかった。馬が恐怖にいななき、犬が吠えはじめたのだ。誰かが激しく叫ぶ声が聞こえてきた。

サディアスは胸壁の端から下をのぞいた。街灯に照らされ、眼下に混乱をきわめた光景が広がっていた。乗客を下ろしたばかりの馬車がいて、ランシングの体は馬車のすぐ前に落ち、馬を驚かせたのだ。馬は恐怖のせいで手綱につながれたまま激しく身を動かしている。御者はどうにか馬を制御しようとしながら、客に向かって怒鳴っている。

「お客さん、代金は？　間に合って到着したらチップをはずむと約束したでしょうに」

客は御者を無視して、落ちてきた体のほうへ駆け寄った。どこかで見た物腰だとサディアスは思った。その瞬間、男の帽子が落ち、長く黒い髪がはらりと垂れた。

「なんなんだ、いったい？」御者が叫んだ。

大きな犬が馬車から降り、激しく吠えた。犬も見慣れた犬だった。

「犬の分の追加料金も忘れないでくださいよ」御者がまくしたてた。

サディアスはランシングとの対決で産み出された熱く濃いエネルギーが突然薄れるのを感じた。怒りが全身に走る。命が危険にさらされたかもしれないというのに、追ってくるとはどういうことだ？　リオーナが五分前に到着していたら、たった五分でも、今ごろは死んでいたかもしれないのだ。

「ちくしょう」

サディアスは胸壁から離れ、全速力で屋根を横切り、暗い階段を駆け降りた。玄関ホールにつくと、扉を勢いよく開け、外に飛び出した。

フォッグがまず気づいた。激しく吠えていたのが、興奮して挨拶しだした。

リオーナは死体から身を起こそうとしているところだった。サディアスの姿を認めると、悪魔に追われているかのように駆け寄ってきた。

「あなたが落ちてきたのかと思ったの」彼女は叫んだ。「ああ、なんてこと、あなただと思ったのよ」

サディアスと同じぐらい怒り狂っているような声だった。彼が怒鳴りつけるより先にリオーナは腕に飛びこみ、ありったけの力でしがみついてきた。肩に顔を押しつけてくる。

「あなたかと思ったの、サディアス」再度ささやく。「怖かったわ」

サディアスはうなり声をあげ、彼女をきつく抱きしめると、髪に顔をうずめて香りを嗅いだ。「いったいここで何をしている？　あと何分か前に玄関から家にはいってきていたら、どうなっていたかわからないとでも？　またたくまにやつに殺されていたかもしれないんだぞ。もしくは、人質にとられるか」

「サディアス」

　彼の名前はむせぶようなすすり泣きのあいまに発せられた。リオーナは顔を上げようとした。が、彼の上着に顔を押し戻された。

「代金はどうしてくれるんだい？」御者が不満そうに言った。

　リオーナを片腕で胸に抱いたまま、サディアスはポケットに手を突っこんで何枚かコインをとり出し、御者に放った。

「サディアス」リオーナは厚手のウールに顔を押しつけたままくぐもった声で言った。「息ができないわ」

「これまでたいていのものは見てきたと思っていたが――」御者が金をポケットに入れながら言った。「男の服を着た娼婦ってのにははじめてお目にかかるな」

　サディアスは声に催眠術の力を最大限こめた。「黙れ、さもないと首をへし折ってやるぞ」

　御者は凍りついたようになった。馬が不安そうに身動きした。あたりに流れる重いエネルギーに、動物らしく反応したのだ。フォッグも反応を見せた。鼻面を空へ向け、遠吠えをはじめた。そのこの世のものではないような鳴き声が通りにこだました。

　それが馬には耐えられなかった。パニックにおちいった馬は耳を平らにし、いなないて手綱を強く引っ張った。催眠状態におちいった御者は手綱をつかんではいたが、馬を制御することはできなかった。

「動いていい」サディアスが叫び、催眠状態を解いた。「馬を押さえろ」

御者は即座に催眠状態から覚め、すぐさま手綱を引いた。しかし、遅きに失した。馬は狂ったように走り出していた。馬車は勢いよく動き出し、不運な馬を怒鳴りつける御者を乗せたまま、やがて見えなくなった。

ある家の二階の窓がすばやく開いた。ナイトキャップをかぶった頭がそこから突き出て通りを見下ろした。

「警報を鳴らして」女が叫んだ。「道にオオカミがいるわ」

通り沿いの別の窓が開いた。

「ハロルド、来てみて」別の女が呼びかけた。「下にオオカミがいるわ。それに死体も。オオカミが人を殺したのよ。なんてこと、誰か警察を呼んで」

「くそっ」サディアスはリオーナの腕をつかみ、通りの端へと引っ張っていった。「大失態だな。ほかの誰かにきみが女だと気づかれる前に急いでここから立ち去らなければ。このあたりの住人全員に催眠術をかけるわけにはいかないぞ」

フォッグが今度はどんな遊びをするのかと興味津々で飛びはねながら、ふたりのあとを追ってきた。

「まったく」リオーナが息を切らしながら言った。「心配しすぎよ。このあたりの人にわたしが女だなんてわかるわけがないわ」

「たしか、デルブリッジの邸宅から急いで逃げなきゃならなかった晩にも同じようなことを言っていたよな。それなのに、きみのお気に入りの殺人者はきみを見つけたばかりか、きみの家に忍びこみ、水晶を盗んだ」

「ねえ、そういう一度のささいな出来事で永遠にわたしを脅すつもり？」

「ああ、たぶんね」

37

別の馬車を見つけ、サディアスのスコットランド・ヤードの知り合いの家へ向かうまで多少時間がかかった。サディアスが刑事の慎ましい住居の扉を叩くあいだ、リオーナはフォッグといっしょに明かりを消した馬車のなかで待った。ろうそくを手に持ったガウン姿の眠そうな男が外に現れ、サディアスと何分か低い声で会話を交わした。

しばらくして、刑事はすばやく自宅の玄関ホールに引きとり、扉を閉めた。サディアスは石段を降りて馬車に戻った。ランシングの死をスコットランド・ヤードの刑事に知らせてからも、サディアスの張りつめた神経がゆるんでいないことをすぐさまリオーナは悟った。

「スペラー刑事が死体を処理し、この件の捜査を締めくくってくれるそうだ」サディアスは抑えてはいるが、まだ怒りに満ちた口調で言った。「彼は真夜中の怪物がハンターではないかと最初に疑った人物だ。運がよければ、ランシングの住まいを捜索することで、やつの罪の証拠が見つかることだろう。頭のおかしい人殺しというものは罪の記録を残しておくものだから。ランシングは自分の仕事に誇りを持っていた」

サディアスの気分が愉快とはとうてい呼べないものであることは、水晶を使わなくてもわかった。それに対し、フォッグは指揮官の命令を待つ一兵卒よろしく、彼に敬意をこめたまなざしを注いでいた。リオーナは座席を指で叩いた。ランシングの死体を見てまず感じたショックと恐怖は、神経を揺さぶるほどの安堵に変わっていた。しかし今、そのかき乱された感情が怒りに近い苛立ちと混じりつつあった。

明かりの消えた家に歩み入るころには、リオーナはうんざりしていた。

「ベッドにはいるんだ」サディアスが言った。「話は明日しよう」

何かがぷつんと切れた。命令に自分が従おうとしていたという事実さえも、リオーナの怒りに油を注いだ。

「よくもまあ」リオーナは歯を食いしばるようにして言った。

サディアスは彼女を無視して書斎へはいった。上着をソファーの背にかけると、ランプをつけ、ブランデーを置いてあるテーブルへまっすぐ向かった。リオーナは彼のあとを追いかけ、部屋にはいってドアを閉めると、ノブをにぎったままドアにもたれた。

「あなたにはわたしに命令をくだす権利はないわ、サディアス」声を殺しながらも激しい口調でリオーナは言った。

「権利ならあるさ」サディアスはブランデーの栓を引き抜くと、荒っぽく中身をグラスに注いだ。「この家に滞在しているあいだは、私の言うことに従ってもらう」

「お忘れかもしれないけど、ここに滞在するように求めてきたのはあなたのほうよ。そのあなたの命令におとなしく従ったせいで、わたしたちの関係性について深刻な誤解を産んでしまったようね」

「われわれの関係性?」サディアスはリオーナに皮肉っぽくおもしろがるようなまなざしを向け、それからグラスのブランデーを半分あおった。「きみはそう考えているのか? まるで仕事上のかかわりのようだな」

「まあ、ある意味そうだもの」

リオーナはすぐに自分が深刻なまちがいを犯したことを悟った。サディアスをとり囲む目に見えない強いエネルギーが、まるで山火事のように、これまでにない危険なレベルにまで燃え上がったのだ。

サディアスはひどく穏やかにブランデーのグラスを置くと、大股の三歩で部屋を横切った。リオーナの前まで来ると、彼女をドアとのあいだにとらえ、両手で顔をはさんだ。発したその声は、嵐の目からのものと言ってよかった。催眠作用の波動がリオーナの五感を揺さぶった。

「ちくしょう。なんであれ、われわれの関係は仕事上のものじゃない」

自分の意志を打ち負かされないようにするためには、エネルギーのありったけを注がなければならなかった。熱が全身に広がる。リオーナは自分が発熱しているのだろうかと思った。

「どうしてそんなに怒っているの？」と彼女は訊いた。

「今夜きみが自分の命を危険にさらしたからさ」

「あなただってそうじゃない」

サディアスは彼女の言い分は無視した。

「ああいう危険に二度と身をさらすんじゃない。わかったか、リオーナ？」

「あなたの身だって危険にさらされていたわ」リオーナは言い返した。「わたしには選択の余地がなかったのよ。それから、わたしに催眠術を使って命令しようとするのはやめて。わたしにあなたの力はおよばないわ、忘れたの？」

リオーナの顔をはさむサディアスの手に力が加わった。危険だが耐えがたいほど刺激的な波が寄せる海のような目。

「残念ながら」サディアスは小声で言った。「きみの力は私におよんでいる」

そう言って彼女の口をとらえた。リオーナは声よりもキスのほうがより催眠力が強いことを知った。抗いたいとすら思わなかった。催眠術をかけられたかのように、身をよじるほどの恐怖と苛立ちと怒りが突然荒れ狂う情熱へと変わった。

リオーナは彼の体に腕をまわし、抱きしめようともがいた。むさぼるような熱く湿ったキスのあいまに、サディアスは彼女が身につけている男の服をはぎとった。上着、シャツ、靴、ズボンが足元に山を成した。着るときに急いだせいで、下着は身につけていなかったため、すぐにもリオーナは裸になった。

サディアスは彼女の体に手を這《は》わせた。背中に手をまわし、自分のものと確認するように貪欲《どんよく》に腰のカーブから尻の丸みへとてのひらをすべらせる。脚のあいだの溶けた芯を見つけ、湿り気を帯びるまでそこを撫でた。リオーナが耐えきれず叫び声をあげるまで。

サディアスはリオーナを抱き上げ、カーペットの上を運んだ。興奮に血が沸き立ち、部屋がぐるぐるとまわる気がしてリオーナは目を閉じた。下ろされたときには、ソファーのクッションかおそらくはカーペットを背中に感じるのだろうと思った。が、むき出しの背中に感じたのは堅い磨き抜かれた木の感触だった。

リオーナは驚いて目を開け、大きな机の端に下ろされたことを知った。そのことを問う間もなく、サディアスがズボンの前を開けて、彼女の腿《もも》のあいだに身を置いた。

彼は片手で彼女のうなじをつかむと、口を口に近づけた。サディアスがふたりのあいだに起こっていることがどれほど強いものであるかわからせたいのだとリオーナは感じた。

「なんであれ、仕事上のものじゃない」サディアスはくり返した。

口が口をふさぐ。同時にサディアスはゆっくりと身を動かし、容赦なく彼女のなかにはいった。もっとも原始的なやり方で自分のものだと主張したのだ。押し入ってくるそれは信じがたいほどに刺激的で官能的だった。

サディアスは長く強く突いた。リオーナは女らしく彼を自分のものと主張するかのように無意識に脚を彼の体に巻きつけた。それに反応して彼はうなり声をあげた。彼女がてのひらをあてているリネンのシャツは湿っていた。サディアスはうなじの手を離すと、両手で彼女の尻をつかみ、さらに奥へと突き進んだ。あまりに深く達するそれに、リオーナは体がばらばらになってしまうのではないかと思った。その瞬間、ふたりはひとつだった。

リオーナは机の上に身を倒し、腕を両側に伸ばした。いくつか小さなものがカーペットの上に落ちるくぐもった音がした。木の表面に傷がつかなければ驚きだと思うほどの力でリオーナは机の端をつかんでいた。まさに命がけで。

少ししてクライマックスが全身を貫いた。それを感じたサディアスも同じく頂点に達した。彼の全身に解放の波が走り、リオーナは無限とも思える数秒間にそれを感じた。ふたりのオーラが溶け合った。

あまりに親密で、信じられないほどに強い感覚は耐えられないほどだった。最後に一度痙《けい》攣《れん》すると、リオーナの体から力が抜けた。きつく閉じた目の端から涙がにじんでいるのがぼんやりとわかった。

38

　正気に返ったサディアスは骨抜きになったような感覚にとらわれていた。じっさい、その場にくずおれてしまいたい気分だった。まだリオーナにのしかかったままで、両手は彼女の温かくやわらかい体の両脇をつかんでいた。少し前には自分の腰にまわされていた彼女の脚は、だらりと机の両側に垂れている。

　自分の体の下で手足を伸ばす彼女を見やった。閉じた目、やわらかくぽってりした口を見て、これまで感じたことのない高揚した満足感を覚えた。サディアスはいやいやながら、きつく腫《は》れた芯からそっと彼を引き抜いた。机に腰かけると、ハンカチでぬぐい、ズボンを直した。それから近くの椅子にどさりと腰を下ろした。

　両腕を肘かけに載せ、椅子に背をあずけて脚を伸ばし、目の前に並べられた豪勢なごちそうでも眺めるようにリオーナの姿を眺めた。首につけた赤い水晶がまだかすかに光っている。

少ししてリオーナが身動きして目を開けると、その目に涙が光っていてサディアスはショックを受けた。罪悪感にとらわれる。彼は立ち上がり、指先で涙のあとをぬぐった。

「痛かったのかい？」と訊く。

「いいえ」リオーナは奇妙な笑みを浮かべてみせ、そろそろと身を起こすと、彼に背を向けた。まるで突然羞恥に駆られたかのように。「ちょっと激しかったから。それだけよ」

「ちょっとだって？　信じられないほどに、ことばでは言い表せないほどに激しかったよ。へとへとになるぐらいにね。寝室まで階段を昇れればまだ運がいいな」

「わたしも同じだわ、きっと」

リオーナは机から降りると急いで部屋を横切り、服を拾い上げた。彼女が男のシャツとズボンを身につけるのをぼんやりと眺めながら、サディアスはリオーナがまだ情熱にぼうっとしたまま服を着る姿に満足し、その親密さにひたった。

「われわれのけんかはいつもこんなふうに収束することになるのかな？」その可能性ににんまりしながらサディアスは言った。

リオーナはシャツのボタンをはめていた手を止め、お黙りというような目を彼にくれた。

「こういうけんかはあまり頻繁にはしたくないわね」

けんかの理由を思い出し、サディアスの愉快な気分は薄れた。

「きみの言うとおりだ」そう言って不機嫌そうに顔をしかめた。「今夜のようなことをくり返したくはないからな」

警告するようにリオーナの眉の根が寄った。「サディアス……」

「私の心臓がまたあんなショックに耐えられるとは思えないんでね」彼は冷ややかにしめくくった。

リオーナは言い返そうとするかに見えたが、そうはせず、鼻に皺《しわ》を寄せた。「わたしの心臓だってそうよ」

サディアスはにっこりした。リオーナも笑みを返した。

けんかするにせよ、しないにせよ、見えない絆《きずな》がふたりを細い糸で結びつけているのはたしかだとサディアスは胸の内でつぶやいた。どちらもその呪縛《じゅばく》からは逃れられない。しかし、声に出しては言わなかった。まだ早い。今はまだもろすぎる。

リオーナは服を身につけ終えてその場に立ち、彼に暗く不安そうなまなざしを向けた。今度はなんだとサディアスは胸の内で問うた。

「あのけだもの、ランシングだけど――」リオーナは口を開いた。「ほんとうに今夜自分で屋根から飛び降りて死んだの？」

そういうことか。私が殺したのかもしれないと思って動揺しているのだ。こういう反応は予期してしかるべきだった。サディアスは屋根の上での戦いを思い出してゆっくりと息を吐いた。

「ああ」と答える。くそっ、じっさい、それが真実ではないか。

リオーナは安堵に顔を輝かせた。「そう」

サディアスは立ち上がり、飲み残したブランデーを置いたテーブルのところへ行った。ひとロブランデーを飲むと、喉元が熱くなるまで待ち、それからグラスを置いた。

「しかし、わざと落ちるように仕向けたのはたしかだ」と彼は言った。

「言っている意味がわからないわ」

「やつのことは一度に数秒間しか催眠状態におけなかった」サディアスは部屋の反対側にいる彼女と目を合わせた。「やつは……やつの精神は不安定だった。エネルギーもかなり混沌《こんとん》としていた。命令に従わせようとしてもすぐに催眠状態から覚めてしまう。それでも、何が起こっているかやつにはわかっていた。そのせいでパニックにおちいったんだ。それで階段を昇って屋根へ出た」

「あなたはそのあとを追ったの？」

「ああ」サディアスは目をそらそうとはしなかった。「隣家の屋根へ飛び移ろうとしたんだと思うが、やつは混乱し恐怖に駆られていたせいで建物の別の側を選んでしまった。飛び出してみたらそっちは道だったというわけだ」

「そう」

「やつをそういう激しい錯乱状態におとしいれたのは私だ。殺したも同然なんだ、リオーナ。屋根の端から突き落としたようなものさ。やつのあとから階段を昇っていきながら、息の根を止めてやろうと思っていた。刑務所に送っても無事にとらわれの身となっているとは思えなかったからね。やつは異常者だったが、非常に強い能力を持っていた。とても危険だった。やつを銃で撃とうとしたんだが――」

リオーナは先ほどと同じようにおごそかにうなずくと、彼が立っているところへ近寄った。サディアスは自分が息を止めているのを意識した。彼の前で足を止めると、リオーナは彼の顔の横に手を添えた。「あの人は狂犬だったのよ。あなたはすべきことをしたんだわ」

「でも、私が人を殺そうとしたことで、きみの私を見る目が変わってしまった」

リオーナはゆっくりと首を振り、指先でやさしく彼の頬に触れた。「見る目が変わったんじゃないの。心配になったのよ」

そう聞いてサディアスは驚いた。「何が心配なんだ?」

「ランシングとちがってあなたは礼節と良識をわきまえた文明人だから。文明人は人を殺したら罰を受けなければならない。たとえ人殺しの理由がどれほど正当であっても。必ず代償を払うことになる。そうでなかったら、けだものとなんら変わらないもの。あなたはきっと悪夢を見ることになるわ、サディアス。たぶん今夜は見ないかもしれない。明日の晩も見ないかもしれない。でも遅かれ早かれ、悪夢は訪れる」

サディアスは動いたらリオーナが手を下ろしてしまうのではないかと恐れ、身動きひとつしなかった。

「ああ」彼は言った。「悪夢は見るだろうな」

「悪夢に襲われたら、わたしのところへ来ると約束して。悪夢をまったく見ないようにはできないけれど、あなたが悪夢に……打ちひしがれてしまわないようにはできるから」

リオーナは私のしたことを拒絶しているわけではない。それが必然的にもたらすであろうことに力を貸そうというのだ。サディアスは大きな安堵を感じてゆっくりと息を吐いた。

片手で彼女の指をつかむと、口に持っていってキスをした。「悪夢にきみの助けが必要だったら、きみのところへ行くよ」

リオーナは満足してうなずくと、一歩下がった。「少なくとも、これでいくつか疑問に答えが出たし、真夜中の怪物は死んだわ」

「そういえば――」サディアスは振り返ってソファーに放った上着を拾い上げ、ポケットから一枚の紙をとり出した。「モリー・スタブトンのマットレスの下でこれを見つけたんだ。書き終えられることのなかった手紙だ。彼女はなぜかこれを隠しておかなければと思ったようだ」

サディアスは手紙を読み上げた。

親愛なるJ

わくわくするようなお知らせがあるの。計画が期待どおりに進みそうよ。昨晩Dに言ってやったの。これだけの危険を冒している以上、今よりずっと多くを払ってもらいたいって。彼は最初それを拒んで、わたしのことをひどくけなしたわ。自分がいなかったら、おまえなど上流社会の人間と交わることもなかっただろうって言って。癪に障るったらありゃしない。でも、わたしがいなかったら、彼が喉から手が出るほどほしがっている石を持っている収集家の名前を知ることもなかったんだってことを思い出させたら、ようやくどうにか分別をとり戻してくれた。

彼にどうしてその水晶がそんなに大事なのか訊いてみたの。知っておくと役に立つかもしれないと思って。でも、教えてくれたのは、それがとても特権的なクラブにはいるのに必要な入会金がわりだってことだけだった。

Dからもらうお金でもいい暮らしはできるけど、彼が信用ならない人間だってことは誰よりもわたしがいちばんよく知っているわ。だから、別の愛人を見つけることにしたの。女がひとりで世間を渡っていくのは、お金持ちの紳士の庇護がなければ無理だしね。ミスター・Sっていう人に目をつけてるの。すごいお金持ちなのに知性はだいぶ劣る人よ。それって悪くない組み合わせよね――

手紙は唐突に終わっていた。サディアスが目を上げると、リオーナに真剣な顔で見つめられていた。

「あなたのお友達のケイレブ・ジョーンズがもっと大きなたくらみがあるって疑っていたの、あたっていたみたいね」考えこむように彼女は言った。「デルブリッジは収集品をふやすために私の水晶を盗んだんじゃなかった。なんらかの秘密クラブの入会金として必要だったから盗んだのよ」

サディアスはゆっくりと手紙をたたんだ。「その会員になるためには殺人を犯してもかまわないと思うほどに重要なクラブか」

「手紙には新しい愛人に目をつけているって書かれているけど、それってあの晩彼女とあいびきするために展示室にはいってきた紳士にちがいないわ」

「おそらく」サディアスは言った。「ひとつだけたしかなことがある。できるだけすぐにデルブリッジの家にまた忍びこまなければならない」

興奮にリオーナの目が輝いた。「あそこでまた水晶が見つかると思うの？」

「それはどうかな。運よくデルブリッジがまだ水晶を持っているとしても、今回はもっと気をつけてわかりにくい場所に隠しているはずだ」

「だったら、どうして家に忍びこまなきゃならないの？」

「水晶よりも重要なことを証明してくれるものを探したいのさ」

リオーナはオーロラ・ストーンよりも重要なものがあると聞いて驚愕の表情になった。

「なんですって？」とわずかに眉をひそめて訊く。

「彼が入会したがっている秘密のクラブについての情報だ。運がよければ、ほかの会員の名前もわかるかもしれない」

「ああ、そういうことね。まあ、あなたとケイレブ・ジョーンズにとっては役に立つ情報でしょうけど」

サディアスは机のところに行き、引き出しを開けてデルブリッジの日常の予定表をとり出した。今回の任務にとりかかる際にケイレブとふたりで調べておいたものだ。

「デルブリッジが通常どおりの生活を送っているとしたら、明日の晩はクラブにかなり遅い時間までいるはずだ。あの家に住みこんでいる使用人はたったふたり。家政婦とその夫の執事だ。ほかは通いで、日中は毎日いるが、夜はいない」

「変ね。使用人はたいてい雇い主の家に住みこんでいるはずなのに」

「デルブリッジには守らねばならない秘密があるからね。それも数多く」とサディアス。「使用人だって世間一般の人と同様に口は軽い。いずれにせよ、明日の晩は邸宅に住みこんでいる夫婦も週に一度休みをとる日だ。毎週娘の家を訪ねることにしている。明日の晩も泊まってくるはずだ」

「怪物が死んだことを知ってデルブリッジが日課を変えたらどうするの？」

「そうはならないと思うね。あるとしたら、ランシングの死を知ってかえって日課を守ろうとするはずだ。ランシングの罪が自分に結びつかないようにえらく気をつかうだろうから」

「おっしゃりたいことはわかるわ」リオーナは言った。「すでにデルブリッジの仲間の多くは彼がランシングと知り合いで家に招いたりまでしていることを知っているわけだから」

「デルブリッジは怪物と自分は無関係だと誇示して、ランシングが一連の恐ろしい罪にかかわっていたことを知り、ソサエティのほかの会員同様、自分もショックを受けているとまわりに知らしめなければと思っているはずだ。それには、いつもと変わったことはしないほうがいい。それに、彼が自分に法の手が伸びることを恐れているとしたら、クラブに行くことにはさらなる利点もある」

「どんな？」

「この世で警察の捜査官の手がおよばない場所といったら、紳士のクラブに勝るところはあまりない」

リオーナは肩を怒らせた。顔には今や見慣れた断固たる表情が浮かんでいる。サディアスは胃がしめつけられる気がした。彼女が何を言おうとしているかわかったからだ。

「明日の晩はわたしもいっしょに行くわ」とリオーナ。

「だめだ」

「わたしの力が必要なはずよ」

「いや」

「いいえ、必要よ。前のときにわたしを必要としたのと同じ理由で。お願いだからよく考えて、サディアス。屋敷のどこかに水晶がある可能性は低いけど、もしあったとしたら、それがわかるのはわたしだけよ。おまけにあなたがまたあのおぞましい毒の罠《わな》に引っかかったら、わたしがいなくてどうするの？　この件に関してはあなたがどう思おうとわたしたちはパートナーなのよ。最初からそうだったの。お互いを必要としているのよ」

リオーナの言うとおりだとサディアスも思った。たしかに彼女は必要な存在だ。これまでこんなふうに女を必要だと思ったことはなかったが。

「考えておこう」サディアスは静かに言った。

リオーナはほほ笑んだ。勝ち誇った笑みではなく、どちらかと言えば安堵の笑みだった。彼女は今夜、彼の身を思い、ほんとうに恐怖に駆られていたのだ。

「おやすみなさい、サディアス」リオーナはやさしく言った。「それから、分別を働かせてくれてありがとう」

分別などないも同然だとサディアスは胸の内でつぶやいた。この女のことになると、私はまるで催眠術にでもかけられているかのように衝動を抑えられなくなるのだから。

サディアスはドアのところへ行ってリオーナのためにドアを開けてやった。

「寝る前にひとつだけ」サディアスは脇を通り過ぎようとするリオーナに問いかけた。「私が今晩危機にさらされていたとどうやって知った？」

リオーナは最初はぎょっとし、やがてわずかに困った顔になってためらった。が、しばらくして首を振った。「わからない。突然そうとわかったの」

「つまり、われわれふたりを結ぶ絆がより強くなっているということだな」サディアスは静かに言った。

不安がリオーナの目に影を落とした。リオーナが言い返す前にサディアスは口に軽くキスをした。

「おやすみ、リオーナ」

39

翌朝、リオーナ、サディアス、ヴィクトリアが朝食の席についているときに、スペラー刑事が訪ねてきた。刑事はすぐさま朝食の間に招じ入れられた。

刑事はヴィクトリアに対し、敬意はこもっているが親しい様子で挨拶した。

「レディ・ミルデン」

ヴィクトリアはおごそかに会釈した。「おはよう、刑事。今日は早いのね」

リオーナは穏やかかつ丁重に交わされた挨拶に目をぱちくりさせた。この家では、警察の捜査官に朝食をふるまうことがそれほど異常なことではないのだ。

サディアスはスペラーをリオーナに紹介した。

リオーナは笑みを向けた。「はじめまして」

スペラーは礼儀正しく頭を下げた。「お会いできて光栄です、ミス・ヒューイット」

「自由にやってくれ」サディアスはそう言って料理が山と載せられたサイドボードを手で示

した。「それから、何を知らせに来たのか話してくれ」

「ありがとう。遠慮なくいただきますよ」スペラーは銀の皿に載せられた料理の数々を目を輝かせて見つめた。「夜のあいだほとんど寝てないので、正直、半分飢えかかっているんです」

リオーナは興味津々で刑事を見つめていた。刑事に会うのははじめてだった。叔父のエドワードがあまり警察官とかかわりになりたがらなかったからだ。

昨晩は訪ねてきたサディアスと話すスペラーの姿を暗いなかでちらりと見ただけだった。今朝こうして見てみると、背はあまり高くないが、がっしりと肉づきのいい体形から、大食漢であることはわかった。薄くなりつつある髪には白いものが多い。幅の広い陽気な顔を覆うひげは、ブルーグリーンの目に光るかみそりのように鋭い知性から、見る者の気をそらす役割をはたしていた。上着とズボンはきっちりとした仕立てで、でっぷりした体形をうまく隠している。

サディアスはリオーナが刑事をまじまじと見つめていることに気づき、愉快そうな顔になった。「スペラー刑事がアーケイン・ソサエティの一員であることはもう話したと思うが。彼が持つ能力は刑事という職業にはとくに役立つものだ。彼は犯罪現場を本を読むように正確に読みとることができる」

「言っておきますが」スペラーがサイドボードのそばから口をはさんだ。「本のなかには読みづらいものもありますからね」

「ランシングの住まいは解釈がむずかしかったかい?」とサディアスが訊いた。

「いや」スペラーは器用な手つきで皿に卵とソーセージを山盛りによそった。「ご安心を。昨晩屋根の上から飛び降りて死んだのは真夜中の怪物にまちがいありません」

「何が見つかったんですの?」とリオーナが訊いた。

「信じられないかもしれませんが、殺した人間から奪った品々ですよ。記録もつけていました」スペラーは腰を下ろし、フォークを手にとった。「あのくそ野郎は――」そこでことばを切り、真っ赤になった。「すみません、ご婦人方」

ヴィクトリアが苛々と手を振った。「気にしないで、刑事。つづけてちょうだい。みんなあなたの捜査の結果を聞きたくてたまらないんだから」

スペラーは咳払いをした。「さっきも言いかけたように、怪物は殺した相手から奪った物と、犠牲者をどのようにつけまわしたかを詳細につづった記録を残していました」刑事の口が嫌悪にゆがんだ。「女のドレスからとったボタンもあれば、かわいそうな別の女からとったスカーフもあり、三番目からはリボンを、四番目からはロケットをという具合です。どれも小さな引き出しの名札のそばにきちんと飾ってありました」

リオーナは卵を食べ終えることができずにフォークを下ろした。「つまり、全部で四人の犠牲者がいたとおっしゃるの、刑事?」

「サラ・ジェイン・ハンセン、マーガレット・オーライリー、ベラ・ニューポート、モリー・スタブトンの四人です」

「姿を消した三人については？」リオーナが勢いこんで訊いた。

「まだ死体は見つかっていません」スペラーは答えた。「今言えるのは、消えた三人については奪った品々も記録も見つかっていないということです。行方不明の三人が今回のことと関係ない可能性もありますからな。怪物のやり口とは異なっているし」

サディアスはしばしそのことを考え、やがて首を振った。「居酒屋の亭主が消えた三番目の女であるアニー・スペンスから聞いたそうだが、彼女をつけ狙っていたのは明るいブロンドの髪の優美な装いの男だったそうだ」

「そう聞くとランシングのようですな」スペラーも認めた。「たぶん、彼女と消えたほかのふたりについてはちがう形で死体を処理したんでしょう」

「モリー・スタブトンの死体と同じように」とリオーナが言った。

サディアスの目の端が若干こわばった。「モリー・スタブトンを殺したのは雇われ仕事だったとランシング自身がはっきりと言っていた。仕事はたのしんで果たし、自分のパターンにあてはめようともした。ただ、デルブリッジの命令を受けての殺しだったせいで、いつものやり方はできなかった。死体は命令に従って森に埋めたそうだ」

ヴィクトリアは顔をしかめた。「たぶん、消えた三人の女についても同じやり方で処分するようにデルブリッジに命令されたのよ」

「どうしてデルブリッジがそんなことを？」リオーナが訊いた。「モリー・スタブトンがデルブリッジにとって厄介な存在になっていたことは明らかです。邪魔な彼女を葬ってしまいたいと思っていたことも。でも、彼がアニー・スペンスのような貧しい娼婦のことにまでかかわるのはなぜですの？　彼女は真夜中の怪物が自分のたのしみのためだけに狙いをつけて殺すような女だわ」

スペラーの広い肩が持ち上がって落ちた。「さっきも言いましたが、消えた三人の女は今回の件とは無関係ということもありうる。アニーやほかのふたりの身に何があったのか、明らかになることはないかもしれません。もちろん、ロンドンの町なかからあとかたもなく消えた貧しい女は彼女たちが最初というわけではないですしな。しかし、少なくとも怪物は片づけた。この仕事をやっていて学ぶことがあるとすれば、どんな小さな勝利でも、勝利を得たらお祝いをするということです」

「デルブリッジ卿についてはどうなの？」ヴィクトリアが訊いた。「怪物とつながるような証拠は見つかったの？」

スペラーは大きなため息をついた。「まだです。知り合いであることは明らかですが、デルブリッジは表向きはランシングとある程度距離を置いていました。私の見るところ、ランシングがあの家に招かれたのは先日のパーティーの晩がはじめてのようです」

「モリー・スタブトンを始末するために呼ばれたんだ」サディアスが言った。「ランシングは殺人の報酬としてパーティーに招待するよう求めたんだろうな。やつはデルブリッジの社交界での立場をねたんでいた。自分にも同様の立場に立つ権利があると思っていたんだ」

「デルブリッジ卿といえば――」スペラーがナプキンで口をふきながら言った。「ここへ来る前に邸宅の前を通ったんです。デルブリッジ卿が尋問に応じないのはわかっていましたが、一度は現場の家を見ておいても害はないだろうと思って。何かおもしろい動きはないかと思いましてね。怪物が死んだとわかって、彼がどういう行動に出るか興味もあった」

リオーナはサディアスに目をやった。無表情を崩していないが、彼が伝えたがっているこ とはわかった。デルブリッジの邸宅を捜索するつもりでいることはほのめかすこともしてほしくないのだ。リオーナにもそのわけはわかった。スペラー刑事はアーケイン・ソサエティに真夜中の怪物についての極秘の調査を持ちかけた人間ではあるが、紳士の邸宅を違法に捜索することを見逃すわけにはいかないはずだ。見逃せば刑事としての職を失うことにもなりかねない。彼にはまったく知らせずにいたほうが誰にとっても好都合だろう。

「デルブリッジの邸宅で何かおもしろい動きはあったのかい？」サディアスがさほど関心を持っているふうでもなく訊いた。

「変わったことはとくに」スペラーの口ひげが曲がった。彼はトーストに手を伸ばした。

「誰もいないようで、鍵もしっかりかかっていました。使用人の姿もなかった。デルブリッジがいる気配もなかった」

サディアスは身動きをやめた。「デルブリッジがロンドンを離れたと？」

リオーナが突如として背筋を伸ばした。あの悪党が水晶を持って遁走《とんそう》したのだ。もう二度と水晶は見つからないかもしれない。

リオーナの怒りと不安を感じとったサディアスが、彼女だけにわかるように口を開くなというようなまなざしを送った。リオーナはスペラー刑事に矢のように浴びせたかった質問をしぶしぶ呑みこみ、礼儀として興味を示しているという振りをした。

「デルブリッジは自分が雇った殺人者がどうにも疑わしい状況で死んだという噂を聞きつけたんでしょうな」スペラーはトーストにバターを塗りながら言った。「謎めいた消え方をしたデルブリッジの愛人が住んでいた家の前の通りで怪物は自殺したわけですから。不安に駆られても当然です」

ヴィクトリアが眉をひそめた。「でも、ランシングが死んだことをこんなにすぐに知ったのはなぜ？」

「わかりません」スペラーはトーストにかぶりついた。「おそらく、ランシングと会う約束があって、やつが現れなかったんでしょう。もしくは、クラブでやつが死んだという噂《うわさ》を聞いて、急いで家に帰り、荷造りして逃げたか」

「でも、どうして逃げるんですの？」リオーナが訊いた。「社交の場では気をつけてランシングとのあいだにある程度の距離を置いていたわけでしょう。ランシングが死んだことを知ってどうしてパニックに襲われて逃げたりするんです？　街に残ってほかのみんなと同じように、真夜中の怪物の正体がわかったことに驚愕するふりをするほうが理にかなっているわ」

スペラーの濃い眉が何度か上下した。「そう、これは推測にすぎませんが、ランシングの死の状況が奇妙だったせいで、デルブリッジは同様の形で今度は自分の命があやういと恐怖を感じたんじゃないですかね」

サディアスはまつげ一本ほども表情を動かさなかったが、リオーナはお茶にむせそうになった。

スペラー刑事は知っているのだ、とリオーナは思った。彼の持つ能力によって、ランシングの死が事故でも自殺でもなかったことを見抜いたのだ。昨晩屋根の上でほんとうは何があったのかわかっていて、それについては何も言わずに秘密を葬り去ろうとしている。

長年刑事の職に就いている人間は秘密もたくさん抱えているものなのだろうとリオーナは思った。アーケイン・ソサエティの一員でもあるならば、ふつうの警察官よりもその数は多いにちがいない。

40

霧に包まれ、月明かりのなかにそびえたつデルブリッジの邸宅は、ゴシック小説に登場するお化け屋敷さながらに見えた。パーティーの晩には、下の階の部屋の明かりは煌々《こうこう》とついていたのだが、今夜はすべての窓が暗くなっている。

リオーナはサディアスとともに、無秩序に広がる庭へつづく裏門の内側に立っていた。緊張と興奮と恐怖がさざ波のように全身に広がる。しかし、サディアスにはそうした感情を見せまいと精一杯努めていた。すぐにも彼が気を変えて家のなかへの同行を拒むであろうことがわかっていたからだ。

「スペラー刑事の言ったとおりね」リオーナは言った。「家には誰もいないようだわ」

「主人といっしょに使用人も家を出たということは、デルブリッジがしばらく留守にするつもりでいるということだな」サディアスも言った。「彼はスコットランドに狩猟小屋を持っている。おそらくそこへ行ったんだろう」

「スコットランド」リオーナは驚愕した。「そんなところでどうやって水晶を見つけたらいいの？」

「アーケイン・ソサエティの力がおよぶ範囲は広い」とサディアスは言った。含み笑いをしているような声だった。

リオーナは顎をつんと上げた。「言っておくけど、水晶はわたしのもので、ソサエティのものじゃないわ」

「こっちも言っておくが、石を見つけるまで所有権についての言い争いは延期したはずだ。用意はいいかい？」

「ええ」

サディアスは今夜も見慣れた黒い装いだった。リオーナも深夜の仕事にふさわしいいでたちだった。最初にデルブリッジの邸宅に忍びこんだときにアダムが用意してくれた使用人の上着とズボンに、サディアスからもらった黒いリネンのシャツを身につけていた。

当然ながら、シャツは彼女には大きすぎた。余った部分をズボンに押しこんではみたものの、体にぴったりした上着の下で、シャツはいかにもだぶついて見えた。リオーナはぬいぐるみになった気分だったが、はたから見てもそうではないかと思われた。

「書斎の窓から忍びこむ」とサディアスが言った。

「そこに毒の罠がしかけてあったらどうするの？」とリオーナが訊いた。

「それはないと思う。ずいぶんと急いで出かけたようだからね。巧妙な罠をしかけていく暇はなかっただろう。それにどうしてそこまでしなくてはならない? 水晶を携えて出かけるつもりだったはずだ」

「そうね」リオーナはがっかりして答えた。「はるばるスコットランドまで持っていったのよね」

「さんざん聞かされて苛立つほどだった、きみのどこまでも楽観的な考え方はどこへ行った?」

リオーナはそのことばは無視することにした。

ふたりは手入れされずに草木の生い茂った庭を通り抜けた。デルブリッジには罠をしかける暇はなかったはずだというサディアスの確信にもかかわらず、窓の鍵を開ける際にはふたりとも厚手の布で鼻と口をふさいでいた。

すぐにもふたりは書斎のなかにいた。カーテンはしっかりと閉められ、書斎のなかは真っ暗闇だった。あたりには心乱されるようなエネルギーがただよっている。サディアスは持ってきたランタンに火を入れた。黄色い炎が部屋のあちこちに置かれた奇妙な収集品を照らし出した。これらの古代の遺物から超常的なエネルギーが少しずつ発せられていることがリオーナにはわかった。

「どうやらこれらは彼にとってあまり貴重でない収集品のようだな」サディアスが言った。「階上《うえ》の博物館に陳列するほどの価値もないというわけだ」

リオーナは身震いした。今の不快な感覚も、デルブリッジの収集品の大部分を収蔵している階上《うえ》の展示室で待ちかまえているものとは比べ物にならないことはよくわかっていた。

「彼はこれらの収集品を集めるのに生涯の大半を過ごしたにちがいないわね」とリオーナは言った。

「デルブリッジは超常的な古代の遺物にとりつかれているだけの人間だ」サディアスは机のそばへ行き、引き出しを開けて紙を何枚かとり出した。「水晶の気配は?」

リオーナは踵《きびす》を返し、五感を全開にした。まわりにある品々がかもし出す心騒がせるオーラが強まったが、オーロラ・ストーンに独特のエネルギーの流れは感じられなかった。

「ないわ」とリオーナは答えた。

「役に立つ情報もここにはなさそうだ」サディアスは別の引き出しを開けた。「何カ月もつけになっている仕立て屋や手袋屋からの請求書と招待状がいくつか」

「そんなにがっかりしないで。デルブリッジが入会を希望しているクラブの住所を書き残しているかもしれないなんて思うのは期待しすぎよ」

「きみの言うとおりだ。ただ、楽観的に考えようとしたのでね」サディアスは手紙を引き出しに戻した。「階上《うえ》を見てみよう」

ふたりは階段を昇った。家のなかは不気味に静まり返っていた。まるで幽霊屋敷みたいだわとリオーナは胸の内でつぶやいた。

少しして、ふたりはデルブリッジの寝室の入口に立っていた。

「ふうん」とリオーナが声を発した。

サディアスが探るような目をちらりと向けた。「どうした？」

「大急ぎで荷造りした形跡はないわ。それどころか、すべてがきちんと整っている。まるで数分前に部屋を出たばかりのように」

サディアスはランタンを高く掲げ、部屋を見まわした。「荷造りは家政婦にやらせたんだろう。家政婦が部屋を乱さないよう気をつけたわけだ」

「たぶんね」リオーナは言い淀《よど》んだ。「それでも、何か不安とか焦りとかを感じさせるものがあると思うじゃない。デルブリッジは街を出ようと急いでいたはずだから。見て、ひげそりの道具もまだドレッシング・テーブルの上に残っている」

サディアスは部屋を横切り、衣装ダンスの扉を開けた。なかにはずらりと衣服が吊るされていた。

「ロンドンを離れたりはしていないな」とサディアスが言った。

期待がリオーナの全身に走った。「もしかしたら、わたしの水晶もまだここにあるかもしれない」

「気配を感じるかい？」

「いいえ、この部屋にはないわ。博物館に行ってみましょう」

ふたりは暗い廊下から古い石造りの階段へ戻った。階段は邸宅の増築した部分と博物館になっている元からある部分とをつないでいた。リオーナは展示室の収集品が放つ、神経を逆撫でするようなオーラに対して身がまえた。それでも、最初に経験したときと同じように、不快なエネルギーが五感を揺さぶるような強さで全身に走った。サディアスもその感覚に同じように反応しているのはたしかだった。

階段を昇りきると、すり減った石の床を横切って長い展示室にはいった。ランタンの明かりが古代の遺物や遺物をおさめたケースに反射して冷たい地獄の業火のように光った。デルブリッジのパーティーの晩に逃げるのに使った古い石造りの階段へつづく扉を通り抜けると、前に水晶がおさめられていた戸棚が目にはいった。そこから水晶のエネルギーがもれてくる気配はなかった。

「この展示室にもないわ」がっかりしてリオーナは言った。

「ああ、でもほかの何かはある」サディアスがランタンを高く掲げた。

リオーナは彼の視線を追って長い展示室の奥に目を向けた。前のときに陰に隠れた大きな石の祭壇が目にはいった。今夜はどこかちがって見える。

まもなくリオーナにも、祭壇の上に伸びている奇妙な形の黒っぽい物体が死体であることがわかった。

「なんてこと」リオーナは突然足を止めてささやいた。「また死体だなんて」

サディアスは祭壇のそばへ行って動かぬ人影を見下ろした。明るいランタンの光のもと、リオーナにも乾いた血の流れが見てとれた。血は男の胸に古代の短剣が突き刺さった部分から流れ出し、高価な上着をびしょ濡れにし、白いシャツを真っ赤に染めて石の表面を流れ、床に落ちて海を成していた。

「デルブリッジがスコットランドに行っていないのはたしかだな」サディアスが言った。

「水晶もスコットランドにはない」

41

しばらくの後、サディアスは暖炉の前に置かれたふたつの安楽椅子のひとつに腰を下ろした。両手でブランデーのグラスをまわしながら、暖炉の火のせいで中身の酒が金色に見えるとぼんやりと考えていた。リオーナの目の色だ。

「デルブリッジは水晶のせいで殺されたとしか考えられないな」サディアスは言った。「ふつうの強盗に刺されたと考えるのは偶然にしてはできすぎだ」

「そうね」もうひとつの安楽椅子にすわったリオーナが同意した。「また水晶が消えてしまったわ。まったく。何年もたってようやく見つけたっていうのに」そう言って空いている手で椅子の肘かけを叩いた。「ほんの数日前にはこの手に持っていたというのに」

フォッグは暖炉の前で鼻面を前足に載せて寝そべっていた。目は開けていなかったが、リオーナの苛立ちと緊張を感じとって片耳がぴくりと動いた。女主人の気分を表すバロメーターだなとサディアスは胸の内でつぶやいた。

自分とリオーナの絆については、彼女がいっしょにいるときの満たされきった感覚以上の証拠は必要なかった。自分でそうと知らないまま、これまでずっと彼女のことを探してきたのだった。彼女が心の穴をすべて埋めてくれたおかげで、隅々まで満たされた人間になった。ただ生きて彼女と同じ部屋にいるだけで、根元的な満足を得ることができたのだ。

サディアスは椅子にゆったりと身をあずけ、リオーナがすぐそばにすわっている光景と感覚をたのしんだ。彼女は上着を脱ぎ、今は体にぴったりしたズボンと彼が貸した大きすぎるシャツだけを身につけている。

少し前に家に戻ってきたときに、リオーナはズボンをふくらませていたシャツの裾を引っ張り出したのだった。シャツはゆったりと彼女を包み、袖をまくり上げているせいもあって、喉や手首の細い骨が強調されていた。男の服を着た女にここまでそそられることがあろうとは、とサディアスは思った。あの晩、長い展示室で角を曲がって現れ、自分の腕に飛びこんできた彼女の第一印象が思い出された。秘密に満ちた謎めいた女。

あのときは怒り狂う女でもあった。

「水晶は見つけるさ」とサディアスは穏やかに言った。

リオーナにそのことばは聞こえていないようだった。彼がつけた暖炉の火に、暗く険しい目を注いでいる。

「彼女がほんとうに女妖術師だったのかもしれないと思わせるには充分ね」リオーナがささやいた。「たぶん、石に呪いをかけたんだわ」

サディアスは何も言わず、彼女のことばがしばらく宙に浮くにまかせた。リオーナが自分の言ったことに気づくのを待ったのだ。

リオーナは凍りついた。やがて見るからに意志の力をふるい立たせて手に持ったグラスを持ち上げ、ブランデーをごくりと飲んだ。

サディアスは次に起こるであろうことを予測して顔をしかめた。

リオーナはブランデーに胸を焼かれて鋭く息を吸った。目に涙がにじむ。それからあえいで咳きこみはじめた。必死でポケットを探ったが、ポケットには何もはいっていなかった。

サディアスが自分のポケットからハンカチをとり出し、彼女に手渡して言った。

「次にきみが男の衣服を身につけるときには覚えておいたほうがいいな。紳士たるもの、きれいなハンカチを持たずに家を出ることはない」

リオーナはそのことばを無視し、息を整えながらハンカチで目をふいた。それからようやくおちつきをとり戻した。

「シェリーのほうが飲み慣れてるの」と弱々しく言う。

「そのようだね。さて、このお遊びももう充分なんじゃないかな」

「お遊び？」リオーナの声はブランデーに焼かれたせいでまだかすれていた。「なんのお遊び？」

サディアスは手に持ったグラスをまたまわした。「オーロラ・ストーンが自分のものだとそこまで確信しているわけをそろそろ話してくれてもいいころじゃないか」

リオーナは催眠術にかけられたかのように身動きをやめた。フォッグが首をもたげ、真剣な顔で女主人を見つめた。

「一族に代々伝わる宝だからよ」リオーナはすらすらと答えた。

「きみの一族はそれをなくすのが習わしのようだな」

「おもにアーケイン・ソサエティにとかかわりのある人が盗むからよ」とリオーナは言い返した。

サディアスは肩をすくめ、またブランデーを口にした。

リオーナは深々と息を吸い、暖炉のほうに足を伸ばして椅子に体をあずけた。

「知っているんでしょう?」と言う。

「きみが処女妖術師のシビルの子孫だということかい? 今までは推測にすぎなかったが、そう、状況をかんがみるに、理にかなったもっともな推測だったわけだ」

リオーナは顔をしかめてみせた。「うちの一族はみな、ソサエティが彼女に与えた名前を嫌っていたわ」

「〝処女妖術師のシビル〟かい?」サディアスは肩をすくめた。「私には魅力的に思えるけどね。伝説というのはそういうものさ」

「彼女は別に妖術師じゃなかった。あなたやわたしと変わらなかったのよ。頭がよくて、超能力に恵まれた錬金術師にすぎなかった。悪名高きあなたの祖先のシルヴェスター・ジョーンズと同様に。今の世に生きていたら、科学者とみなされたでしょうね」

「たしかに、処女妖術師のシビルという名前は科学者には聞こえないな」

「それに処女でもなかったわ」リオーナはそっけなく言った。「少なくとも、死ぬまでずっと処女ではなかった。わたしがその証拠よ。母や祖母やその前に延々と連なる女祖先たちもそう。みなシビルの子孫だもの」

「いいさ、処女妖術師というあだ名はある意味誇張にすぎないかもしれないということは認めよう」

リオーナは軽蔑するように小さく鼻を鳴らした。「アーケイン・ソサエティの伝説にありがちなことよね」

「われわれはその手のことに秀でているものでね」とサディアスも認めた。

リオーナは眉根を寄せた。「女妖術師というあだ名がついたのは理解できるけど、いったいどうして〝処女〟って言われたのかしら?」

「シルヴェスターのせいさ。彼女が処女を彼に捧げることを拒んだせいで激怒したんだ。彼の日誌によると、彼女はその身を錬金術に捧げたと言っていたそうだ」

「シルヴェスターはシビルを愛していなかったのよ」リオーナがきっぱりと言った。「自分の超能力が子孫に受け継がれるものかどうかたしかめるための実験道具がほしかっただけ」

「わかっている。そこで彼は能力を持つほかのふたりの女を見つけた。そのうちひとりが私の直系の祖先だ。しかし、シビルに拒まれたことはいつまでもシルヴェスターの腹立ちの種となった」

リオーナは椅子の背に頭をあずけた。「いつから知っていたの?」

「もちろん、きみの水晶使いの業が最初のヒントだった」

「水晶使いはこの世にわたしだけじゃないわ」

「ああ、しかし伝説によると、オーロラ・ストーンはほかの水晶とはちがう。シルヴェスターの説によると、オーロラ・ストーンにエネルギーを注ぎこむのに必要な能力を持つ人間はきわめてまれだそうだ。シビルはシルヴェスターが見つけた唯一それができる人間だった。その独特の能力を受けついだ子孫がオーロラ・ストーンを使えるのも道理というわけだ」

リオーナの口が引き結ばれた。目は暖炉の火から離さずにいる。

「ん」と声が発せられた。

サディアスはしばし待った。が、リオーナがそれ以上ことばを発するつもりがないことが明らかになると、フォッグに目を向けた。

「伝説によると、シビルは忠実なオオカミを連れ歩いていたそうだ。シルヴェスターはシビルがオオカミと超常的な絆を結んでいるのではないかと疑っていた。彼はそのときまで人間だけが超能力を持てると信じていたので、そのことにも心を奪われたらしい」

「あなたの言っていることって、いくつかの伝説との偶然の一致にすぎないように聞こえるわ」

「シルヴェスターがシビルの人となりについて多少日誌に書き記してもいる。それによると尋常でなくきみにそっくりなんだ」

リオーナは首をめぐらして彼に目を向けた。「尋常でなく？」

「『女妖術師はきわめて危険な存在だ。夜のような漆黒の髪、奇妙な琥珀色の目』」サディアスは日誌に書かれていたことを引用した。「『人の夢を意のままにする能力を有している』」

リオーナは突然興味を覚えた顔になった。「わたしのこと、きわめて危険だと思っているの？」

「何よりも喜ばしい意味でね」

「シルヴェスターはシビルについてもっと詳しく書いてないの？」とリオーナは訊いた。

「覚えているかぎりでは、日誌では裏切り者の女ギツネ、じゃじゃ馬、雌ネコ、口やかましい女といったことばで呼ばれることが多かった」

「とうてい賛辞とは言えないわね」

「見方によるかもしれないな。私に言わせれば……なんとも魅力的な呼び名だ」

「それだけ？　シビルについてのそんな好ましくない記述といくつか偶然の一致らしきものがあったからって、それだけでわたしがシビルの子孫だと決めつけたわけ？」

「それほど薄弱じゃない最後の決め手があったのさ」とサディアスは認めた。

「それはなあに？」

サディアスは立ち上がり、ブランデーの瓶を手に持つと、中身を自分のグラスに勢いよく注いだ。「アーケイン・ソサエティが何よりも固く隠している秘密を盗もうとするたくらみがあるというケイレブ・ジョーンズの推測を話して聞かせたときに、きみは正しい質問をしそこなった」

リオーナは不安と困惑をあらわにして彼を見つめた。「たしか、そのたくらみについて話してくれたときには、たくさん質問したはずよ」

「ああ、しかし、もっともしそうな質問をしなかった。人殺しまで引き起こすほどの秘薬がどんなものであるかきみは訊こうとしなかった」

リオーナは目をぱちくりさせ、やがてうんざりしたようにため息をついた。「ああ、いやだ」

「訊く必要がなかったからだろう？」サディアスはグラスを軽く掲げ、また腰を下ろした。

「すでにその秘薬については何もかもわかっていた」

「創設者の秘薬の伝説はうちの一族に代々伝えられてきたことだから」リオーナは認めた。「母から娘へと語りつがれてきたの。超能力をさらに強大なものにできると信じて秘薬を完成させようと躍起になっていたシルヴェスターのことを、シビルは狂気にとらわれていると思っていた。シルヴェスターは秘薬によって命も永らえられると考えていたわ。じっさい、そのせいで彼が殺されたとシビルは確信していた」

「にもかかわらず、製法を盗んだと？」

リオーナは鋭い目つきになった。「一時期、彼の助手を務めていたことがあったので、写しを作って彼のもとを去るときにそれを持って出たのよ。盗んだわけじゃない」

「秘薬の効き目を信じていなかったなら、どうして製法を持って出た？」

「彼女自身、それを完成させたいと願っていた時期があったから。それによってシルヴェスターよりも自分のほうがすぐれていると証明するために。最後までふたりは激しい競争相手だったのよ。でもシビルは結局、その秘薬は使うには危険すぎると思うにいたった。それでも、秘薬の製法の写しを処分することはできなかった。手紙にそう書いてあるわ」

「おもしろい」

リオーナは両手を大きく広げた。「いいわ、これでわたしが何者かあなたにもわかったわけね。どうしてそれがわかったかはどうでもいいことだわ。シビルの実験の日誌はずっと昔に失われてしまったの。一族の誰も、日誌がどうなったか知らない。もしくは、日誌やその他の秘密を隠すのに使っていた金庫がどうなったかも。でも、彼女が日記として使っていた手帳が二冊と手紙がわたしの手元にあるわ。そのなかで、彼女はシルヴェスターに抱いていた感情を心が痛むほどはっきりと述べている」

「彼についてはほかに何と言っている？」サディアスが訊いた。

「彼のことは傲慢《ごうまん》なペテン師で大嘘つきと述べていることが多いわ」

「どうして嘘つきと？」

「共同研究を行って秘密を分け合い、お互いの力を発展させようと約束して言い寄ろうとしたからよ。彼女は彼を愛し、彼のほうも自分を愛してくれていると信じた。でも、彼がほんとうに望んでいるのは子を産む実験道具としての自分だと気がついて、怒りに駆られたの。シビルはそのとき、シルヴェスターが人生において情熱を注ぐものはたったひとつだと悟ったのよ。それは秘薬の製法の研究だった。だからシビルは彼のもとを去ったの」

「オーロラ・ストーンと秘薬の製法の写しを携えて」

「両方とも彼女には所有する権利があったのよ」リオーナは力強く答えた。

サディアスはほほ笑んだ。

「今言ったことの何がそんなにおもしろいの?」とリオーナは尋ねた。

「処女妖術師のシビルの子孫をアーケイン・ソサエティの春の舞踏会へ連れていくと考えるとなんとも愉快でね。ソサエティもうちの家族も、よき伝説が何にもまして好きなんだ」

42

「シビルの直系の子孫だって？」ゲイブリエル・ジョーンズがにやりとした。「ヴェネシアにこのことを聞かせてやりたいな」

自宅の書斎で机についているアーケイン・ソサエティの新しい会長は、どこからどう見ても現代的なイギリスの紳士だった。ゲイブリエルがその能力のせいで、ロンドンでもっとも危険な男のひとりであるということは誰にもわからないだろうとサディアスは思った。

ジョーンズ一族の多くの人間と同様に、彼も超能力をそなえたハンターだった。その反射神経や感覚や直感は大型の捕食動物のそれと同じぐらい鋭かった。気をゆるめて穏やかな様子でいるときでさえ、オーラにまじる超常的なエネルギーの潮流が、そういうものに敏感な人間の感覚にははっきりとわかるほどだった。

「わたしに何を聞かせたいって？」ヴェネシアが書斎の入口から言った。サディアスに気づくとにっこりした。「サディアス。お目にかかれてうれしいわ。いらしてると知らなかったの」

「ご機嫌よう、ヴェネシア」サディアスは立ち上がった。「いつもと変わらずお美しい。肖像写真の撮影から今お戻りかな？」

「ええ、じつを言えば」

ソサエティの会長の妻としての新しい役割もはたしてはいたが、ヴェネシアは引く手あまたの流行の写真家でもあった。ただ、上流社会の裕福な顧客たちのなかで、彼女が驚くほどすばらしい写真を撮る能力以上のものを備えていると気づいている者はほとんどいなかった。

その能力のおかげで、ヴェネシアは人のオーラをはっきりと見ることができた。もちろん、オーラに敏感な人間が——超能力などばかばかしいと笑い飛ばす人間のなかにすら——大勢いるのはたしかだ。特定の個人のそばにいるときに、自分がたまに気まずさや、恍惚とした思いや、その他説明できない反応を見せると、たいていの人はそれを直感のせいにする。

じっさいはその個人が発するオーラをかすかながら感じているのである。強い超能力を持つ人々は、当然ながら、他者が発するエネルギーの流れにより敏感だ。しかし、ヴェネシアのように、他者のオーラが描く独特の波形をくっきりと見るために必要とされる稀有《けう》な超能力を持つ人はほんの数人しかいない。

「サディアスが誰を春の舞踏会にエスコートするつもりでいるか、きみには想像もつかないと思うよ」とゲイブリエルは言い、前に進み出て妻に挨拶した。「処女妖術師シビルの直系の子孫である水晶使いさ」

ヴェネシアは驚いて夫を見つめた。「シビルとオーロラ・ストーンの話はアーケイン・ソサエティの伝説のひとつにすぎないと思っていたわ」

「そう、すばらしい伝説にはみなひと粒の真実がこめられているってわけさ」

ゲイブリエルは夫らしい愛情をこめて軽く妻にキスをしたが、サディアスは抱擁するふたりが愛情と親密さと情熱のエネルギーに包まれているのを感じとった。アーケイン・ソサエティの会長は幸せな結婚をしたのだ。

「さらにどうやら、すばらしい伝説にはふたつの解釈があるようなんだ」サディアスは向かい合う椅子に腰を下ろしたヴェネシアを見守りながら言った。「リオーナはオーロラ・ストーンが自分のものだと信じきっている。彼女によれば、もともとシビルのものだったそうだ。私もどうも彼女の言うとおりだという気がするな」

「問題は――」ゲイブリエルが言った。「秘薬の製法にしてもそうだが、その石が危険なものと言われている点だ」

「どう危険なの？」とヴェネシアが訊いた。

「はっきりはわからない」ゲイブリエルは机に向かって腰を下ろした。「シルヴェスターの日誌によると、石にはわれわれの力を破壊する能力があるそうだ」

ヴェネシアの口の両端が上がった。「あらあら。その石には男の人を不能にする力があるってこと？　ジョーンズ家の男たちがとり戻してしまいこもうと躍起になるのも不思議はないわね」

サディアスは笑った。「われわれが思うに、まあ、少なくともそうであってほしいと願っているわけだが、石が破壊すると言われる力は、超能力であって、それ以外のものではない」

「それでも、気をつけるにこしたことはないな」ゲイブリエルが言った。顔の表情は真剣なものになっている。「シビルがその水晶を彼女にしか制御できないように変えたとシルヴェスターは信じていた。シビルの子孫がその能力を受け継いでいるのは明らかなようだが」

「リオーナはその水晶を使える」サディアスが静かに言った。

ヴェネシアは眉をひそめた。「でも、ほかの誰もその水晶を使えないのだとしたら、どうして何人もの人々が水晶を手に入れるために人殺しまでしようとするの？」

「わからない」ゲイブリエルが認めた。「しかしケイレブは、今回のことはなんらかの形で創設者の秘薬の製法を盗もうとするたくらみにつながっているのではないかと疑っている」

ヴェネシアはため息をついた。「それってわたしに言わせれば、伝説のままにしておいたほうがよかったアーケイン・ソサエティの伝説よね。あなたとケイレブがシルヴェスターの墓所を発掘してそれを見つけたりしなければ、こういう問題も起こらずにすんだのに」

「それについては言い返せないな」ゲイブリエルは言った。「しかし、覆水盆に返らずだ。今回のことだけじゃなく、あの忌まわしい製法がこれからもソサエティにとって問題の種となりそうだという気がする」

「ランシングのような男もそうだ」サディアスが言った。「警察がああいった犯罪者を止めるのに苦労している理由は明らかだ」

「そうだな」ゲイブリエルは机の上で手を組んだ。「最近、そういった問題についてよく考えるんだが、ソサエティにはもっとも危険な秘密を守るだけでなく、ランシングのような超能力を持った悪党を抑えこむ責任もあると思う」

「それで何を考えているんだ？」とサディアスが訊いた。

「そろそろソサエティ内に保安の問題に注力する部門を設立してもいいと思うんだ。理事会と会長の監督のもとにね」

「その新しい部門の責任者には誰を？」とヴェネシアが訊いた。

サディアスがゆっくりと笑みを浮かべた。「ほかの人間には混沌にしか見えないところにパターンを見出すのに超常的にすぐれている人間だな、たぶん。超一流の陰謀説論者とか？」

「どうしてわかった？」ゲイブリエルが笑った。「すぐにケイレブに話をするつもりだ」

43

その靴屋は骨と皮にやせほそった皺くちゃの男で、金縁眼鏡をかけておどおどとした雰囲気をただよわせていた。がっしりとした体格の助手をふたり雇っている。

「今日こちらへうかがうお時間について行きちがいがあったことは申し訳なく思います」靴屋は言った。「ただ、マダム・ラフォンテインから、ミス・ヒューイットにダンス用の上履きをお見せするのに十一時きっかりにうかがうよう指示をもらいまして」

「来てもらうのは三時だったはずよ」ヴィクトリアが言った。「でも、帽子屋が帰ったばかりだから、すぐに上履きを見てもいいわね。そうすれば、午後にしなくちゃならないことがひとつ減るわ」

「ええ、おっしゃるとおりで」靴屋はリオーナのほうに、不安そうにとり入るような笑みを向けた。「長くはかかりません。マダム・ラフォンテインが上履きはドレスの色とそろいじゃなくてはならないとおっしゃってまして。いくつかお持ちしましたので、そのなかからお選びいただけます」

リオーナはふたりの助手がカーペットの上に置いた大きな木箱に目を向けた。また決めなくちゃならないのねと苦々しく胸の内でつぶやく。ふつうの状況だったら、マダム・ラフォンテインがデザインした豪華なドレスとおそろいのダンス用上履きを選ぶという過程はとてもたのしかったにちがいない。春の舞踏会のために準備をするというのは心躍ることのはずだ。生まれてこのかたそんな大きな集まりに招待されたことなど一度もなかったのだから。参加するだけでも名誉に満ちた輝かしいことだが、それだけでなく、まっさかさまに恋に落ちてしまった男と腕を組んで参加することになるのだ。

しかし、今の状況はふつうとはほど遠かった。春の舞踏会に自分が参加する唯一の理由は、危険な陰謀に加担している人間を突きとめるべく、サディアスに力を貸すためだ。おまけに、自分がエドワード・パイプウェルの姪《めい》で、知らなかったとはいえ、アーケイン・ソサエティの十人あまりの重鎮たちから金を巻き上げるのに力を貸した女だということが知られてしまったら、逮捕されずにその晩を乗りきれたら幸運ということになるだろう。そのふたつの事実が、リオーナからダンス用の上履きを選ぶというようなことに対するたのしみを奪っていた。

しかし、ヴィクトリアは見るからにうきうきしていた。夜もよく眠れている顔だ。期待をふくらませた目を箱に注いでいる。

「何を持ってきてくださったのか、見てみましょう」と靴屋に言った。

「ええ、もちろんです」靴屋はふたりの助手に身振りで合図した。「よければ、こちらが見本となります」

助手のひとりが大きな箱を開けに行った。リオーナの首筋の産毛が逆立った。どうして靴屋にこんな体の大きな助手がいるのだろう？

ヴィクトリアに目をやると、長い棺《ひつぎ》のような大きさの箱にじっと目を注いでいる。助手がふたを開けた。なかに手を入れる。リオーナの見たところ、靴など一足もはいっていなかった。

「よかったら、邪魔がはいらないようにこの扉は閉めましょう」靴屋が小声で言った。

リオーナははっと振り返った。不可解な恐怖が全身に走った。

「だめよ」リオーナは言った。「やめて――」

しかし遅すぎた。大柄な助手のひとりがリオーナをつかまえ、腕をねじり上げ、肉厚の手で口をふさいだ。ヴィクトリアが恐怖に息を呑むのがわかり、その後不気味な静けさが広がった。強い薬品臭があたりにただよう。

リオーナは激しく抵抗し、自分をつかまえている男の腕に爪を食いこませ、思いきり足を蹴《け》り上げた。

「急げ」靴屋が鋭く言った。「時間がない」

「この女、悪魔みたいな女だ」リオーナを押さえている男がつぶやいた。「絞め殺してやったほうがいい」

「危害を加えてはならん」靴屋が怒りを含んだ声で鋭く叫んだ。「聞こえたか？　生きて連れていかなくちゃならないんだ」

「聞こえたさ」男はつぶやいた。「急ごうぜ、パッドン」

もうひとりの男がリオーナの前に立っていた。片手に濡れた布を持っている。布にしみこませた不快な薬品のにおいがわかった。

男はその布をリオーナの鼻に押しつけた。リオーナは男の急所を狙って足を蹴り出したが、スカートが邪魔をした。男の服を着ていればよかったとリオーナは思った。

毒が五感に押し寄せてくる。世界がゆがむ。明るい朝の間に暗闇が満ちてきて、リオーナを終わりのない夜へと連れ去った。

リオーナが最後に聞いたのはフォッグの声だった。庭で遠吠えをはじめた声。まるで地獄に落ちた魂のような声だった。

44

「あのばか犬が延々と遠吠えするのをやめてくれるといいんだけど」ヴィクトリアがつぶやいた。額に濡れた布を載せてソファーに横になっている。そばには気つけのお茶が置かれていた。「使用人によると、男たちにわたしたちが襲われたころから鳴きはじめたそうよ。それからずっと鳴きやまないの。だんだん気に障るようになってきたわ」

サディアスはまだ庭にいるフォッグのほうに目を向けた。フレンチドアのガラス越しに犬の姿が見えた。犬は頭を高くもたげ、また身の毛もよだつような遠吠えをはじめた。

サディアスは犬に共感を覚えた。彼自身、空に向かって怒りの声をあげたかったからだ。しかし、どうにかその衝動を抑えていた。そんな無意味な形で感情を吐き出す猶予はない。時間は貴重だった。そのことはリオーナを連れ去ったのが誰であるかと同様によくわかっていた。連れ去った人間にはリオーナの力が必要だが、それも長いことではない。

サディアスは、リオーナを生かしておき、正気を失わせないでおく必要があったからこそ、拉致の際にふたりが殺されずにすんだのだと言ってヴィクトリアをさらに不安にさせることはやめようと決めた。連れ去った人間は悪夢を呼ぶ毒ではなく、クロロフォルムを使っていた。

十五分前、サディアスは家に帰ってきて惨状をまのあたりにしたのだった。使用人たちはサディアスが玄関からはいってくる直前まで異常な事態に気づかずにいた。みなパニックにおちいり、その場は混沌としていた。

「レディ・ミルデンがカーペットの上に倒れていらっしゃるのを発見しまして」執事のグリブズが悲しそうに報告した。「靴屋と助手が帰ってしばらくしてのことです。もちろん、連中がミス・ヒューイットを連れ去ったわけです」

拉致した人間はリオーナを木箱に入れ、業者用の出入り口から連れ去ったのだった。靴屋と助手が来てすぐに帰っていったことをおかしいと思った人間はいなかった。靴屋がいかにも申し訳なさそうに、約束の時間にひどい手ちがいがあり、レディ・ミルデンにもっと都合のいい時間にもう一度来るよう命令されたのだと説明したからだ。

木箱は待っていた馬車に載せられ、一行は霧のなかに姿を消した。

しかし、多少の催眠術を使って、サディアスはグリブズから靴屋とその助手の人相を聞き出した。靴屋は知らない人間だったが、リオーナの拉致を手伝ったふたりの頑丈な男たちが誰であるかについては心あたりがあった。

「パーティーの晩、デルブリッジが邸宅の見張りに雇ったふたり組にちがいない」彼はヴィクトリアに言った。「そいつはそういう仕事をさせるのに、ほかの人間を知らなかったわけです。だから、彼らと接触した」

ヴィクトリアは眉をひそめた。「わけがわからないわ」

「私もです。でも、それが最初の手がかりとなる」

「なんてこと、彼女は命の危険にさらされているのね？」

「ええ」

サディアスは書斎を横切り、フレンチドアを開けた。

フォッグが空に向かって遠吠えするのをやめ、サディアスに目を向けた。耳はぴんと立ち、目には冷たい死が宿っている。

「いっしょにおいで」サディアスが静かに言った。「彼女を見つけに行こう」

45

リオーナは目覚めて吐き気に襲われた。頭のおかしい女がうわごとのようにつぶやくのが聞こえる。一瞬恐怖に襲われ、おぞましい異常なつぶやきを発しているのが自分ではないかと思った。

「悪魔が地獄からやってくる。姿を見てもそうとはわからないけど、地獄からやってきたのはたしか。あんたもそこからやってきたの？」

リオーナは恐る恐る目を開けた。意識を失うときにまわっていた世界はもはやまわってはいなかったが、真っ暗なのは変わらずだった。靴屋の木箱。おそらくなかに閉じこめられているのだ。

恐怖の波が全身に走った。リオーナはすばやく身を起こした。すばやすぎた。胃酸が逆流する。しばしのあいだ、すぐにも吐きそうなほどに気分が悪くなった。リオーナは目をきつく閉じ、深く息を吸おうとした。じょじょに胃酸が逆流するような感覚はおさまった。

「やつは悪魔だけど、それは言わないでおいたほうがいいわね。自分は特別だと思っているから。自分で自分を科学者と呼んでいる」

リオーナはまた目を開ける危険を冒した。自分が小さな石造りの部屋の壁際におかれた簡易寝台の端にすわっているのがわかった。ランタンの明かりが独房の扉につけられた鉄格子越しに射していたが、窓はなかった。だからこれほど暗いのだ。

「あんたをこの地獄に運んできたのは悪魔の使者よ」

リオーナはしばらくじっと思案をめぐらし、その声が頭のなかで響いているのではないと判断した。独房のなかに誰かほかの人間がいるのだ。あたりを見まわすと、隅に女がひとりうずくまっていた。

女は色あせた茶色のドレスを身につけていた。つやのないもつれたブロンドの髪を透かしてリオーナを見つめている。目が落ちくぼみ、どこか絶望的な様子だった。

「科学者だと言っているけど、ほんとうは悪魔なんだ」女はリオーナに言った。

「靴屋の振りをしていた男のことを言っているなら、わたしもそう思うわ」リオーナはやさしく言った。

「ちがう、ちがう、靴屋じゃない」女は苛立って激しく身もだえした。「科学者よ」

「わかったわ」リオーナは穏やかに言った。「科学者がじっさいには悪魔なのね」

「ええ、そう」女は自分の言いたいことをわかってもらえたことにほっとした顔になった。

「おそろしい悪魔。悪夢が現実になる魔法の毒を使うの」

リオーナは身震いした。「知ってるわ」

ある考えが浮かび、全身に震えが走った。うなじの産毛が逆立つ。サディアスとフォッグが探しに来てくれるはず。それは朝に日が昇るのと同じだけたしかなことに思われた。見つけ出してもらうまで、時間稼ぎをしなければならない。

「自分のことを科学者だと言っているけど、ほんとうは怪物なんだ。もうひとりの怪物と同じように」女はおどろおどろしいささやき声で言った。

リオーナは眉をひそめた。「誰の話をしているの？　もうひとりって誰？」

「そう、最初は紳士だと思った。えらくハンサムだったから」女の声はものほしそうなため息に変わった。「うんと上品でエレガントだった。髪もとてもきれいで。金みたいな髪。古い絵に描かれた天使みたいに見えた」

リオーナは簡易寝台の端をつかんだ。「金髪って言った？」

「笑顔もとてもすてきで、とても怪物には思えなかった」女の声は絶望の響きを帯びて荒々しくなった。「あたしに目をつけていたのはわかっていたんだ。払いもいい人だと思った。でも、嘘だった。あいつはあたしをこの地獄に連れてきただけだった」

「なんてこと」リオーナはささやいた。「あなたはアニー・スペンスね」

アニーは激しく身をよじり、暗い隅にいっそう体を押しつけた。「どうしてあたしの名前を知ってるのさ？　あんたも悪魔なの？」

「いいえ、わたしは悪魔じゃないわ。アニー、よく聞いて。あなたをここに連れてきた金髪の怪物は死んだわ」

「まさか。怪物や悪魔を殺すことはできないよ」

「男の名前はランシング。死んだのはたしかよ」リオーナはアニーの妄想を振り払う方法がないかと考えをめぐらした。「怪物は幽霊に会って死んだの」

「幽霊のことは聞いたことがある」アニーの声に希望が宿った。「街でも噂になっていた」

「ランシングは幽霊から逃れようとして、高いところから落ちて死んだの」

「まさか、そんなこと、ありっこない」アニーはまた絶望に沈みこんだ。「怪物は悪魔のひとりだから。幽霊だって悪魔を殺すことはできない」

「わたしもこの目で死体を見たのよ、アニー。それに、幽霊はわたしたちを救いにすぐにここへ来るわ」

「あたしたちを救うなんて誰にもできないよ」アニーは悲しそうに言った。「幽霊だって無理だ。遅すぎるし。すでに地獄にいるんだから」

「わたしを見て、アニー」

アニーはひるんだが、目はリオーナと合わせた。「遅すぎる」

「いいえ、遅すぎやしない」リオーナは強い口調で言い張った。「幽霊がこの地獄にやってきてわたしたちを連れ出してくれるわ」

アニーは疑うような顔になった。

独房の外で扉が開く音がした。アニーは顔を両手にうずめ、静かにすすり泣きはじめた。

見たことのある人影が鉄格子の向こう側に現れた。ランプの明かりが靴屋の禿《は》げた頭を光らせ、眼鏡の縁に反射して光った。

「目を覚ましたようだな、ミス・ヒューイット」彼は笑みを浮かべた。「すばらしい。こうして話しているあいだにも、観客は集まりつつある。きみにわくわくするような見世物を期待している連中だ。まさにこれはきみの一世一代の見世物と言っていいだろう」

リオーナは簡易寝台から離れなかった。「あなたは誰？」

「自己紹介させていただこう。私はドクター・ベイジル・ハルシー。ミス・ヒューイット、きみと同じく私も夢のエネルギーを扱う専門家だ。ただ、きみとちがうのは、悪夢を産み出すのが専門という点だがね」

46

シャトルは荒っぽい社会で育ち、それなりに多くの物事を目にしてきた。大の男を震え上がらせるようなことも。それでも、今目の前に立っている影のような人物ほど恐ろしいものはほとんどなかった。幽霊の噂は耳にしたことがあったが、話を聞くたびに笑い飛ばしていた。今夜は笑えなかったが。

「おれとパッドンにとってはちょっとした雇われ仕事にすぎなかったんだ」彼は信じてもらおうと必死で、訴えるような口調で言った。「ご婦人方にけがをさせたりはしていない、絶対に。医者が処方した薬でちょっと眠ってもらっただけだ」

「おまえは女のひとりを誘拐した」と幽霊は言った。

シャトルは身震いした。幽霊の声にはどこか奇妙な響きがあったからだ。幽霊自身を含むまわりのすべてを影に変えてしまうような声。幽霊はほんの数歩しか離れていないところにいたが、シャトルにはその顔は見えなかった。真夜中のせいでもあった。それでも、近くには街灯もある。幽霊の顔ははっきり見えてもよさそうだった。

「誘拐じゃない」シャトルは必死で弁解しようとした。「箱に入れて馬車に積みこんだだけだ。誘拐ってのは誰かを連れ去って身代金をとることだろう。これはそういうんじゃない。全然ちがう。ちょっとした仕事ってだけだ。パッドンとおれは一日分の報酬をもらってそれでお役ごめんだった」

「誘拐した女をどこへ連れていった？」

声が大きな波のように覆いかぶさってきた。シャトルは逃れるすべもなく波に呑まれた。彼は幽霊にパッドンとふたりで女をどこへ連れていったか白状した。

47

「こんな状況で会うことになって残念だ、ミス・ヒューイット」ハルシーは鉄格子の向こうから言った。「研究所ですばらしい相棒となっただろうに」

「そうなの?」リオーナはハルシーに話しつづけさせる以外にどうしていいかわからなかった。

「ああ、そうさ」ハルシーの声がさらに興奮したものになった。「夢に影響をおよぼす水晶の力に関するきみの知識は非常に役に立っただろうからね。サード・サークルの会員たちもきみの仕事に満足したら、そのあとはきみを私にくれるといいんだが。私の薬が引き起こす悪夢から、オーロラ・ストーンを使ってきみがきみ自身を解放できるものかどうかやってみるのもおもしろいはずだ」

アニーが隅で静かに声を発した。

リオーナは立ち上がり、独房の扉のところへ近寄った。まじまじとハルシーを見つめる。

育ちすぎの昆虫のような男だ。

「科学者だと自負する研究者が、水晶で暮らしを立てている女の力を信用するなんて驚きだわ」彼女は言った。「じっさいに超能力というものを信じているのもさることながらね、ドクター」

ハルシーは忍び笑いをもらし、薄い胸の前で両手をきつく組み合わせた。「ああ、しかしほんとうだ、ミス・ヒューイット。そう、私も超能力を持ち合わせている。じっさい、アーケイン・ソサエティの会員となって久しいしね」

リオーナの背筋に冷たいものが走った。「あなたの超能力はどういったものなの？」

ハルシーは得意そうに言った。「私はただの薬の専門家ではないんだ、ミス・ヒューイット。超常的と言っていいほどに科学の才能に恵まれている。その能力を夢の研究に捧げてきた」

「どうして？」

「興味をそそられたからさ。そう、夢というのは、通常のことと超常的なこととの境目がはっきりしない状態なんだ。みな夢は見る。つまり、みな超常的な側面を持っているということだ。それに気づいているかいないかのちがいだけで」

リオーナはそっけなく軽く肩をすくめた。「偶然だけど、わたしも同じ意見よ。だからどうだっていうの？」

「すばらしい洞察力だ。しかし、夢がどういうものかわかっていながら、そこから論理的な結論は出していないようだな」

「結論って？」

眼鏡の奥でハルシーの目が光った。「わからないかい？　誰かの夢をあやつれるとしたら、そいつを完全に意のままにできるということじゃないか」


古い修道院の廃墟は月明かりのなかにそびえたっていた。サディアスは森のはずれの暗がりに立った。片側にはケイレブが、もう一方の側にはフォッグがいた。みな石が積み重なった廃墟に目を注いでいる。

「このなかに彼女がいる」とサディアス。

「シャトルと仲間にここに運びこまれてから、別の場所に移されてなければな」とケイレブが言った。

「彼女はこのなかにいる」サディアスがくり返した。「フォッグを見ろよ。フォッグも存在を感じとっているんだ」

ふたりはフォッグをじっと見つめた。犬は鼻先を修道院のほうに向けたまま、気を張りつめ、不安そうに立っている。

「これだけ距離があって、石だらけなのに、犬が彼女のことを感じとれるとは信じがたいな」ケイレブが考えこむような声で言った。

「フォッグは彼女とある種の絆を結んでいるんだと思う。私もそうだが」

ケイレブはそれ以上言い返さなかった。「なかへ探しに行くときには、犬を押さえておけるか？　放しておいて吠えはじめたりしたら、悪党どもにわれわれがここに来ていることを知られてしまう」

サディアスはフォッグの首輪につけたひもをそっと引っ張った。犬はまったく反応しなかった。修道院に全神経を注いでいる。

「じつを言うと、リオーナのそばへ行ったら、犬を押さえておけるかどうかわからない」サディアスは言った。「わかっているのは犬の力が必要だということだけだ。この石だらけの場所で彼女を急いで見つけるには犬に頼るしかない」

48

「どうしてアニーをここへ連れてきたの？」とリオーナが訊いた。

「アニー？」ハルシーは当惑顔になった。「それがその女の名前か？」

隅にいるアニーがなぐられたように泣き出した。

「名前も知らないっていうの？」とリオーナが訊いた。

「どうでもいい女だ。実験材料にすぎない。前のふたりは実験の最中に死んだ。それで、デルブリッジにもうひとり女が必要だと言ってやったんだ。そうしたら、怪物を送り出してひとり調達してくれた」

「女たちがいなくなったのはあなたのせいなのね。女たちを実験の材料にしていたんだわ」

ハルシーは忍び笑いをもらした。「自分を実験材料にするわけにはいかないだろう？」

「よくも」リオーナは激しい口調で言った。

「おいおい、ミス・ヒューイット、そんな強い感情を抱く必要はない。私は科学者で、科学者には実験材料が必要なんだ。アニーなどどうでもいい女じゃないか。ほかのふたりもそうだ。どこにでもいる単なる娼婦だぞ」

「彼女に何をしたの？」

「悪夢を引き起こす毒に対する解毒剤を作ろうとしていてね。事故が起こった場合に役に立つはずだから。今のところ、悪夢におちいったら二度と振り払うことはできない。アニーは昨日毒を吸いこんだ。それで昨晩解毒剤を与えたんだ」

リオーナは両手で拳をにぎった。「どうやら効き目はなかったようだけど」

「じっさい、アニーはほかのふたりよりも長く生き延びているんだが、正直言って今回の実験は失敗だな」ハルシーは残念そうに小さくため息をついた。「アニーは今やすっかりおかしくなってしまった。もう正気には戻るまい。彼女のことは始末して、次の実験のために別の女を調達しなければならないな」

リオーナは男の骨ばった首に手をまわし、絞め殺してやりたいと思った。が、そうするかわりに話題を変えた。

「ランシングは死んだわ」ときっぱりと言った。

「ああ、聞いた」ハルシーの険しい顔が嫌悪にゆがんだ。「屋根から屋根に飛び移ろうとして落ちたそうだな。死んでよかったよ。あの男はえらく原始的な能力の持ち主で、役に立つこともあったが、精神的に不安定だった。デルブリッジにもやつは危険だと忠告していたんだが、彼は超常的なハンターをお抱えの殺人者として雇うという考えがひどく気に入ってしまってね」

「デルブリッジはランシングが死んでほんの数時間で命を落としたわ。収集品の遺物で刺されたのよ。古代の短剣で。あれはあなたのしたこと?」

「もちろんちがう」ハルシーは侮辱されたという顔になった。「私は科学者だ。肉体的な暴力に興味はない。デルブリッジ卿を亡き者にしたかったら、悪夢を産む毒を使うさ」

「誰がデルブリッジを殺したの?」

「サード・サークルの会長だ」

「どうしてあなたは殺されなかったの?」

ハルシーは心底おもしろそうに笑った。「はてさて、なぜ私が殺されなかっただって? 創設者の秘薬の製法が手にはいったときに、それを理解できるだけ化学に詳しいのは私だけだからさ。秘薬を作り、それが安全に使用できるかどうかたしかめるのに必要な実験を行える頭の持ち主も私だけだ。そう、これだけは言えるが、サード・サークルの会員たちには私の助けが必要なんだ」

「つまり、創設者の秘薬の製法が目あてだったのね。そうだとしたら、どうしてみんなオーロラ・ストーンをつけ狙うの?」

「きみにもすぐにわかるが、製法を手に入れるのにオーロラ・ストーンがいるのさ。サード・サークルの会員たちはきみに水晶を使ってある金庫を開けてもらわなければならないんだ。彼らはその金庫のなかに製法がはいっていると思っている」

ケイレブ・ジョーンズの推測どおり陰謀があったというわけね、とリオーナは胸の内でつぶやいた。ただ、彼が予想していたよりもはるかに複雑だった。陰謀をたくらむ者たちは有力者の集まりのようだ。第三分会《サード・サークル》があるとしたら、おそらく、第一、第二、それ以上の分会があると考えていい。

「石と言えば――」ハルシーがつづけた。「あの晩デルブリッジの展示室で何があったんだ？　罠に引っかかった人間がいたのはたしかだが、死体は見つからなかった。引っかかったのはウェアだろう？」

リオーナは身震いした。「ミスター・ウェアのことを知っているの？」

「もちろん知っているさ。デルブリッジが調査して、ウェアがアーケイン・ソサエティの一員であることを突きとめた」ハルシーは眉をひそめた。「やつは超常的な催眠術師だろう？」

必要以上に教えてやる理由はないとリオーナは思った。そこで何も答えなかった。

ハルシーはひとりうなずいた。「そうだと思ったのだ。毒を吸いこんだあとはひどい状態におちいったはずだ。彼を救うのにきみがどう水晶を使ったのか非常に興味があるね」

「どうしてわたしが彼を救ったと思うの？」

「それしか考えられないからさ。私の悪夢から逃れられた人間はこれまでいなかった」ハルシーはまた頭を縦に動かした。「そうだな、今夜サード・サークルの会員たちの用がすんだら、きみのことは絶対にもらい受けなければならない。製法について私の専門知識が必要ならば、きみを私にくれるのが条件だということをはっきりさせておこう」ハルシーはポケットから時計をとり出し、ふたを開けた。「もうすぐだ。サークルの最後の会員が少し前に到着した。すぐにきみをあの部屋へ連れていくために誰かをよこすだろう」

　ハルシーは踵を返し、すばやく扉のそばを離れた。ドアが開いて閉まる音がリオーナの耳に聞こえてきた。外の部屋に静けさが広がった。

　アニーがまた泣き声を発した。「あたしたちはどちらも地獄にいるのよ。わからないの？」

　リオーナはくるりと振り返った。「そうよ、地獄にいるのよ、アニー。でも、抜け出すわ」

「ううん」アニーは絶望した顔で首を振った。「時がつきるまでここにとらわれたままよ」

　リオーナは小さな部屋の隅へ行った。ボディスの三つのボタンをはずし、赤いクリスタルのペンダントを引っ張り出す。

「わたしのネックレスを見て、アニー。できるだけ一心に気持ちを集中させるの。それから夢のことを話して聞かせて」

　アニーは当惑したが、逆らうには疲れすぎていた。そこで水晶に目を向けた。

「ここは地獄よ」とささやく。「まわりじゅうに悪魔がいるけど、一番恐ろしいのはあの科学者……」

　悪夢のエネルギーが渦巻いた。リオーナにとっては慣れた感覚だった。石のなかで吹き荒れる嵐に神経を集中させ、みずからの超常的なエネルギーをそこに注ぎこんだ。

　水晶が輝き出した。

外のドアがふたたび開いた。リオーナが鉄格子の外へ目を向けると、フードのついた黒いローブを着たふたりの男が足音高く部屋にはいってきた。顔を半分覆う銀の仮面に明かりが反射した。リオーナは息がつまるほどの異常な恐怖を呑みこみ、叔父のエドワードに教わった演技のすべてを思い出した。

「仮面舞踏会への招待だとは誰も教えてくれなかったわ」とリオーナは言った。

「今晩生き延びたいなら、ことばに気をつけることだな」男のひとりが言った。「われわれの学会は不遜《ふそん》な態度を許しはしない」

リオーナはハルシーが先ほど言っていたことばを思い出した。どうやらこの学会の会員がわたしの水晶使いの技術を必要としているようだ。悪党どもがわたしの力を必要としているかぎり、希望はある。叔父のエドワードのことばが耳に鳴り響いていた。〝いつもいいほうに考えるんだ、リオーナ。悪いことばかり考えていたって得るものは何もないんだから〟

「その学会ってユーモアのセンスも許さないみたいね」リオーナは鉄格子越しにふたりをまじまじと見つめた。「教えて。そういうローブとか仮面って仕立て屋で作ったの？　それとも、オクスフォード・ストリートに吊るしてあったのを買ったの？」

「口を閉じていろ、ばか女め」男のひとりが声を殺して鋭く言った。「今夜、自分がどんな力と相対することになるのかおまえにはわかるまい」

「しかし、すぐに学ぶことになる」もうひとりがきっぱりと言った。

荒っぽいことばではあったが、上流社会のアクセントだった。このふたりは卑しい生まれではない。排他的な紳士のクラブに生息する類《たぐ》いの人間だ。

ふたりのうちのひとりがローブの内側に手を突っこんだ。鍵が音を立てた。すぐに独房の扉が開き、ちょうつがいがぎしぎしと鳴った。最初にことばを発した男がなかに手を伸ばし、リオーナの腕をつかんで小さな部屋から外へ引っ張り出した。鍵を持った男は急いで扉を閉め、鍵をかけた。

男たちのどちらも、隅で身を縮め、ひとり小声でつぶやいているアニーには注意を払わなかった。

「そう、あたしたちはこの地獄へ連れてこられた」アニーはつぶやいた。「いたるところに悪魔がいる」

ローブを着たふたりの男は外の部屋のドアからリオーナを引っ張り出し、石造りの暗い廊下を進んだ。壁の燭台《しょくだい》に立てられたろうそくの炎が揺れ、煙を上げた。

「あら、ガスを引くことを考えたほうがいいわね」リオーナが言った。「ろうそくはあまりに時代遅れよ。あなたたちの学会があまり進んだ考えを持っていないという印象を与えるわ」

男のひとりが腕をつかむ手に力を入れた。その力の強さに、リオーナは朝にはあざができているだろうと思った。朝まで命があればの話だが。いいえ、そういうふうに考えてはだめ。リオーナはみずからに集中を強いた。悪夢のエネルギーを変えるときの要領で。サディアス、あなたはどこ？わたしを探してくれているのはわかってる。わたしの気配を感じられる？　わたしはここよ。急いでくれるといいのだけれど。状況は悪くなる一方だから。

ふたりの男は鉄と木の扉の前でリオーナに足を止めさせた。左にいたフードの男が扉を開けた。もうひとりがろうそくに照らされた部屋にリオーナを押しこんだ。

「水晶使いを連れてきた」とひとりが告げた。

ローブと仮面姿の三人の男が馬の蹄《ひづめ》の形のテーブルについていた。ハルシーの姿はない。

「女をここへ」テーブルの上座についていた男が命じた。

部屋へリオーナを連れてきた男のひとりがまた腕をつかもうとした。リオーナはその脇をすり抜け、命令をくだした男の前まで歩いていった。近づくにつれ、男の仮面が金色であることがわかった。

「わたしの名前はミス・ヒューイットよ」リオーナは冷ややかに言った。「これだけは言っておかなくちゃならないけれど、いい歳の大人は、長いローブを着てばかげた仮面をつけるなんてことは子供のお遊びと考えるべきだわ。そんな振る舞いは成熟した大人のやることじゃない」

テーブルについた面々から怒りのつぶやきがもれたが、会長らしき男は動じた素振りを見せなかった。

「きみの精神力には喝采を送るよ、ミス・ヒューイット」男はおもしろがるように言った。「それが必要となるだろうからね。ここへ連れてこられた理由はわかっているのか？」

男たちが緊急に自分の力を求めているとハルシーから聞いたことは言う必要はないだろ

う。カードで言えば、それは持ち手で最高の手ではないが、最低の手でもない。

「わたしに水晶を使わせたいんでしょうね」リオーナは言った。「まったく、わたしの治療が必要なら、こんな過激な方法をとらなくてもよかったのに。予約を受けつけているんだから。予約は来週はじめだったら入れられるはずよ」

「今夜のほうがわれわれにとってはずっと都合がいい」金色のマスクの男が言った。「きみはオーロラ・ストーンと名づけられた水晶を扱えるそうだな。きみの身のためにも、それがほんとうならいいのだが」

リオーナのすでに激しく打っていた脈がさらに大きく打ちはじめた。

「扱えない水晶には出合ったことがないわ」

「この水晶は非常に独特だ。古い金庫を開ける鍵になっている。金庫を開けられたら、われわれサード・サークルにとって非常にありがたい。将来、きみにまた仕事を頼むこともあるかもしれない」

「新しいお客様はいつでも歓迎よ」

「しかし、失敗したら、きみはわれわれにとってまったくの用なしということになる」金のマスクがやんわりとしめくくった。「そうなれば、きみはお荷物にすぎなくなるわけだ」

リオーナはそのことばは無視することにした。いいほうに考えるのよ。

「あなた方のお役に立てたらうれしいわ」とはきはきと言う。「わたしの通常料金についてはご存じなんでしょうね？」

驚愕した静けさが一瞬広がった。今宵の仕事に対してリオーナに料金を払おうとは誰も思っていなかったのだ。それはいい前兆とは言えなかった。

「気にしないで。請求書をあとから送るから」リオーナはよどみなくつづけた。「さて、そのオーロラ・ストーンを見せてもらえます？　それで何ができるかたしかめたいので」

金のマスクの男が立ち上がった。「こっちだ、ミス・ヒューイット」

そう言って扉のほうへ向かった。ほかの男たちも席を立ち、リオーナをとり囲むようにしてそのあとを追った。

金のマスクの男がどっしりとした扉を開けると、そこはろうそくに照らされた、より小さな部屋だった。リオーナはオーロラ・ストーンのなじみ深いエネルギーの気配を感じた。が、表情には何も出さないように気をつけた。サード・サークルの会員たちに自分の水晶使いの能力についてはあまり知られないほうがいい。

部屋のなかのカーペットの上に、錬金術の暗号が美しく彫られた古い鉄の箱があった。輝きがなく不透明なオーロラ・ストーンが箱のてっぺんのくぼみにはめこまれている。

恐怖に満ちた状況ではあったが、興奮の小さな波が全身に走った。シビルの金庫。リオーナの一族の女にとって、何代にもわたって伝説でしかなかったものだ。

精一杯冷静さを装い、リオーナは部屋を横切って金庫に近づき、まじまじと見つめた。ふたを覆う薄い金箔《きんぱく》には非常に見慣れた錬金術の暗号が彫られていた。母の日誌に書かれている暗号と同じで、二百年にわたってシビルの女の子孫に受け継がれてきたものだ。

胸の内でリオーナはシビルが残した警告を解読した。

〝オーロラ・ストーンが鍵であることを知らしめよ。誰であれ、箱をこじ開ける者あらば、箱におさめられた謎はすべて消失する〟

「おもしろいわね」リオーナはその金庫が博物館に展示してある古代の遺物にすぎないかのように言った。それから金のマスクの男に目を向けた。「どうして単純にふたを開けないのか訊いてもいいかしら？」

「ミス・ヒューイット、私は処女妖術師のシビルが使っていた暗号の専門家のようなものなのだ。その金庫のふたに書かれている暗号によると、安全に金庫を開けるための鍵はオーロラ・ストーンだけだそうだ」

残念。この人はシビルの暗号を解読できるのね。

「変なの」とリオーナは言った。

「早くしてくれ、ミス・ヒューイット」金のマスクの男は堪忍袋の緒が切れつつあった。「やってもらいたいことははっきりしている。そのとおりにやってくれるよう見守るつもりだ。きみが水晶を使う能力があるとわかるまでのことだが。きみが失敗したら、別の水晶使いを探さなければならなくなる」

「わたしに何ができるか試してみましょう」

そう言ってリオーナは金庫のそばへ行き、五人の観衆と向かい合うように立った。それからできるだけ芝居がかった身振りでゆっくりと両手を上げ、オーロラ・ストーンに指先を置いた。

力が感じられた。石の中心にわずかな量のエネルギーを送りこんでみる。

石は光を得て脈打ちはじめた。

フードのついたローブに身を包んだ男たちはいっせいに息を呑み、急いでそばへ寄った。

思惑どおりに男たちは石に目を釘づけにしている。

「この女は石を使えるぞ」男たちのひとりが畏怖の念に駆られたように言った。

「なんてことだ」別の男がつぶやいた。「あれを見ろよ?」

〝リオーナ、観客のことはこちらの意のままにしなければならない。観客の自由にさせてはだめだ〟

リオーナは水晶の力に向けて五感を研ぎ澄ました。

49

フォッグはアーチ天井の入口を抜け、別の石造りの廊下を走った。頭を床につくほど低く下げている。サディアスとケイレブが拳銃を手にそのあとに従った。サディアスにはフォッグのひもをつかんでいるのが精一杯だった。犬は暗闇に沈む修道院にはいったときにも、ケイレブが恐れていたように遠吠えをはじめることはなかった。吠えるかわりに音を立てずに急ぐことが必要なのだと理解しているかのように捜索にとりかかった。

犬は迷路のような廊下を先に立って走り、古い写字室と厨房の残墟を通り過ぎた。ある扉の前まで来ると、サディアスが扉を開けるまで小さく鳴きつづけた。扉が開くと、狭い階段を足で石を引っかくようにして駆け降りた。

そこまでは誰にも会わなかった。そのことがこれまでの何にもましてサディアスを不安にさせた。リオーナを拉致した人間はどこにいる?

「見張りがいるはずだ」彼はケイレブに言った。

「必ずそうともかぎらないさ」ケイレブは前を通り過ぎようとしている空の部屋に明かりをあてようとランタンを高く掲げた。「連中は人目を避けようとしているが、警察を恐れる理由はないはずだ」

「われわれを恐れる理由はある」

「たしかに」ケイレブの笑みは冷ややかだった。「しかし、まだわれわれのことを知らないわけだろう？」

フォッグが別の扉の前で足を止めた。また小声で鳴く。

「離れろ」サディアスが静かに言った。

ケイレブは壁に背中を押しつけた。サディアスが扉を開けた。怒声も銃弾も飛んでこなかったが、部屋のなかにはぼんやりと明かりがともっていた。

「この部屋は使われていたんだな」サディアスがそろそろとなかへはいりながら言った。ランタンに目を向ける。「しかもついさっきまで」

フォッグはためらわなかった。鉄格子のはまった扉のところまで一直線に走っていった。尻尾を旗のように振っている。

扉の向こうからは恐怖に息をつまらせたような小さな声が聞こえてきた。サディアスは部屋を横切り、鉄格子越しに向こうをのぞきこんだ。小さな簡易寝台の上で身を縮める人影があった。サディアスの胃がよじれた。女の髪の色がちがう。

フォッグはすでにその独房への興味を失っていた。

「おまえは誰だ？」サディアスは簡易寝台の上の女に向かって言った。扉は古かったが、鍵はつけられたばかりだった。サディアスは上着のポケットから鍵を開ける道具をとり出した。「リオーナはどこにいる？」

恐る恐る女は立ち上がった。「ミス・ヒューイットのことを言っているの？」

「そうだ」サディアスは鍵に道具をあてた。「ここにいたんだろう？　犬が嗅ぎつけている」

「犬？　オオカミみたいだわ」女は前に進み出た。「少し前に男がふたりミス・ヒューイットを迎えに来たの。ふたりで連れていったわ。あのドクター・ハルシーってくそ野郎が言ってた。サード・サークルの会員たちが彼女の水晶使いの能力を必要としているとかって」

サディアスは独房の扉を開けた。「どこへ連れていった？」

「わからない」

「この廃墟のなかにはいるようだ」ケイレブがそう言ってランタンを顎でしゃくった。「ここを出たならランプをつけたままにはしておかないはずだ。火事になる危険が大きい。火事となれば、秘密の隠れ家に世間の注目を集めてしまう」

サディアスは女に目を向けた。「われわれがはいってきた扉から外へ出ろ。階段が修道院の庭に通じている。できるだけ急いで修道院を離れて森のなかに隠れていろ。リオーナが見つかったら、おまえのことも探してやる。これから三十分のうちにわれわれが出てこなかったら、おまえは自力で街まで戻らなければならない。戻ったら、スコットランド・ヤードへ行け。スペラー刑事を訪ねるんだ。ここで起こったすべてを彼に話せ。それで、幽霊に言われて来たと言うんだ。わかったか?」

「ええ。ミス・ヒューイットを見つけてくださいね。あの人は水晶を使ってあたしを悪夢から救ってくだすった。お返しに誰もかぶったことがないようなきれいな帽子をさしあげるつもりなんです」

「おまえは誰だ?」とサディアスが訊いた。

「あたしの名前はアニー・スペンスです」

サディアスはにっこりした。「おまえが生きているとわかってほっとしたよ、アニー・スペンス」

「きっとあたしほどほっとはなさってないと思いますよ」扉のところで彼女は足を止めて振り向いた。目の光には疲れと驚きが入り混じっている。「あなたが地獄まで救いに来てくださるって彼女は言ってました。あたしは信じなかったんだけど、ほんとうだったんですね」

50

〝リオーナ、つねに顧客には見世物を提供すること〟

叔父のエドワードの助言が頭のなかで鳴り響き、神経を鎮めてくれた。この人たちも見世物の観客にすぎないとリオーナは自分に言い聞かせた。そして、さらなるエネルギーを石の中心に注ぎこんだ。石の光は強くなり、金のふたに刻まれた暗号を輝かせた。

「うまくいく」誰かが声をひそめて言った。「鍵で金庫が開く」

サード・サークルの会員たちは驚きのあまり恍惚となって見守っていた。リオーナはその集中力の強さを感じとることができた。みな石に全神経を集中させている。気づかないうちに超常的な感覚を研ぎ澄ましているのだ。

どの男からも不快な欲望が発せられていた。肉欲とは関係のない欲望だとリオーナは思った。この五人の男たちはシビルの秘密をとりつかれたような情熱で求めているのだ。

「水晶の真の力を目覚めさせた」リオーナはできるだけ芝居がかった口調で言った。エドワード叔父様も誇りに思うことだろう。

石の中心部の銀色の輝きがいっそう明るさを増し、明滅したり色を変えたりして脈打ちはじめた。リオーナは脈打つエネルギーをさらに強めた。水晶のまわりにぶきみな光の波が現れ、外へ向けて広がり、リオーナを包んだ。形を成しては散り、また形を成す奇妙な光の色は名状しがたいものだった。リオーナは自分が変化する光を浴びていることを意識した。

「オーロラだ」金のマスクの男が驚愕して言った。

リオーナがここまで水晶の力を強めたのははじめてだった。うねるエネルギーに五感が研ぎ澄まされる。ぞくぞくするような興奮に包まれる。いいほうに考える？　リオーナは笑い出したくなった。この感覚はそんなことを超えている。狂喜と言ってもよかった。非現実的な高揚感。何にも邪魔されずに力を行使する感覚。

水晶の光は大きく広がり、部屋全体を冷たい超常的な炎に満ちた炉床に変えた。リオーナは両手で水晶を包み、くぼみから持ち上げた。顔の前に掲げると、マスクをした男たちの顔を明るいエネルギーの炎越しに見つめた。

体のなかやまわりに輪を成して広がるぞくぞくするような炎をたのしみながら、リオーナはほほ笑んだ。

「ねえ、そのマスクをしていると、みんなひどく愚かしく見えるわ」

彼女の笑みのせいか、もしくは金のマスクの男の直感がようやく警告を発したのか。いずれにしても、いきなり男はパニックに襲われて一歩下がり、悪魔を払うように両手を上げた。

「だめだ」と叫ぶ。「下ろせ」

「残念ながら遅すぎるわ」リオーナはやさしく言った。「シビルの秘密がお望みなんでしょう。これもそのひとつよ。わたしにいたるまで、二百年以上にわたって代々伝えられてきたもの。女妖術師その人からはじまって。ちなみに、彼女は処女じゃなかったわ」

リオーナはまた石を通して激しいエネルギーを発した。ゆっくりと波打つ明るいオーロラが五人の男のエネルギーの波形を呑みこみ、それを圧倒した。

サード・サークルの会員たちは悲鳴をあげ出した。

少したって、サディアスとフォッグと見知らぬ男が扉を蹴り開けたときにも、彼らはまだ悲鳴をあげつづけていた。

51

翌日の午後、三人は書斎に集まっていた。サディアスはいつものように机の向こうに陣どっている。ケイレブとゲイブリエル・ジョーンズと会って帰ってきたばかりで、その日の香りを家のなかに持ちこんでいた。少し前に彼が部屋にはいってきたときに、リオーナはほこりがついているわけでもないスカートをはたきながら、新鮮な空気と太陽のにおいが彼の魅惑的なにおいと入り混じっているのを嗅ぎとった。その香りのおかげで、昨晩修道院から助け出されてから何によっても戻らなかった活力が戻ってきた。

リオーナはヴィクトリアといっしょにソファーにすわり、最新の知らせがもたらされるのを待った。その足元に寝そべったフォッグは、ここ二十四時間のあいだに刺激的なことなど何も起こらなかったとでもいうように、けだるく満足そうな様子でいる。リオーナはその瞬間を生きる犬の才能をうらやましく思った。犬は過去をくよくよ思い返して時間を無駄にしたりしない。将来を思い悩んだりもしない。楽観的に考えるすべについて犬から学ぶことは多いとリオーナは思った。

リオーナのほうは、あれほど強いレベルまでオーロラ・ストーンを使ったせいで疲弊しきっていたにもかかわらず、昨晩の眠りは途切れがちだった。しばらくどうにか目をつぶっていられても、奇妙で奇怪な悪夢に襲われてはっと目を覚ましてしまうのだ。ヴィクトリアがきゅうりとミルクで作った乳液をくれ、階下《した》へ降りてくる前にそれを顔と目元に塗ったのだが、今日の自分はさぞやげっそりして見えるだろうと思わずにいられなかった。

サディアスはすわったまま身を乗り出し、机の上で手を組んだ。「ケイレブが直感的に疑ったことはあたっていた。どうやらアーケイン・ソサエティの内部に陰謀をたくらむ組織が存在するようだ。ソサエティ上層部の権力を持つ人間が数人集まり、その組織を動かしていると彼は考えている。その陰謀組織は〝エメラルド書字板《タブレット》学会〟と呼ばれている」

リオーナはお茶のカップを手にとった。「それって錬金術の古い指南書の名前からとったのね。原始的な物質をうまく変化させる奥義は、もともとヘルメス・トリスメギストスによってエメラルド板に記されたと言われているわ。古代の錬金術師たちはそれが記された暗号を正しく解釈できれば、生命の謎を解明し、大きな力を得られると信じていた」

「鉛を金に変えるというようなお手軽な技は言うまでもなく」ヴィクトリアはそう言ってうんざりするように口の端を下げた。

「その学会はつぶさなければならない」サディアスは言った。「しかし、ゲイブとケイレブはそれには複雑な手順を踏む必要があると考えている。私が帰るときには、ケイレブが私のような信頼できる調査員を集めた組織を作る構想を話していたよ。どうやら私的な調査員としての私の将来もずいぶんと明るいものになったようだ」

久しぶりにリオーナは自分がもとから持つエネルギーが戻ってきたのを感じた。「つまり、この問題の解決に大勢の調査員が任命されるってこと？」

サディアスは眉を上げた。「変なことを思いつかないでくれよ。きみはこの陰謀の調査に充分すぎるほど貢献してくれた。これ以上の協力は私の神経に多大な影響をおよぼしかねないんでね」

リオーナは芝居がかった笑みを浮かべてみせた。

サディアスはため息をついた。「不吉な予感がするな」

ヴィクトリアが舌打ちをした。「いったいその人たちは何をたくらんでいるというの？」

「力ですよ」サディアスがあっさりと答えた。「それが何よりも魅力的というわけです」

「超常的な力ってこと？」ヴィクトリアは鼻を鳴らした。「ばかばかしい。どうしてより大きな超能力を求めようなんて思うのかしら？　わたしなんて最近まで自分の直感能力をひどく邪魔なものだと思っていたのに。自分のことを考えてごらんなさいな、サディアス。その能力のせいで、友人関係や結婚の可能性もかぎられたものになっていたじゃない。もう何年も前に妻をめとって子供を作っていてもよかったのに、あなたの本性は女たちに恐れを抱かせてしまう」

サディアスの顔が石に彫りつけたかのように険しくなった。リオーナは赤くなり、手を伸ばしてフォッグを荒っぽく撫でた。サディアスはわたしの能力についてはどう思っているのかしら？　今やわたしがオーロラ・ストーンのような水晶を使ってどれほどのことができるか、彼にすっかり知られてしまった。

「大きな超能力のほうが友人や家族や妻よりもずっと重要だと考える連中も大勢いますよ」サディアスは淡々と言った。「創設者の秘薬は、それが製法に従って安全にうまく作られたならば、個々の能力を強め、引き延ばす可能性を有している。私が超常的な催眠術師であるだけでなく、ハンターの能力や超常的な科学者の能力さえも身に備えていたとしたら、どれだけのことができるか考えてもみてください」

ヴィクトリアの目がショックに見開かれた。「ある種の超人になるわね。人間のなかでもすぐれた人間に」

「すぐれてはいない」サディアスは強調するように言った。「すぐれているというのは道徳的かつ倫理的な判断基準で、これはそれにはあてはまらない。ただ、きわめて強い力を持つことになるのはたしかです。それでその私が犯罪行為をしようと思ったならば……そう、何が問題かはおわかりと思いますが」

「なんてこと」ヴィクトリアはぞっとしてささやいた。「わかったわ。陰謀をめぐらす者たちがわたしたちみんなにとって危険な存在になる前に止めなければならないわけね」

「ゲイブもあなたと同じ意見ですよ」サディアスは言った。「それだけでなく、創設者の秘薬の製法が見つかったという噂が会員のあいだで広まりはじめている今、アーケイン・ソサエティはそれを手に入れようと画策する人間にひどく悩まされることになるにちがいないとも考えている。だからこそ、調査を専門とする部門を開設しようというんです」

「でも、昨日の晩あなたとケイレブがつかまえた恐ろしい男たちが、この陰謀を芽のうちに摘むための情報を提供してくれるはずでしょう」とヴィクトリアが言った。

「残念ながら、ことはそれほど簡単じゃない」サディアスが応じた。「昨日の晩、男たちにそれぞれ催眠術をかけて問いただしたのですが、学会のしくみとその目的についておおまかなことは説明できるんだが、分会の会員については、自分たちよりも上や下に誰がいるのか、誰ひとりとして知らないことがわかったんです。やつらが知っているのは自分たちだけだった」

「とても賢いしくみね」とリオーナが言った。「ひとつの分会が発覚しても、その会員たちは別の分会について明かすことはできない」

「そうだ」とサディアス。「おまけに上に立つ連中は非常にうまく守られている。学会を牛耳っている連中の身元を洗うのにケイレブは手一杯になるだろう」

「ドクター・ハルシーとリオーナを拉致した恐ろしい男たちはどうなるの？」とヴィクトリアが訊いた。

「ハルシーは昨晩の混乱のなかで姿を消したが、研究所は見つかっています。すでにケイレブがやつを追いつめる計画を立てている。つかまえた五人の男に関しては、状況は多少複雑です」

「なぜ複雑なのかわからないわ」ヴィクトリアは言った。「少なくとも、拉致に関しては裁判にかけられるべきよ」

「残念ながら、この大スキャンダルの真っ只中にリオーナを引きずりこまずに連中を逮捕する方法がないんです」サディアスは説明した。「五人の男たちがあの修道院に娼婦を生業にする女とともにリオーナを何時間も拘束していたことが広く知られることになったら、彼女の評判に疵《きず》がついてしまう」

「なんてこと、それはそうね」ヴィクトリアは小声で言った。「そのことを考えるべきだったわ。レイプの疑いが持ち上がると、世間から責められるのは必ず女のほうだもの。とんでもなく不公平なことだわ」

「スキャンダルから立ち直ることには多少の経験がありますけどね」リオーナが冷ややかに言った。「でも、アーケイン・ソサエティの会員の多くについては同じことは言えないと思うわ」

「どういうこと?」とヴィクトリアが訊いた。

リオーナはフォッグの頭を軽く叩き、サディアスに目を向けた。「たぶん、ソサエティのほうにもおおやけの裁判になるのを避けたい理由があるはずよ。わたしとはなんの関係もない理由が」

ヴィクトリアは眉をひそめた。「何を言っているのかわからないわ」

「立派な紳士たちがひそかに黒魔術に興じ、その邪悪な儀式のために女を拉致していたと誰かが証言したりしたら、どんな大騒ぎになるか考えてみてください」

ヴィクトリアはむっとした顔になった。「でも、ほんとうはそういうことじゃないでしょう。いずれにしても、超能力の研究は黒魔術とはちがうわ。アーケイン・ソサエティの会員は死人と交信したり、霊や悪魔を呼び出したりといったことはしないもの。そういった嘆かわしいほどばかげたことは、霊媒と名乗るいかさま師やペテン師のやることよ」

「そうですね」リオーナは言った。「でも、新聞に超能力と黒魔術を区別する能力があるとは思えないでしょう？」

ヴィクトリアはさらに議論をつづけようと毛を逆立てた。が、口を引き結んで何秒か考えてから、ため息をついて気を鎮めた。「そうね、あなたの言うとおりだわ」そう言ってまたサディアスに目を向けた。「それでも、その五人の悪人たちに罰を与えないわけにはいかないでしょうに」

サディアスの笑みは冷たく、リオーナは身震いした。

「安心してください。連中は罪の代償を払うことになっていますから。一生かけて」と彼は言った。

「どうやって？」とヴィクトリアがさらに訊いた。

リオーナの手がフォッグの頭の上で止まった。「母の日誌によると、オーロラ・ストーンが昨日の晩のように武器として使われると、神経組織に多大な損害を与えるそうです。あの部屋にいた五人の男が永遠におかしくなったままということはないでしょうけど、じっさい、彼らの超能力は消滅したも同然です。みなこれから死ぬまで痛めつけられた神経に悩まされて過ごすことになるわ」

ヴィクトリアの目が満足そうに光った。「当然の報いね」

リオーナはサディアスに目を向けた。自分が五人の男にしたことの重大さに押しつぶされそうになっていた。

「きみも悪夢を見ることになるだろう」サディアスはかつてリオーナに言われたことをそのままくり返した。「悪夢にとりつかれたら、私のところへ来るんだ」

それは約束であり、誓いだった。

リオーナのなかの何かがゆるんだ。

「男たちの誰がデルブリッジ卿を殺したの?」とヴィクトリアが訊いた。

「サード・サークルの会長、グラントン卿ですよ」サディアスが答えた。「催眠術をかけたら、デルブリッジが厄介な重荷になったことを白状しました。ドクター・ハルシーがそれを目撃し、喜んでかわりに力になろうと申し出たわけです。オーロラ・ストーンに生気を吹きこめる水晶使いも連れてくると言ってね」

「わたしのことだわ」とリオーナ。

「きみのことだ」とサディアスも言った。

「ハルシーについてはアニー・スペンスが多くを教えてくれるはずよ」とリオーナは言った。

「ケイレブがすでに彼女から話を聞いている」とサディアス。

「アニーと言えば、あれだけの目に遭ったわけだから、きっとソサエティがその償いをしてくれるわよね」リオーナはつづけた。「結局、創設者の秘薬の製法とアーケイン・ソサエティが存在しなければ、彼女が誘拐されることも、実験材料として使われることもなかったわけだから」

「この件に関してはソサエティに全面的に責任があるとゲイブがはっきり認識しているよ」サディアスは答えた。「アニーの夢は自分の婦人帽子店を持つことらしい。その夢をかなえるのに必要な資金がすぐに手にはいるよう、ゲイブがとりはからった」

「今日彼女に会いに行かなくちゃ。あの異常者のハルシーのせいでひどく苦しんだんですもの。また幻覚に襲われたら、わたしのところへ来るようにちゃんと言ってこなきゃならないわ」

「金のことを伝えに彼女のところにさっきちょっと寄ったんだが――」サディアスが言った。「友人の居酒屋の亭主がよく面倒を見てくれていたよ。私が帰るときには、彼女はすでに店舗を探す計画を立てていた」

リオーナはほっとしてにっこりした。「アニーはとてもうまくやると思うわ。立ち直りの早い精神力の持ち主ですもの」

「きみと同じくね」とサディアスが言った。

リオーナの気分はすぐさま高揚した。いいほうに考えるの。

ヴィクトリアが眉をひそめた。「それで、これだけの大騒ぎになったあげく、シビルの金庫には何がはいっていたの?」

「実験の記録と二百年前の錬金術の道具です」とリオーナが答えた。冷ややかに眉を上げる。「みなさん同意してくださると思いますが、すべてわたしのものです」

ヴィクトリアが当惑顔になった。「でも、日誌と石はとても危険だわ」

リオーナは鼻に皺を寄せた。「それを考えて、アーケイン・ソサエティにオーロラ・ストーンとシビルの金庫の中身の管理はまかせることにしたんです。わたしが好きなときに見られるという条件で」

「すばらしい判断ね」ヴィクトリアは見るからにほっとした顔になった。

書斎のドアをノックする音がした。

「おはいり」とサディアスが呼びかけた。

グリブズが入口に現れた。「お邪魔してすみませんが、ドレスメーカーが来ています。ミス・ヒューイットのドレスの二度目の試着の約束があるとかで」

リオーナは愉快な空想の世界からはっと現実に引き戻された。

「もうわたしが春の舞踏会に参加する必要はないはずよ」と急いで言う。「ドレスも必要ないわ」

ヴィクトリアが口を開いた。が、彼女が何を言うつもりだったのか、リオーナが知ることはなかった。というのも、サディアスが立ち上がって机をまわりこみ、命令をくだしたからだ。

「ドレスメーカーに伝えてくれ。ミス・ヒューイットは数分のうちに試着の準備ができると」

「ほんとうにその必要があるとは――」リオーナは言いかけたが、サディアスが目の前に来たために途中で口をつぐんだ。

サディアスは彼女の手首をつかみ、ひょいと引っ張り起こした。

「いっしょに来てくれ」

そう命じると、リオーナをなかば引きずるようにしてフレンチドアへ向かった。

狼狽《ろうばい》するあまりリオーナにははっきりしたことは言えなかったが、ヴィクトリアが後ろでひどく奇妙な声を発した気がした。笑いを呑みこもうとするときに発するような声だった。

52

温室は昼はまるでちがう世界だった。湿気の多い熱帯の雰囲気は同じで、異国風の芳しい香りも変わらなかった。が、頭上のアーチ型のガラスを通して燦々《さんさん》と降り注ぐ陽光が、夜の魔法が産み出したミニチュアの楽園といった雰囲気を奪っていた。異次元の秘密の森に引っ張りこまれたという感覚もなかった。ここは非常に美しくはあるが、現実の世界だった。サディアスも現実そのものだ。しかもあまり機嫌がよくない。

彼は大きなヤシの木の木陰でリオーナの足を止めさせた。「あの舞踏会に私がきみをエスコートするということで話はついていたはずだ」

「でも、それは罠をしかけるためだったでしょう」リオーナは言った。「もう計画は中止になったんだから、わたしが舞踏会に参加する理由はないと思うの」

「きみが考えているのはそんなことじゃないね。どうにかして私に同行せずにすむ方法を見つけようとしているだけだ。私にはその理由を知る権利がある」

「理由はおわかりのはずよ。わたしとアーケイン・ソサエティの関係はある意味険悪だわ。わたしが舞踏会に参加しなくちゃならない差し迫った理由がなくなった以上、そういうおおやけの席でいっしょにいるところを見られるのは避けたほうがお互いのためよ」

「ふたりの関係を秘密にしておきたいと、そういうことかい？」

リオーナは咳払いをした。「そう、それが賢明なやり方かもしれないって気がしたの」

「きみと私が賢明なやり方をしたことなどあったかい？」

「わたしにとってそれが少しばかり気まずいことだってきっとわかってくださるわね」

「私といっしょのところを人に見られたくないからか？」

もううんざりだった。

「よくもそんなことが言えたわね？」リオーナはかっとなって責めるように言った。「お気づきじゃないといけないから言うけど、ここ数日、わたしは緊張を強いられることばかりだった。殺された人をふたりも見たし、超能力を持った異常な殺人者に脅されて家から逃げなくちゃならなかったし、頭のおかしい科学者と五人の陰謀者に拉致されたし。まさにこの温室で処女を失ったことは言うまでもなく」

リオーナはわっと泣き出した。いきなり涙がこみ上げてきて、自分でも完全に虚をつかれてしまったのだ。さっきまで怒り心頭に発する思いだったのに、今は滝のように涙を流していた。いったいわたしはどうしてしまったの？〝いいほうに考えるんだ〟

しかし、叔父のエドワードの助言は呑みこまれそうな感情の波を前にしては役に立たなかった。リオーナはサディアスから顔をそむけ、両手で顔を覆って泣いた。

それは若くして亡くした母を思っての涙だった。信頼していたのに自分を捨てた叔父を思っての涙だった。住まいも人生もずっといっしょと思っていた友達のキャロリンを思っての涙だった。ウィリアム・トローヴァーと結婚していたら生まれていたであろう子供たちを思っての涙だった。何よりも、将来のことに気持ちを向けようとし、眠れぬまま天井を見つめて過ごした夜と、まったくの時間の無駄でしかないのに、楽観的に考えようとして費やしたエネルギーを思っての涙だった。

遠くのどこかでフォッグが吠える声が聞こえたが、犬のところへ行って安心させるだけ長く涙をこらえていられそうもなかった。そうとわかってよけい激しく泣き出した。

サディアスの両手が肩を包むのがわかった。彼は何も言わずに彼女を振り向かせ、腕に抱いた。

リオーナはその胸に顔をうずめ、疲れはてるまですすり泣いた。涙が涸《か》れるまで。涙で濡れた上着に顔を押しつけたまま、彼女がようやく静かになると、サディアスは頭のてっぺんにキスをした。

「すまなかった」とやさしく言う。「何もかも」

「ん」リオーナは顔を上げなかった。

「ほぼ何もかもだな」サディアスは言い直した。

リオーナは呆然とうなずいた。「ほとんどあなたのせいじゃないわ」

「処女を失ったこと以外はね」

「ええ、まあ、そのことはあなたのせいね」

サディアスはリオーナの顎を上げさせ、濡れた目をのぞきこんだ。「それについてだけは謝ることはできないな。そう、まったく後悔していないから」

「そうでしょうね」リオーナは袖で目をぬぐいながら言った。「わたしの処女ですもの。あなたのじゃなくて」

「私がそのことで悪いと思えないのは、きみを抱いたことがこれまで経験した何よりもすばらしいことだったからさ」

「あら」ふいに希望が戻ってきた。少し前には完全についえたように思われたのだが。「わたしにとってもそうだったわ」

サディアスは眉根を寄せた。「だったら、どうしてここ数日の苦難の出来事のなかに処女を失ったことを入れたんだ？」

「苦難の出来事だなんて言ってないわ。緊張を強いられた出来事のひとつだと言ったのよ」

「それはいったいどういう意味だ？」

リオーナは彼をにらみつけた。「ねえ、サディアス、どんなすてきな出来事も、たとえそれが並はずれてすてきなことでも、多少は緊張を強いられたりするものよ」

「変だな。そういう状況でどうして緊張しなきゃならない？」

「ここでこうしてわたしが処女を失ったときに何を感じて何を感じなかったか、わたしといつまでも言い争っているつもり?」

「ああ、そのことについてはずっと言い争ってやるさ。私もあの晩その行為にかかわったわけだが、緊張なんて感じなかったからね」

「たぶん、あなたの場合、気持ちがなかったからよ」

「いいかげんにしてくれ、きみがオーロラ・ストーンを使って私を毒から救ってくれた晩に、われわれふたりのあいだにある種の精神的な絆が結ばれたということは言ったはずだ」

リオーナは胸を張り、肩を怒らせて自分の将来を賭ける心づもりをした。いいほうに考えるの。

「精神的な絆がどういうものかはわかりません」リオーナは礼儀正しく言った。「あの晩感じたのは愛の絆だけだったから」

ぎょっとするのは今度はサディアスの番だった。「なんと言った?」

「あの馬車のなかでいっしょに悪魔と闘っているときにあなたと恋に落ちたの。あなたの精神の強さと情熱をまのあたりにして。あのときにあなたこそが生涯待ちつづけてきた男性だってわかったの」

彼女をとりまく空気が歓喜と満足に燃え立った。サディアスは家にいる全員に聞こえるにちがいないほどの叫び声をあげると、両手で彼女のウエストをつかみ、体を地面から持ち上げて目がまわるほどぐるぐるとまわした。

「愛している」サディアスは魅惑的な催眠術師の声で言った。「生涯、あの世でもきみを愛しつづけるよ、リオーナ・ヒューイット。聞こえたかい？」明るく陽気な笑い声が温室のガラスの壁にこだました。その笑い声をあげているのが自分だとリオーナが気づくのにしばらくかかった。

「わたしも愛してるわ、サディアス・ウェア。生涯、あの世でもあなたを愛しつづける」

その誓いのことばは教会で発せられるものほども固い絆となった。サディアスは彼女を振りまわすのをやめ、きつく抱きしめると、永遠とも思えるほど長くキスをした。

書斎では、ヴィクトリアが深い満足にひたっていた。ときに自分の能力に苛立つことはあったが、自分が正しいことが証明されるといつも満足を覚えた。

フォッグに目をやると、吠えるのをやめ、鼻をフレンチドアに押しつけている。耳をぴんと立てて温室にじっと目を注いでいた。

「あんなに吠える必要はないって言ったでしょう」ヴィクトリアははきはきと言った。「あのふたりはお互いをとても幸せにし合えるんだから。いっしょにいるのを最初に見たときからわかっていたわ。そう、わたしはそういったことを感じとれる能力を持っているのよ。まちがうことなんかないんだから」

53

シャンデリアに火をともせるほどのエネルギーが舞踏場にはただよっていた。アーケイン・ソサエティの強い能力を持つ選り抜きの会員たちは、個々では気づかれずに人ごみのなかを動けるが、こんなふうに狭い場所に百人も集まると、エネルギーのせいで空気が揺らめくほどだった。春の舞踏会はふつうの社交界にとっても、超能力者の社会にとっても、きらびやかな集まりとなった。

リオーナはサディアスとヴィクトリアといっしょに人だかりの端に立ち、ダンスフロアの踊り手たちを眺めていた。フロアの中央ではアーケイン・ソサエティの新しい会長が妻を最初のダンスに連れ出していた。会員たちはそれを拍手をもって称賛した。しかし、ゲイブリエルとヴェネシアは明らかにこの部屋には自分たちよりほかは誰もいないと思っているようだった。

「あのふたりはお互いのために生まれてきたようなものね」ヴィクトリアがきっぱりと言っ

た。シャンパンをごくりと飲むと、グラスを下ろし、ひとり満足そうな顔になった。「もちろん、これからはこういう賢明な見解を聞くためにはお金を払ってもらわないといけないけれど」

「何にしても、ソサエティの会長が幸せな結婚をしているとわかるのは悪くないことですわ」リオーナが如才なく口をはさんだ。

「そうだな」サディアスはかすかな笑みを浮かべた。「それはつまり、仕事に集中できるということでもある。会長として、この因習にしばられたソサエティを現代に見合ったものに変える仕事が待っているからね」

ヴィクトリアは眉をひそめた。「噂では、いろいろと変革するつもりらしいわね。反発や非難の声も多いでしょう」

ケイレブ・ジョーンズがリオーナの背後に姿を現した。ワルツの円の描き方に特定のパターンを探ろうとでもするように、踊る人々をむずかしい顔で眺めている。「反発や非難はもうはじまっている」

サディアスは眉を上げた。「理事会が調査部門の設立に反対しているのか？」

「ちがう」ケイレブは言った。「反対しているのは私だ」

「調査部門の仕事を蹴ったのか？」サディアスは驚いて訊いた。「少し前にゲイブがすべて丸くおさまったと言っていたが」

「丸くおさまったさ」とケイレブ。「しかし、調査部門というものは設立されない」

「がっかりだわ」リオーナが言った。「また私立調査員になれるとたのしみにしていたのに」

サディアスは責めるような目をくれた。「きみにはもう水晶使いの仕事があるだろうに。新しい調査部門の調査員になるのは私だ」

リオーナは彼の腕を軽く叩いた。「もちろんよ。わたしは水晶の仕事を辞めるつもりはないから。でも、ミスター・ジョーンズの部下の調査員としてときどき活躍するのもとても刺激的な気がして」

「それは非現実的な考えだな」サディアスが応じた。

「あら、あなたってうなるときはフォッグそっくりね」リオーナは言った。「ときどき遠吠えしようなんて思わないでくださるといいんだけど」

「じつを言うと、非現実的でもないんだ」とケイレブが言った。目はまだ踊っている人々に向けられている。「きみたちふたりをはじめとして、ソサエティの会員の協力は必要だ。全面的に信頼できる人間が求められるが、そういう人はそれほど多くないからね。われわれが暴いたこの忌まわしい陰謀は、理事会が認識しているよりもずっと危険だ。絶対に食い止めなければならない」

リオーナは首を一方にわずかに傾げた。「でも、ついさっき調査部門の長としての仕事は断ったっておっしゃったわ」

「ゲイブには、理事会から命令を受ける立場に身を置くつもりはないと言ってやったんだ」ケイレブは説明した。「あそこのよぼよぼの年寄りの半数はまだ錬金術などに夢中で、あとの半分は自分の立場と力にとりつかれたようになっている。ソサエティの未来を第一に考えるならば、理事たちの誰ひとりとして信用できないね。ゲイブも私と同じ意見だ」

サディアスは興味をそそられた顔になった。「教えてくれよ、ケイレブ。何をたくらんでいる?」

「自分で私的な調査機関を立ち上げようと思っているのさ」ケイレブは言った。「ゲイブと理事会が最重要顧客となる。ソサエティの秘密を守ることがわが社の一番の目的だ。しかし、ジョーンズ・アンド・カンパニーは独立機関となる。私とわが社の調査員は私が調査に値すると認めれば、自由に調査を行うことができ、個別に依頼を受けるのも自由だ」

サディアスの目が満足そうに涼やかに光った。「その考えは悪くないな」

「わたしもそう思うわ」とリオーナ。

ヴィクトリアはケイレブに目を向けた。「お見合いおばさんに用はないわね?」

ケイレブは一瞬驚いた顔になったが、やがて考えこむように眉根を寄せた。目はまだ踊っている人々に向けられている。「そういうあなたの直感を個人的に提供することがきわめて役に立つ状況もたしかに想像できますね。ええ、いくつか仕事をまわせると思います」

ヴィクトリアは顔を輝かせた。「わくわくするわ」

ケイレブは突然ダンスフロアから目をそらした。ほかに気を惹かれるものがあったような顔をしている。

「すみませんが、失礼しないと」と彼は言った。

リオーナは笑みの消えた彼の顔を探るように見た。「具合でも悪いんですの、ミスター・ジョーンズ？」

「え？」ケイレブはその質問に当惑するような表情を浮かべたが、すぐにその表情を顔から消した。「いや、大丈夫です、ありがとう、ミス・ヒューイット。やらなければならないことがあるので失礼します。ゲイブに今夜これに出席すると約束したんだが、研究所でやらなければならないことができてしまった。ハルシーのメモを分析しているんだが、彼が実験を行っていたやり方で、彼の思考回路を知る手がかりになるかもしれないものがある。そのパターンがわかれば、彼の居場所を見つける計画も立てられるはずだ」そう言ってそっけなく会釈した。「ご機嫌よう」

ヴィクトリアは後ろ姿を見送った。「変な人よね。ジョーンズ一族にしても」

「きっとケイレブの頭は今まで以上にパターンのことでいっぱいになってしまっているんでしょう」サディアスが静かに言った。

リオーナはほほ笑んだ。「調査機関でのわたしのアルバイトについてだけど」

サディアスはてのひらを上にして両手を上げ、笑みを返した。「もういい、その件についてはこれ以上言い争いはなしだ。きみがまた事件に巻きこまれて最悪の事態になるんじゃないかとあれこれ悪い想像をして今宵を台なしにするのはごめんだから。きみの助言を実行するよ。いいほうに考えるつもりだ」

「そう聞いてうれしいわ」

「少なくとも今夜はね。少しずつ前進しないと」サディアスは彼女の腕をとった。催眠術師の目が熱を帯びた。「私と踊ってくれ、リオーナ。そうすれば、私が新たに得た楽観主義を長つづきさせる助けになる」

リオーナは笑った。体のなかで幸福感がシャンパンのように軽く魅惑的に泡立った。「あなたがいいほうに考えるという目的をはたすのに力になれるならなんでも」

サディアスはオオカミのような笑みを浮かべてその笑いに応え、彼女をきらびやかな踊り手たちのなかに連れ出した。

「愛してるよ、私の美しい女妖術師」と彼はささやいた。

「愛してるわ、サディアス。あなたこそわたしが待ち望んでいた――」

リオーナはことば途中で口をつぐんだ。サディアスが聞いていないのがわかったからだ。彼の注意は部屋の反対側に向けられている。

「いったい何?」サディアスはダンスフロアのまんなかで彼女の足を止めさせた。人生でもっともロマンティックな夜に邪魔がはいったことに苛立ち、リオーナは彼の視線を追った。

何が起こっているのか気づいて人ごみのなかにささやき声やつぶやきが広がった。みな首をめぐらしている。関心の的になっているのは、背の高い人目を引く外見の紳士だった。黒と白の夜会服を優雅に身につけている。シャンデリアの明かりが白髪を輝かせ、ダイアモンドのスティックピンに反射して光った。

リオーナは自分のまわりの舞踏場が揺れ動く気がした。生まれてはじめて、気を失うかもしれないと思った。

白髪頭の男はダンスフロアの端にやってきて、誰かを探すようにまわりを見まわした。最後までワルツを踊っていた男女がまわっている途中で動きを止めた。楽隊が沈黙し、人ごみにシッ、シッという声が広がった。

リオーナは両手でスカートをきつくつかみ、ダンスフロアの男女のあいだを縫うようにして新来の男のほうへ駆け寄った。

「エドワード叔父様」と叫ぶ。「生きてらしたのね」

54

夜明け間近だった。温室のガラス越しに、曙光《しょこう》のかすかな兆しが見えた。リオーナはまだ派手な舞踏会用のドレスを身につけていた。ガス灯のもと、ドレスのサテンやシルクは温かく輝く琥珀《こはく》色に変わっている。

サディアスは黒い夜会服の上着を脱ぎ、ネクタイをほどき、プリーツの寄ったシャツの襟を開いていた。作業台の端に腰を載せたまま、書斎から持ってきたブランデーの瓶を手にとると、ふたつのグラスに中身を注ぎ、ひとつをリオーナに手渡した。

「なつかしきエドワード叔父さんに」と彼は言った。乾杯というようにグラスを軽く掲げる。「それから、彼の楽観主義の驚くべき力に」

「いつか戻ってくることはわかっていたのよ」リオーナはブランデーを飲んだ。大なり小なり、その晩がもたらしたすべての喜びにひたりながら。「でも、ほんとうに正直なところ、叔父様が投資家にお金を返せると完全に確信は持っていなかったわ」

サディアスは笑った。「あそこにはいってきたのが誰かわかったときには、みんなが暴徒の群れと化すかと思ったよ。ゲイブがあの場をしきらなかったら、きっとアーケイン・ソサエティのはじめての春の舞踏会は暴動の場となっていただろうね。でも、今夜あの場にいた誰もが、明日にはきみの叔父さんの次の計画に投資させてくれと列を成して頼みに行くんじゃないかな」

その場の興奮がおさまり、鉱山への投資が遅ればせながらもようやく収益をあげたという事実がわかると、誰もがエドワードと話したがった。エドワードはその晩、アメリカで行う投資の収益についてさまざまな話をし、耳を傾ける聴衆を喜ばせたのだった。

リオーナは小さく肩をすくめた。「ここだけの話、今回エドワード叔父様を救ったのは、楽観主義じゃなくて運だったんじゃないかって思わずにいられないの。話を聞くと、アメリカではうまくいかない可能性のあったことはほんとうにうまくいかなかったみたいだもの。最悪の状況だったのよ」

楽観主義のエドワードは不愉快なことを詳しくは語らなかったが、過去二年が苦難と危機の連続だったことは明らかだった。いかさま師の銀行家や、並はずれて美しく魅力的ではあるものの、あまり信用ならないことがわかった女のことが手短に語られた。サンフランシスコで詐欺と横領の罪を着せられたことを知ったエドワードは、自分が死んだように見せかけなければならなかった。彼は名を変えてしばらく身を隠し、別の投資計画を練った。第二の計画は劇的に成功し、もとの計画への投資家に収益を分配するのに充分すぎるほどのもうけをもたらした。

「終わりよければすべてよし。楽観主義者はそう考えるものさ」サディアスはグラスを脇に置き、彼女を腕のなかに引き入れた。「まったく、きみはもっと楽観的に人生を見ることを学ばないとね。悪いことばかり考えていてもいいことが何かあるかい？」

リオーナは笑って彼の腕に抱かれた。「あなたの言うとおりね。わたし、どうしちゃったのかしら」

そう言って顔を上げ、キスを求めた。

愛の炎が燃え上がった。その目に見えないオーラが、生涯ふたりの心を温めてくれるとリオーナにはわかっていた。

訳者あとがき

アマンダ・クイックの『オーロラ・ストーンに誘われて』(原題 *The Third Circle*) をご紹介します。これは『運命のオーラに包まれて』につづく、〈アーケイン・ソサエティ・シリーズ〉のヒストリカル・ロマンス第二弾です。

舞台はヴィクトリア女王朝後期のイギリス。水晶使いのリオーナと催眠術師のサディアスが、とある邸宅の私的博物館で鉢合わせするところから物語ははじまります。しかもそこには惨殺された女性の死体が……。その邸宅に忍びこんだ目的はふたりとも同じで、オーロラ・ストーンという超常的な力を持つ水晶を、邸宅の主デルブリッジから奪うためでした。

本書ではこのオーロラ・ストーンが重要な役目をはたしています。デルブリッジがしかけておいた悪夢をもたらす毒の作用からサディアスを救ったのもリオーナとオーロラ・ストーンでした。このオーロラ・ストーンに謎の組織、エメラルド書字板学会の第三分会《サード・サークル》の魔の手が伸び、リオーナはサディアスとともにオーロラ・ストーンを守るために戦うことになります。

パラノーマル物の〈アーケイン・ソサエティ・シリーズ〉ということで、リオーナとサディアスもやはり超能力を身に備えています。リオーナは水晶を使って悪夢のエネルギーの流れを変え、人を悪夢から救う力を持っています。サディアスのほうは超常的な催眠術師で、人を催眠術にかけ、思いのままに動かすことができます。しかし、水晶使いや催眠術師には詐欺師やペテン師が多く、単なる見世物にすぎないと世間からさげすまれたり、疎まれたりすることが多かったため、どちらも劣等感や疎外感にさいなまれています。リオーナは母を失い、叔父が行方不明となり、親友も結婚して遠くへ行くなど、文字どおり天涯孤独の身の上です。人の心を自由にあやつれるサディアスは相手に敬遠されるため、友人や恋人を作ることがむずかしく、やはり孤独な人生を送っています。そんなふたりが強い愛の絆で結ばれ、互いに孤独感を癒し合う姿には胸にしみるものがあります。

そんなふうにリオーナとサディアスが相性ぴったりであることを、サディアスの大伯母のヴィクトリアはひと目で見抜きます。それが彼女の超常的な能力で、ヴィクトリアは自分の能力を活かしたサービスをはじめますが、そのサービスは現代版の〈アーケイン・ソサエティ・シリーズ〉に〈アーケイン・マッチ〉として受け継がれており、同様にケイレブがおこす調査会社も、現代版に〈ジョーンズ&ジョーンズ〉として登場します。それはヒストリカルとコンテンポラリー両方にまたがるシリーズだからこそのおもしろさではないでしょうか。

アマンダ・クイックは〈アーケイン・ソサエティ・シリーズ〉を精力的に発表しており、ヒストリカルとコンテンポラリーを合わせ、発表された作品は十一冊に達しています（コンテンポラリー作品はジェイン・アン・クレンツ名義で発表）。そのなかには、本書にも登場するケイレブが活躍する*Perfect Poison*や、現在、過去、未来にまたがる三部作、*The Dreamlight Trilogy*、*The Looking Glass Trilogy*なども含まれています（未来を舞台にした作品はジェイン・キャッスル名義で発表）。これらもいずれご紹介できれば幸いです。

二〇一一年六月

オーロラ・ストーンに誘われて

著者　アマンダ・クイック

訳者　高橋佳奈子《たかはしかなこ》

2011年7月20日　初版第1刷発行

発行人　鈴木徹也

発行所　株式会社ヴィレッジブックス
〒108-0072 東京都港区白金2-7-16
電話 03-6408-2325(営業) 03-6408-2323(編集)
http://www.villagebooks.co.jp

印刷所　中央精版印刷株式会社

ブックデザイン　鈴木成一デザイン室＋草苅睦子(albireo)

 ISBN978-4-86332-331-5 Printed in Japan

ヴィレッジブックス好評既刊

ヴィレッジブックス好評既刊

「黒髪のセイレーン」
リズ・カーライル　新谷寿美香[訳]　882円(税込) ISBN978-4-86332-698-9

夫が毒殺されたと噂される妖艶な貴婦人。その秘密を探る英国陸軍大尉コールは、心ならずも彼女に惹かれていくが……。話題のヒストリカル・ロマンス大作!

「今宵、心をきみにゆだねて」
リズ・カーライル　猪俣美江子[訳]　987円(税込) ISBN978-4-86332-084-0

放蕩者のドラコート子爵がひと目惚れした相手は、没落した貴族の娘だった。だが、彼の求婚は拒絶される。その6年後、ふたりは偶然に再会し惹かれあっていくが……。

「気高き剣士の誓い」
ジェニファー・ブレイク　田辺千幸[訳]　924円(税込) ISBN978-4-86332-887-7

19世紀のニューオーリンズ。剣士のリオはふとしたことから令嬢セリーナと出会い、互いに惹かれ合う。が、彼女には定められた婚約者がおり、その男はリオの仇敵だった!

「魔法の夜に囚われて」
スーザン・キャロル　富永和子[訳]　924円(税込) ISBN978-4-86332-055-0

その悲劇を、真実の愛は覆せるのか――? コーンウォールの孤城で、魔法やゴースト、不思議な伝説が鮮やかに息づく、RITA賞受賞のファンタスティック・ラブストーリー。

「いにしえの婚約指南」
キャスリン・カスキー　旦 紀子[訳]　903円(税込) ISBN978-4-86332-080-2

結婚願望ゼロの美貌の令嬢と、花嫁探しを課せられた若き伯爵。ロンドン社交界で繰り広げられる二人の恋は、"エンゲージ"の指南書により思いもよらぬ方向へ……。

「宿敵はこの森の彼方に」
ハンナ・ハウエル　須麻カオル[訳]　882円(税込) ISBN978-4-86332-136-6

数奇な運命に翻弄され愛を知らずに育った女と、果たすべき使命のため愛を封印した男。ふたつの魂が熱く深く触れ合ったとき――。愛と復讐が渦巻く激動のロマンス!

ヴィレッジブックス好評既刊

「遠い夏の英雄」

スーザン・ブロックマン　山田久美子［訳］ 924円（税込） ISBN978-4-86332-702-3

任務遂行中に重傷を負った米海軍特殊部隊SEALのトムは、休暇を取って帰郷した。そこで彼が見たのは、遠い昔の愛の名残と、死んだはずのテロリストの姿……。

「沈黙の女を追って」

スーザン・ブロックマン　阿尾正子［訳］ 945円（税込） ISBN978-4-86332-742-9

運命の女性メグとの再会――それは、SEAL隊員ジョン・ニルソンにとってキャリアをも失いかけないトラブルの元だった。『遠い夏の英雄』につづく、全米ロングセラー！

「氷の女王の怒り」

スーザン・ブロックマン　山田久美子［訳］ 987円（税込） ISBN978-4-86332-797-9

人質救出のため、死地に向かった男と女。その胸に秘めたのは、告白できぬ切ない愛……。『遠い夏の英雄』『沈黙の女を追って』に続くロマンティック・サスペンスの粋！

「緑の迷路の果てに」

スーザン・ブロックマン　阿尾正子［訳］ 1040円（税込） ISBN978-4-86332-837-2

灼熱の密林で敵に追われる米海軍特殊部隊SEALの男と絶世の美女。アメリカ・ロマンス作家協会の読者人気投票で第1位を獲得した傑作エンターテインメント！

「知らず知らずのうちに」

スーザン・ブロックマン　山田久美子［訳］ 1040円（税込） ISBN978-4-86332-882-2

ホワイトハウス勤務のキャリアウーマンと、米海軍特殊部隊SEALの若き勇者。互いに心惹かれていく彼らの知らないところでは、恐るべきテロリストの計画が進行していた！

「アリッサという名の追憶　上・下」

スーザン・ブロックマン　阿尾正子［訳］　各840円（税込）

〈上〉ISBN978-4-86332-935-5 〈下〉ISBN978-4-86332-936-2

SEALの精鋭サムとFBIの女性捜査官アリッサ。かつて熱い夜をともにしつつも別れざるをえなかったふたりがついに再会した…。全米のファンが熱狂した波乱のロマンス！
